Anna Mitgutsch

UNZUSTELLBARE BRIEFE

Anna Mitgutsch

UNZUSTELLBARE BRIEFE

Erzählungen

Luchterhand

Inhalt

Was du für mich warst

Du lehrtest mich das Geschichtenerzählen. Du lehrtest mich, dass es keiner Leistung und keiner Bestechung bedarf, um geliebt zu werden. Du lehrtest mich die Lieder deiner Kindheit, über die du schwiegst. Du fülltest meine Kinderjahre mit Wärme und Phantasie, und am Ende blieb nichts als das Haus deiner alten Tage und auch das ist nun verschwunden. Sogar dein Name auf dem Grabstein wurde von deinem Enkel, der die Grabstatt erbte, getilgt. In wessen Gedächtnis außer dem meinen lebst du noch fort? Ich setze meine Erinnerung in die Welt der Worte, wie du es tun musstest, um in der Abgeschiedenheit zu überleben. In einem Austragshäusl auf einer Lichtung des Böhmerwaldes, zwei Stunden auf Schmugglerpfaden südlich der tschechischen Grenze, eine Stunde vom Dreiländereck des Hochfichts, auf einem gerodeten, mit Granitfindlingen durchsetzten Berghang. Das Haus, der steinerne Brunnen davor, an dem man sich an kühlen Sommermorgen wusch, die Himbeerschläge und Heidelbeeren am Waldrand, die Pilze im regentriefenden Unterholz, die Blumen der Hochebene, die ich seither nirgends mehr gefunden habe, und die Stille, in der deine Geschichten vom Kristallpalast am Ufer des damals unerreich-

7

baren Plöckensteinsees, dieses schwarzen Auges der Finsternis, ihr Geheimnis bewahren. Ich wünschte, du hättest mir mehr von dir erzählt.

Ich weiß erst seit kurzem, wann du geboren bist, zu Anfang des Winters vor fast hundertfünfzig Jahren, aber Geburtstage wurden nicht gefeiert, zu ungeplant und gefährdet waren Geburten, um das Schicksal auf sie aufmerksam zu machen. Es gibt kein einziges Foto von dir als junge Frau, auch nicht als zweiundzwanzigjährige Braut. Du musst diesen Häuslerssohn mit dem tatarischen Aussehen und der karpatischen Herkunft sehr geliebt haben, um das Dorf im Tal mit dieser ärmlichen Bauernkate zu tauschen, die nur Armut, Einsamkeit und schwere Arbeit versprach. Die Ehe und vielleicht auch die Liebe hielt über vierzig Jahre, sie überdauerte zwölf Schwangerschaften, vier tote Kinder, die Hungersnot nach dem Ersten Weltkrieg, die schwächliche Konstitution des Mannes, die dir alle Lasten der Landwirtschaft auflud, während er sich als Waldarbeiter verdingen musste. Am Ende seines Lebens war sein Körper so ausgeschunden, dass er nicht mehr aufrecht gehen und den Kopf nicht mehr heben konnte. Du hast ihn um achtzehn Jahre überlebt und mir nie von ihm erzählt, aber erwähnt hast du ihn stets wie einen, auf dessen Urteil man sich verlassen konnte. Der Vater, sagtest du, nie nanntest du ihn beim Namen und nie: mein Mann. Von dieser Liebe gibt es späte Fotos, auf denen ihr an der sonnenbeschienenen Hausmauer sitzt, zwischen den jüngsten halbwüchsigen

Kindern, wie schwer arbeitende Leute am Feierabend, gelöst und zufrieden in einem schweigsamen vorsichtigen Behagen, die Hände im Schoß und einander leicht zugeneigt, immer noch, nach so vielen Jahrzehnten und Schicksalsschlägen. Nach dem elften Kind schenkte er dir eine schöne, schwarz lackierte Nähmaschine mit Goldverzierung und dieses Kind, meinen Vater, liebtest du ein wenig mehr als die anderen zehn, weil es so zart war und das erste Jahr nur knapp überlebte, wo du doch das Jahr zuvor ein zwei Monate altes Mädchen verloren hattest. War denn der Tod eines Säuglings ein großer Verlust? Man taufte die Kinder am Tag ihrer Geburt, spätestens am nächsten, damit sie wenigstens als Christenkinder starben. Hast du um diese kaum in die Welt gekommenen Kinder getrauert oder war ihr Tod eine Erleichterung bei dem kargen Leben? Vielleicht war das Verenden der einzigen Kuh im Stall eine größere Katastrophe, jedenfalls ein größerer Schaden für die Lebenden. In der Zeit der Hungersnot, als die Soldaten mit Bajonetten das Heu nach versteckten Lebensmitteln durchsuchten, als das Brot aus Kleie und Schrot in der Schüssel zu Grütze zerfiel, gingst du mit deinen jüngeren Kindern über die Grenze hamstern und schmuggeln. Drüben, in der Tschechoslowakei, gab es Verwandte, einen Hausierer, der mit alten Kleidern handelte, wo man ein paar Lebensmittel eintauschen oder vielleicht erbetteln konnte.

Sechzig Jahre lang lebtest du in diesem Haus am Waldrand, kamst nie weiter fort als in die Dörfer im Tal, sonn-

9

tags in die Kirche, an Besuchstagen zu deinen Verwandten. Vielleicht bist du später, als alte Frau, ein paarmal im Auto eines Enkels gesessen, aber den größten Teil deines Lebens warst du zu Fuß unterwegs, im Winter durch kniehohen Schnee, im Sommer unter der brennenden Mittagssonne der Waldwiesen. Es war kein außergewöhnliches Leben, so lebten die meisten Frauen deines Standes, sie hatten keine andere Wahl. Die Welt, von der in den Zeitungen stand, die Geschichte, von der wir in Büchern lesen, kam stets nur als Verheerung in dein Leben, als Hungersnot nach den Kriegen, als Raub und Brandschatzung in den Jahren von Inflation und Arbeitslosigkeit, als Angst um die Söhne an der Front, als du nachts auf den Hausstufen gesessen bist und Himmel und Sterne um ihr Leben angefleht hast. Aber fromm warst du nicht, in deinem Haus wurde niemand zum Beten angehalten und am Sonntag bliebst du oft daheim. Wem das Leben so viel Härte zumutete, der brauchte sich dafür nicht zu bedanken, und bitten konntest du unter freiem Himmel, wenn dich Verzweiflung überkam. Doch wenn ich die Fotos deiner alten Jahre betrachte, scheinst du mir zu entschlossen und illusionslos, um zu verzweifeln. Nur in deinen Augen hält sich etwas wie Erbarmen mit den Menschen und ihren Verblendungen, aber vielleicht ist es auch nur Müdigkeit von zu viel leben. Es ist ein Gesicht, dem man harte Entscheidungen zutraut, auch Uneinsichtigkeit, sogar Ungerechtigkeit. Gab es Dinge in deinem Leben, die du bereutest? Ein jeder Mensch, selbst der gerechteste, wird schuldig im Lauf seines Lebens. Welche Schuld hast du auf dich geladen und mitgeschleppt bis zum Tod? Deine älteste Tochter hasste dich selbst noch als Fünfzigjährige und war doch deine Nachbarin auf dem nächst gelegenen Hof, auf den sie sehr jung geheiratet hatte. Ihre Kinder trieben sich auf den Wiesen rund um dein Haus herum, aber deine Stube betrat keines von ihnen. Wenn wir, die Kinder deiner jüngeren Söhne, um deinen Tisch saßen, war oft ein weiteres Kind dabei, der uneheliche Sohn deines Zweitältesten und einer Dienstmagd auf seinem Hof, ein gnadenhalber Geduldeter, der das bekam, was übrigblieb, dem du mit einer widerwilligen, zornigen Geste den Teller hinwarfst wie einem Hund. Ich verstand nicht, warum du so unfreundlich zu ihm warst, er tat mir leid, ich hätte gern gefragt, warum magst du ihn nicht, aber das wagte ich nicht. Gibt es vielleicht einen Grund außer der Pietätlosigkeit deines Enkels, warum dein Name auf dem Familiengrab fehlt? Was weiß ich denn schon? Ich war ein Kind und deine Nähe war meine Zuflucht. Nichts weiß ich, am wenigsten, wie du wirklich warst für jene, mit denen du auf gleicher Höhe und in angemessenem Abstand verkehrtest. Und wenn ich dich verkläre? Was macht das schon aus? Du empfingst mich jedesmal mit einer Freude, als würde dir etwas geschenkt, eine wertvolle Leihgabe, die du vorsichtig ein kleines Stück ihres Weges führen durftest, ohne Besitzanspruch, mit so viel behutsamer Liebe, dass sie mich siebzig Jahre später noch berührt. Vielleicht hast du deine Liebe ungerecht verteilt. Ich war eines deiner jüngsten Enkelkinder, es gab noch andere, die ich nicht kannte, die ich nie kennenlernte, zu viele Menschen, die deine Liebe brauchten. Schon möglich, dass sie nicht für alle reichte. Die Bauern mochtest du nicht, mit meiner Mutter, der stolzen Bauerstochter, lagst du in einem hasserfüllten Krieg, und wenn ich nach einem Besuch am Abend ins Dorf zurückmusste, gingst du mit mir durchs Holz bis zu den Feldrainen, wo man die Dörfer in der Ferne sehen konnte. Von da weg kannst du schon allein gehen, sagtest du jedesmal. Das war deine Grenze.

Mit zweiundzwanzig kamst du als Braut in das Haus, in dem du zwölf Kinder zur Welt brachtest, deinen kranken Mann pflegtest, die Tiere versorgtest, die Ernte einbrachtest, bis alles so sehr dein Haus und dein Leben war, dass es nichts anderes mehr gab. Ich habe ein Foto von dir bei der Heuernte, die hoch getürmte Fuhre auf der abschüssigen Bergwiese, zwei Ochsen davorgespannt, und du thronst hoch oben bis zu den Hüften im Heu, ein weißes Kopftuch übers Haar gebunden, und nimmst eine Garbe auf, so gelassen und leicht, als würdest du Blumen um dich herum verteilen, während dein Mann von der Anstrengung, die Garbe mit der Heugabel zu dir hinaufzuheben, ganz verbogen dasteht. Ist es vermessen zu fragen, ob du glücklich warst, oder durfte es den Luxus dessen, was wir heute Glück nennen, in einem so kargen Leben nicht geben? War es schon Glück, genug Essen auf den Tisch zu stellen, dass alle Mägen satt wurden, das Nötigste zu haben, um Kleidung zu kaufen und manchmal ein kleines Geschenk, eine Rippe Schokolade am Sonntag nach der Messe, ein lackiertes Holzpferdchen unter dem Christbaum? Ich weiß, dass du bei aller Nüchternheit an phantastische Geschichten glaubtest, vom Kristallpalast am Grund des Plöckensteinsees, von den Fischen im See, die nachts nach ihrer von Fischern gefangenen Brut riefen, von der wilden Jagd und unheimlichen nächtlichen Begegnungen, von den Rauhnächten mit ihren Geistern und Vorahnungen, von übernatürlichen Kräften, die unerwartet jederzeit auftauchen und das Schicksal bestimmen konnten.

Mit achtundsechzig, mitten im Krieg, übergabst du das Haus an einen deiner Söhne und zogst aufs Altenteil. Es war nicht viel mehr als eine aus grob verputzten Granitfindlingen in den Hang hineingebaute Stube mit einem Vorhaus, einer winzigen Vorratskammer und einem Holzschuppen, der sich in Geröll und Brettern im steinigen Hintergrund verlor. Dort haustest du noch siebzehn Jahre bis zu deinem Tod. Mit seinen quadratischen Fenstern, je zwei nach Süden und nach Westen, den tiefen Fensternischen mit dem Wasserkrug und den Sträußen aus Wiesenblumen, den blauen Bergen in der Ferne, wurde mir deine Stube als Kind zum Inbegriff vollkommener Ruhe, der Ort, wo die Zeit zum Stillstand kommt und sich schläfrig dehnt. Die Sonne schien auf den glattpolierten Bauerntisch und streifte dein Bett. Nichts Unerwartetes konnte hier geschehen. Vor dem Essen und in der kalten, trüben

Jahreszeit flackerte das Herdfeuer hinter der Ofentür, die Bank rund um den Herrgottswinkel war glatt und fast so hoch wie der Tisch, an Heiligenbilder erinnere ich mich nicht. Ein Sessel, gehobelte Fußbodenbretter, eine Kommode und eine Truhe neben der Tür. Mehr gab es nicht, mehr brauchte es nicht für ein Zuhause.

Als du in deiner Stube aufgebahrt lagst, ein Kreuz zwischen den gefalteten Händen und Kerzen zu deinen Füßen, nahmst du den ganzen Raum ein. Man hatte dich nicht aufs Bett gelegt, sondern bereits auf die Bahre, mit der man dich aus dem Haus, über die Wiese und durch das Waldstück bis zur Straße tragen würde. Was wusste ich damals vom Sterben? Ich war ein Kind. Alte Leute starben. Der Tod hatte nichts mit mir zu tun. Ich fragte mich nicht, wie du gestorben bist, mitten im Sommer. Es kam mir nicht in den Sinn, dass du das bisschen Zärtlichkeit, das meine Kindheit gewärmt hatte, mit dir fortnahmst. Ich erinnere mich an keine Trauer, ganz gewiss an keine Tränen. Ich war bestürzt und peinlich berührt, als mein Vater beim Begräbnis weinte. Während du dalagst, so streng und fern, dass du mir fremd vorkamst, stritten deine erwachsenen Kinder um das Sparbuch, das verschwunden war, und bezichtigten einander des Diebstahls. Wie viele Menschen waren in dem kleinen Raum, wie viele hatten überhaupt Platz? Kinder leben in einer anderen Wirklichkeit als die Erwachsenen, sie haben nicht den Überblick, aber sie sehen genauer und anders. Ich hatte immer geglaubt, wenn einer stirbt, dann bleibt seine Seele, der Rest seines Bewusstseins, noch eine Weile im Raum, unfähig, sich bemerkbar zu machen, aber als eine Gegenwart, die man ahnt, wenn man sich still verhält und versucht, die Ruhe des Todes in sich aufzunehmen. Ich stellte mir vor, wie du dagelegen bist und gehört hast, wie die Schublade aufgezogen wurde, wie jemand nach dem Sparbuch wühlte, es an sich nahm und die Lade leise wieder zurückschob, und dass es dir bereits gleichgültig war, welches deiner Kinder sich mit dem armseligen Rest deiner Lebensangst bereichert hatte.

Als ich nach zwei Jahrzehnten Abwesenheit zum Einschichthof zurückkam, war er verkauft, restauriert und aufgestockt. Wie eine bescheidene Kopie aus einem Wüstenrotkatalog sah er aus, die Besitzer, ostdeutsche Aussteiger und Schafzüchter, baten mich hinein in eine Stube, die ich nicht wiedererkannte. Eine tatkräftige Frau und ein schwermütiger Mann, sie hatten sich das Leben auf dem Land anders vorgestellt, sie waren einsam und alles war ihnen fremd, die Menschen im Dorf, die Landschaft, der Wald, der Schnee, der von November bis April die Zufahrtswege unbefahrbar machte. Das war in den achtziger Jahren. Aber dein Austragshäusl dicht neben dem Wohnhaus war noch dasselbe wie in meiner Kindheit. Ich war erstaunt, wie klein es gewesen war. Ein einziger Raum mit buckligen Wänden und tiefliegenden, kleinen Fenstern. Die Decke hatte sich an einer Ecke aus dem Gebälk gelöst und hing in die Stube wie eine hölzerne Spinnwebe, ausgerechnet über deinem schmalen, hohen Bett, auf dem nach zwanzig Jahren noch Tuchent und Polster aus blau gestreiftem Leinen lagen. Der Bauerntisch, an dem ich deine köstlichen Herrenpilzgerichte mit Rahm und Semmelknödel gegessen hatte, war verschwunden, und zwanzig Jahre Staub und Schmutz lagerten auf Herd und Fensterbänken. Nur ein Kalender hing noch an der Wand, abgerissen bis auf die erste Juniwoche des Jahres 1960, dein Todesdatum.

Ich erinnere mich an deine Oblatentorten, die du für mich aus dem Nachbardorf geholt hattest, je eine Stunde Weg an ein paar abgelegenen Bauernhöfen vorbei. Du warst damals schon weit über siebzig und nicht mehr gut auf den Beinen, aber du gingst eine Stunde ins Dorf hinunter und den steilen Berghang wieder hinauf, als sei es selbstverständlich, dass du mir jeden Wunsch erfülltest. Es waren keine Küsse und keine Umarmungen, sondern diese selbstverständlichen Handlungen, die mich deiner Liebe vergewisserten. Ich erinnere mich an die Abende, bevor du mich in mein Bett auf dem Dachboden brachtest. An die Geborgenheit deiner hellblauen gestärkten Kleider, die so sauber und frisch rochen. Es scheint mir in der Erinnerung, als läge dieser helle, saubere Geruch über den Feldern und Wiesen, die sich in sanften Schwüngen ins Mühltal hinuntersenkten und zu den blauen Hochwaldhängen anstiegen. Und er überlagerte auch die dunkle Feuchtigkeit im Vorhaus, wenn du bei Nachteinfall die Haustür mit dem schweren Holzbalken verriegelt hast. Dann waren wir beide sicher und geborgen, wie man sich nur als Kind fühlen kann, wenn man Menschen und Orten noch zutraut, dass sie Geborgenheit garantieren. Es muss deine beruhigende Gegenwart gewesen sein, die mir jede Angst vor dem Dachboden mit den Wespennestern an den Dachbalken unter dem rohen Asbestdach nahm. Ich musste über hohe Deckenbalken klettern, um zum Bett mit der knisternden Strohmatratze zu kommen. Vierunddreißig Jahre später sah ich, dass es kein Fußboden, sondern nur lose Bretter waren, über die man vorsichtig balancieren musste, um an die Dachluke mit dem nun eingeschlagenen Fenster zu gelangen, aus dem man einen verfilzten Jungwald überblickte. In meiner Erinnerung hingen oben unter dem Dachfirst weißlich-graue Hornissennester und die Wipfel der hohen Tannen rauschten, wie ich sie nie wieder und nirgends sonst rauschen gehört habe, so beruhigend und mit einer fast jenseitigen Zeitenthobenheit in der abgeschiedenen Menschenferne. Seit meiner Kindheit sehne ich mich nach diesem Rauschen und habe doch stets nur einen schwachen Nachhall davon gehört. Manchmal huschten Schatten durch die Dunkelheit, es müssen Fledermäuse gewesen sein, aber das Bett schwebte über den losen Planken wie ein Schiff, mit sauberem, blau gestreiftem Bettzeug, das nach Großmutter roch.

Es waren glückliche Tage und Nächte, die ich in diesem Haus und den Wiesen, dem Wald dahinter, in den Granitspalten und Höhlen, im Unterholz und dem kleinen Teich unterhalb des Hauses verbracht habe. Von Zeit zu Zeit treibt es mich noch immer hinauf auf die Hochebene, als müsse ich mit meinen Erinnerungen das Vergehen der Zeit anhalten, das Vergessen aufhalten. Als ich vierzig Jahre nach deinem Tod zurückkehrte, war dein Haus verschwunden. Nur ein Haufen loser Granitsteine war übriggeblieben, unbenutztes Baumaterial für den Wintergarten anstelle des Austragshäusls, ebenerdig, mit tropischen Pflanzen hinter der breiten Glasfront. Sie nahmen sich eigenartig aus in der kargen Landschaft voller Granitblöcke und verwildertem Jungwald. Ich fand auch die Felsspalten und Höhlen oberhalb des Hauses, in denen ich gespielt hatte, nicht mehr. Nur sechzig Jahre, und alles ist ausgelöscht und getilgt, dein Name auf deinem Grab, das Haus, sogar die Tannen in der Lichtung sind längst gefällt.

Fast eine Schwester

Du warst meine erste Freundin, meine erste Feindin, meine uneinholbare Rivalin. Meine frühesten Erinnerungen sind so fest mit dir verknüpft wie die Eindrücke vom Bauernhof unserer Großeltern, und sie stehen lebendiger vor mir als die Umgebung, in der ich aufwuchs, die Vorstadtsiedlung, die mir in der Erinnerung seltsam menschenleer erscheint. Aber auf dem Bauernhof warst du. Mit dir musste gerechnet werden, da half kein Rückzug. Das halbe Jahr, das du jünger warst als ich, zählte nicht. Außer uns beiden gab es noch keine Kinder auf dem Hof und an die Dorfkinder, mit denen wir manchmal spielten, erinnere ich mich nur unscharf.

Wir kämpften im gemeinsamen Gitterbett verbissen um die Decke, in der Bauernstube, wo es im Winter ein wenig wärmer war als in der eisigen guten Stube im Obergeschoß. Den nächtelangen Kämpfen im Gitterbett wurde irgendwann ein Ende bereitet, denn in der Stube schlief auch die Bäuerin, unsere Tante, mit ihrem Mann, sie fühlten sich von unserer Gegenwart gestört. Am Morgen standen wir verschlafen nebeneinander am Holzgatter unseres Nachtgeheges und wurden von unseren rivalisierenden Müttern in graue Overalls gesteckt. Unsere Mütter waren einander als junge Mädchen sehr nah gewesen, zwei Verbündete in einer feindseligen, lebensfeindlichen Welt. Doch nun setzten sie unseren unbarmherzigen Kampf um Vorherrschaft und Beachtung fort, oder gaben sie ihn uns vor? Wer hätte das so genau sagen können. Wenn wir am Abend in das hölzerne Schaff mit den Aluminiumringen zum Baden gestellt wurden, stritten Klara und meine Mutter darum, welche von uns beiden als erste im frischen, unverbrauchten Wasser baden durfte oder, wie sie es sahen, im Dreck der anderen gewaschen werden musste. Mir prägte sich der leicht bittere Duft des vom brennheißen Badewasser erhitzten Aluminiums so nachdrücklich ein, dass ich ihn seither jedesmal rieche, wenn ich in ein heißes Bad steige. Das ihre sei ein Kind der Liebe, ich dagegen ein Kind der Pflicht, argumentierte Klara. Das Kind der Liebe war der Sonnenschein, der den bäuerlichen Haushalt erhellte, blond, mit gelocktem Haar, das sich um das Gesicht kräuselte wie das Haar des wächsernen Christkinds in der Krippe, stämmig, gesund und fröhlich. Und vor allem Großvaters Liebling. Bravs Dirnderl, so nannte dich der alte Bauer und du übersetztest es in deine Kindersprache, *napf Dini*, ein Spiel, das ihr so oft wiederholt habt, bis es dein Kosename wurde. Keines seiner Enkelkinder hat er so sehr geliebt wie dich. Ich war seine älteste Enkelin und zugleich dein finsterer Schatten. Mich nannte er *sonderbarer Mensch*, ich hatte in seinen Augen von Anfang an etwas Ernstes, Erwachsenes, etwas Fremdes, das sein bäuerliches Misstrauen erregte.

Durch dich lernte ich alles, was mein späteres Leben bis heute bestimmte: die enge Bindung an Frauen, die ich bewundere und beneide, an denen ich nur das sehen kann, was ich nie erreichen und nie verkörpern werde, eine Bewunderung, die mich in mutlosen Stunden vernichtet. Wir spielten zusammen an den Bächen rund um das Dorf, in der Morgenkühle der sauren Wiesen, unter den Weiden, die über die Ufer ins klare Wasser hingen, man sah die blauen Kiesel auf seinem Grund und manchmal huschte ein winziger Fisch, den wir nie erwischten, zwischen den glatten Steinen hindurch. Während die Erwachsenen in der Ferne die Felder bearbeiteten, durchnässten wir unsere Strümpfe und Kleider beim Pflücken von Dotterblumen, die an den sumpfigen Rändern der Bäche wuchsen. Wenn wir allein waren, bestimmte ich, was wir spielten, ich war diejenige, die mit der Autorität der Älteren den Ton angab und die Ideen hatte. Wir verwandelten die Wege hinter dem Heustadel in Moraste und kneteten den Lehm genussvoll zwischen Fingern und Zehen. Der Hofgarten unter den breiten Kronen der Obstbäume und einer Trauerweide, deren Laub bis zum Boden hing und ein schattiges Versteck abgab, war unser bevorzugter Spielplatz. Von hier aus fielen die Wiesen mit einer sanften Neigung, die erst ganz unten steiler wurde, zur Großen Mühl ab. Hier, an der Rückseite des Dorfes, hinter den rohen Holzwänden der Wirtschaftsgebäude ging am Abend über dem flachen Horizont die Sonne unter, so einsam, als befände man sich auf einer menschenleeren Heide. Bei der Heuernte im Juni saßen wir hoch oben auf den Heufuhren, die gegen Abend durchs Hoftor schaukelten, und um sechs Uhr morgens kauerten wir verschlafen auf den Brettern der Leiterwagen, Sensen und Rechen zu unseren Füßen, wenn die Erwachsenen in die Waldwiesen aufbrachen.

Wir haben nie unsere Erinnerungen verglichen, weder die guten noch die schlechten. Ich weiß nicht, ob die Morgenkühle und das Gefühl grenzenlosen Abenteuers, wenn der Leiterwagen die Dorfstraße hinunterrumpelte und zum Böhmerwald abbog, in dir das gleiche unbändige Glück, am Leben zu sein, hervorrief, und ob du dich daran erinnertest, wie uns manchmal ein Knecht einen verschreckten Feldhasen brachte, in der Mittagsstunde, wenn die Luft über den halb abgemähten Wiesen vibrierte und die Grillen ohrenbetäubend zirpten.

Ich weiß nicht, ob sich diese ersten Gerüche und Sinneseindrücke so nachhaltig in dein Gedächtnis eingegraben haben wie in meines, als sei alles Spätere nur mehr ein Widerhall, im besten Fall ein Abglanz eines überwältigenden Beginns. Du hast diese Gegend und das bäuerliche Leben nie verlassen, für dich blieben sie Lebensraum und wurden nie zum verlorenen Paradies. Ich hätte gern gewusst, wie du mich in deinem Gedächtnis aufbewahrt hast, als prägende Gegenwart für das ganze Leben, so wie ich dich? Vielleicht hattest du ganz andere Erinnerungen oder sie hatten eine andere Bedeutung. Gewiss fehlte dir diese eine Erinnerung, vielleicht stand sie als blasses

Detail im Glanz deiner glücklichen Kindheitsjahre. Es muss im Sommer gewesen sein, kurz vor der Zwetschgenernte, als die ersten, noch kostbaren Pflaumen reiften. Im Hofgarten gab es einige Zwetschgenbäume und in Großvaters Hausgarten reiften sie am Spalier an der Sonnenseite des Austragshäusls früher als auf den Bäumen. Wir standen auf den Hausstufen zum Wohnhaus, als er uns rief, er hätte was für uns, mit dieser Stimme, mit der Erwachsene wunderbare Überraschungen ankündigten. Haltets die Hände auf, sagte er und nestelte in seinen Hosentaschen. Wir standen vor ihm, zwei kleine Mädchen, nicht älter als fünf Jahre, und streckten ihm vier erwartungsvolle Hände entgegen, zwei Schalen, um seine Geschenke aufzufangen. Er füllte deine Hände mit den ersten Pflaumen des Jahres, nur deine Hände, und mir blieb die schwierige Aufgabe, meine leeren Hände mit gekränkter Würde zurückzuziehen. Wer nicht existierte, dem nützte kein Aufbegehren. Ich erinnere mich nicht, ob ich nachher einen Teil deiner Beute forderte, ob ich mit dir darum stritt, ob ich weinte oder mich schweigend zurückzog. Ich weiß nicht mehr, was ich damals fühlte, ich habe nur siebzig Jahre später, nachdem ihr beide tot seid, das lebhafte Bild der zu zwei Schalen geformten Kinderhände und der ungerechten Verteilung eines zugegebenermaßen vergänglichen und bedeutungslosen Glücks vor Augen.

Als unser Cousin geboren wurde, fochten wir unseren letzten Kampf auf dem Bauernhof aus. Die Erwachsenen waren angespannt, das Erstgeborene war zwei Jahre zuvor kurz nach der Geburt gestorben, die Frauen waren mit der Gebärenden beschäftigt, und wir stritten und balgten uns wie zwei Kater im Frühjahr und wurden später von unseren Müttern verhauen. Doch es gab auch Zärtlichkeit zwischen uns, Zeiten der Eintracht, in denen du mich bei meinem Kosenamen riefst. Auch später, als Klara mit dir auf den Hof deines Vaters in ein anderes Dorf zog und du noch sechs Geschwister bekamst, blieb eine Nähe zwischen uns, eine Zuneigung, die keiner Beteuerungen bedurfte. Wir freuten uns, einander wiederzusehen, wie zwei durch widrige Umstände getrennte Schwestern, mit jenem vertraulichen Wiederanknüpfen dort, wo wir unterbrochen worden waren, das mit einem geflüsterten, weißt eh, begann. Damit vergewisserten wir uns, dass nichts verlorengegangen und nichts zwischen uns gekommen war.

Als wir in die Volksschule gingen, kamst du oft im Sommer auf einige Tage zu uns auf Besuch, wir unternahmen die üblichen Ausflüge, die unsere Stadt zu bieten hatte. Auf den Fotos sitzen und stehen wir nebeneinander auf Bänken, im Gras, vor dem Eingang zur Bergbahn. Du bist auf allen Fotos lebendiger als ich, noch immer stämmig, blond, ganz und gar gegenwärtig und der Freude am Leben und am Augenblick rückhaltlos hingegeben. Es muss beglückend gewesen sein, als Erwachsener deine stürmische Dankbarkeit zu empfangen. Das Strahlen, das von dir ausging, machte deine bäuerliche Unbeholfenheit wett, ja, es verlieh ihr einen Charme, eine Frische, so als bekäme man einen wolkenlosen Sommermorgen zum Geschenk, einen Morgen, der einen makellosen, vom Glück gesegneten Tag verspricht. Deine bloße Anwesenheit rief Freude, Zuversicht und Zuneigung hervor.

In den Jahren der Pubertät verloren wir einander. Ich erinnere mich an einen Besuch am Stephanitag, als die Verwandtschaft in der Bauernstube zusammensaß, zu viele Menschen, die sich im Lauf der Jahre fremd geworden waren. Ich konnte dich nicht erreichen, nicht einmal durch Blicke stummen Einverständnisses. So verschlossen und unerreichbar, nein unberührbar, bist du dort am Fenster in der Stube gesessen, in der wir Kinder gewesen waren, als ginge dich das alles nichts mehr an. Du bist mir ausgewichen und ich wusste nicht mehr, wie ich mich dir nähern konnte. Was hatte man dir angetan, wovon du mir damals nicht erzählen konntest, damit die Eintracht der Familie in der guten Stube heil blieb, obwohl sie für dich aus den Fugen geraten war? Und warum verstand ich nicht zu fragen? Später kamen mir bruchstückhaft erlauschte Gerüchte zu Ohren, ich konnte mir keinen Reim darauf machen, ich wollte sie auch nicht verstehen. Dieses Andeuten und mitten im Satz Verstummen, Denunziationen, die nie ausgesprochen wurden, nicht nur in der Verwandtschaft, auf dieselbe hinterhältige Weise warst du Dorfgespräch, keine fünfzehn Jahre alt, und deine Eltern in der öffentlichen Meinung schuldlose Opfer deiner Schamlosigkeit. Niemand nahm dich in Schutz. Von

Erziehungsanstalt und Maßnahmen, die unter den Sammelbegriff *Weggeben* fielen, war die Rede. Du hast dich selber rechtzeitig aus dem Dorf entfernt und auf deine Weise über das Gerede triumphiert.

Mit siebzehn hast du überstürzt geheiratet, sichtbar schwanger in ein zu enges weißes Kleid eingenäht. Ich machte Matura und du hast geheiratet, im selben Monat, jede von uns an einem Etappensieg, jede im Begriff, der elterlichen Gewalt zu entrinnen. Auf deinem Hochzeitsfoto strahlst du, wie du immer gestrahlt hast, aber es ist auch etwas Geducktes in deinem Gesichtsausdruck, etwas wie eine diebische Freude, entkommen zu sein oder es ihnen gezeigt zu haben. In den Augen der Erwachsenen hattest du eine gute Partie gemacht, einen jungen Bauern mit einem beachtlichen Erbe, das in Stück Rindern und Joch Grund gemessen wurde. Mit zwanzig warst du Bäuerin auf einem angesehenen Bauernhof in einem kleinen Dorf, das man von deinem Elternhaus und auch vom Hof unserer Großeltern zu Fuß erreichen konnte. Ich weiß nicht einmal, wie viele Kinder du deinem zehn Jahre älteren Mann geboren hast, man hörte von keinen Skandalen mehr. Du warst eine verlässliche, besonnene Ehefrau und er ein hart arbeitender, treuer Mann, und zusammen habt ihr einen großen Hof bewirtschaftet, Kinder großgezogen, die Schwiegereltern versorgt, wie es von euch erwartet wurde. Du wurdest beleibt und frühzeitig matronenhaft, dein Haus ein Schmuckstück des Dorfes, deine Geranien auf den Fensterbänken eine Augenweide. Ihretwegen,

und weil du noch immer jene schlichte Lebensfreude ausstrahltest, an der die Menschen sich wärmten, wurdest du
zur Ortsbäuerin gewählt, es muss ein Ausdruck von Wert-
schätzung des ganzen Dorfes gewesen sein.

In jenen Jahren habe ich dich einige Male besucht, aber
immer waren Dritte dabei, Verwandte, die dir näher-
standen als ich. Wir waren einander fremd geworden,
so fremd, dass wir nicht mehr unbefangen miteinander
reden konnten, sondern uns stattdessen mit verschämten
Komplimenten belogen. Und dann brach der Kontakt
völlig ab. Viele Jahre lang habe ich mir vorgenommen,
dich zu besuchen. Einen Nachmittag lang war ich in deinem Nachbarhaus zu Gast, in einem Dorf von fünf oder
sechs Bauernhöfen, und als ich wegfuhr, hoffte ich, du
würdest nicht gerade in diesem Augenblick aus dem Fenster schauen oder aus dem Hoftor treten und mich erkennen. Ich nahm mir vor, dich ein anderes Mal zu besuchen,
später, ohne Zeugen. Ich dachte, wir hätten alle Zeit der
Welt, den Kontakt wieder anzuknüpfen, irgendwann.

Und dann erfuhr ich, dass du krank warst, etwas mit
dem Herzen, hieß es. In der Verwandtschaft, die mich
längst nicht mehr zur Familie zählte, kursierten unver-
ständliche Diagnosen, von einem bösartigen Tumor am
Herzen, Eiweißablagerungen, die das Herz erdrückten.
Etwas Vererbtes, hieß es, das immer schon da gewesen
und zu spät erkannt worden sei, das in dir bereits als Kind
zu wachsen begonnen hatte, als wir im Frühling über
die vom Tau nassen Hofwiesen zum Bach hinuntergerollt

waren und an den sumpfigen Ufern Blumen gepflückt hatten. Damals schon, als du der kleine Sonnenschein warst und die alten Jahre unseres Großvaters erhelltest, war das Ende deinem Körper eingeschrieben gewesen. Jetzt redete man von einer dringend notwendigen Herztransplantation, und dass das Spital in Innsbruck dich abgewiesen habe, du seist schon zu schwach und würdest die Operation nicht überstehen. Damals hätte ich dich gern besucht, aber man sagte mir, du wolltest keine Besucher, also ließ ich mir von der einzigen Verwandten, die ab und zu noch anrief, vom Fortschreiten deiner Todeskrankheit berichten.

Ich erfuhr zufällig von deinem Tod, durch eine beiläufige Erwähnung deines Begräbnisses. Warum hat es mir keiner gesagt, warum hat mich niemand zum Begräbnis eingeladen, fragte ich, als hätte ich ein Anrecht. Aber warum hätte man mich benachrichtigen sollen? Ich habe deinen Mann nur ein einziges Mal, bei eurer Hochzeit, gesehen, und an die älteren deiner Kinder erinnere ich mich als Kleinkinder, die im Hof mit den Hühnern spielten. Ich wäre wie ein Fremdkörper unter den Trauergästen gestanden, als *sonderbarer Mensch*, als der ich in der Verwandtschaft galt. Ich weiß nicht einmal, wo du begraben bist, und es gibt niemanden, den ich fragen möchte.

Gewiss gibt es viele Menschen, die sich mit großer Liebe an dich erinnern, die untröstlich um dich getrauert haben. Deine Mutter hat dich überlebt und sechs oder sieben Geschwister. Das ganze Dorf wird bei deinem Begräbnis gewesen sein, deine Kinder und Enkelkinder und die Verwandten; alle, außer mir. Einmal, an einem Sonntagnachmittag im Sommer, kam deine jüngere Schwester überraschend auf Besuch. Sie saß in meinem Wohnzimmer auf dem Sofa und erzählte von ihrem Leben. Sie sah meiner Mutter so ähnlich, dass ich vor lauter Staunen über die Ähnlichkeit das meiste, was sie sagte, nicht mitbekam. Nach einer halben Stunde ging sie wieder und keine von uns beiden schlug ein Wiedersehen vor.

Dein Leben war von Menschen erfüllt gewesen, die du geliebt und deren ganzes Glück du bedeutet hast, aber niemand außer mir und deiner Mutter erinnerte sich an *napf Dini*, das kleine Mädchen mit den blonden Ringellocken, das sich mit den Händen am Rand des Gitterbettes festhielt und mit unsicheren Beinchen Samba tanzte, während es einen Schlager der Besatzungszeit krähte. Zweiundfünfzig Jahre bist du alt geworden, aber es war ein erfülltes Leben, wie ich höre, und ich glaube nicht, dass du jemals längere Zeit damit gehadert hast oder dachtest, es wäre dir etwas vorenthalten worden. Außer durch den frühen Tod, der allem ein Ende setzte, was noch hätte kommen können. Das Leben, das dich von Anfang an wie ein goldener Morgen umgeben hatte, war gut zu dir gewesen. Du hast immer *napf Dini* bleiben dürfen, die brave kleine Dirn, die dankbar und voll unschuldiger Freude die Geschenke entgegennimmt, die ihr in die Hände gelegt wurden und die sich mit kluger Umsicht den Schlingen des Schicksals gerade noch rechtzeitig entzieht, dein ganzes Leben lang mit der unberührbaren Unschuld des Glückskinds, des Kindes der Liebe und der Daseinsfreude. Wie käme ich dazu zu glauben, dein Leben sei beschränkt gewesen, bloß weil du keine Bücher gelesen hast und nicht gereist bist und nur über Dinge nachgedacht hast, die für dein und das Wohlergehen deiner geliebten Menschen wichtig waren?

Die schönsten Augenblicke

Wir sehen uns selten, bei Lesungen, in Abständen von vielen Monaten rufst du an, wenn etwas Wichtiges in deinem Leben passiert, dann möchtest du es mir erzählen, immer noch, nach so langer Zeit. Und jedesmal, wenn ich dich wiedersehe, schießt mir die Zuneigung wie ein heißer Strom durch den Körper. Ich möchte dich umarmen, dich einschwören auf unsere gemeinsame Zeit, meine besten, freiesten Jahre, die uns niemand nehmen kann und die mir bestätigen, dass ich eine glückliche Jugend hatte. Ein jedes Mal, wenn wir uns sehen, versuche ich, dir das zu sagen, aber du winkst ab, die guten Jahre kamen für dich später, als dich Beruf, Mann und Kind wieder fest im heimatlichen Boden verankert hatten. Damals brach die Kluft zwischen uns auf, die wir zuvor zehn Jahre lang so leicht, so spielend übersprungen hatten. Diese Jahre sind für dich nichts, eine Unterbrechung, das zielstrebig in kürzester Zeit absolvierte Studium, um ins Elternhaus und in dein vertrautes Umfeld zurückzukehren. Du lebst nicht in der Vergangenheit, du lebst in der Gegenwart und unsere gemeinsamen Erinnerungen bedeuten dir nichts.

Ich weiß, dass du dir mein Leben nicht vorstellen

kannst, ich will auch gar nicht von meiner Gegenwart erzählen. Wenn ich dich wiedersehe, bin ich zwanzig und alles Unglück der letzten fünfzig Jahre fällt von mir ab. Ich sehe dich und bin wieder die Studentin, die sich alles zutraut und vor nichts zurückschreckt und sei es noch so waghalsig, die an der jordanischen Grenze durch den Stacheldraht schlüpft, trotz der Tafel mit der Aufschrift *Lebensgefahr* in drei Sprachen, um die bizarren Felsformationen zu fotografieren. Erinnerst du dich an unsere Reisen? Und wie erinnerst du dich? Wenn wir uns wiedersehen, möchte ich nicht über die Gegenwart reden, sondern mich gemeinsam mit dir erinnern, die vielen Bilder durch Worte wieder zum Leuchten bringen, die auch nach fünfzig Jahren so frisch in meinem Gedächtnis sind. Unsere Reisen, das ist es, was mich mit dir verbindet. Sie mögen im Vergleich zu deinen späteren Unternehmungen mit deinem Mann schlecht organisiert und frustrierend gewesen sein. Später warst du nicht mehr gezwungen, auf meine schwächere Kondition Rücksicht zu nehmen und darauf, dass ich sparen musste. Du warst Sportlerin, kräftig, durchtrainiert, ich dagegen war abgemagert bis auf die Knochen und war verbissen aufs Hungern aus. Ich weiß, wie viel Geduld und Nachsicht ich dir abverlangte. Ich wurde oft krank, in Täbris wachte ich mit Schmerzen auf, die wie Messer in meinen Eingeweiden wühlten, ich lag im Bett und hatte hohes Fieber. Du brachtest mir stark gewürzten Kebab und frisches, noch warmes Fladenbrot, es machte die Schmerzen noch schlimmer, aber wie hättest du das wissen sollen? Bei jeder Reise überfiel mich irgendwann das heulende Elend, auf dem Dach einer Jugendherberge, auf den Stufen irgendeines Treppenaufgangs, und du bist neben mir gesessen, hast mir zugeredet, mir beruhigend den Rücken gestreichelt, mir köstliches Essen gebracht. Nie hast du mich angefahren, nie gefordert, ich möge mich zusammenreißen.

Als du zum ersten Mal im Frühstücksraum des Studentenheims erschienst und deine Studienrichtungen nanntest, sagte meine damalige Freundin: eindeutig eine Sportlerin, keine Anglistin. Ich habe dich nie nach deinen akademischen Leistungen beurteilt, du warst die bessere Freundin, großzügig, unbeschwert, unerschrocken. Möglich, dass unseren Gesprächen die quälende Tiefe fehlte, es waren Gespräche im Gehen, beim Wandern auf den Mönchsberg, über das hügelige Alpenvorland, mit der Natur zu einer leichten Sommermusik verflochten, sonnengesprenkelt, hitzedurchglüht, euphorisch aus grundlosem, jugendlichem Übermut. Ich war oft Gast bei euch zu Hause, im ersten Stock des alten Bürgerhauses mit dem Dachgarten. Damals war ich gern bei euch, ließ mich von deiner Mutter verwöhnen, genoss die humorvolle Aufmerksamkeit deines Vaters. Deine Mutter wurde erst misstrauisch, als ich das Weltbild, nach dem sie dich erzogen hatten, ins Wanken brachte. Nach unserer Türkei-Reise, als du nicht mehr bereit warst, türkische Gastarbeiter für minderwertige Menschen zu halten. Sie nahmen dich spürbarer an die Leine finanzieller Abhängigkeit, ich dagegen war vogelfrei, niemand überwachte, niemand unterstützte mich. Ich musste mich nicht zwischen zwei Welten entscheiden. Als du schließlich die Entscheidung trafst und unsere gemeinsame Zeit in die Vergangenheit jugendlichen Leichtsinns abschobst, hatten wir uns schon weit genug voneinander entfernt, dass es mich nicht mehr traf.

Ich habe dir und unseren Reisen, unseren gemeinsamen Jahren einen Roman gewidmet, du hast ihn als reißerisch und übertrieben bezeichnet. Aber vielleicht erinnerst du dich wenigstens an unsere Osterferienreise in die Türkei, an die Mohnfelder von Anatolien, den täglichen Weg über die Galata-Brücke und den starken morgendlichen Kaffee bei einem Kaffeesieder auf der Brücke, unsere Unterkunft im Patientenzimmer des Spitals österreichischer Nonnen und die langen Gespräche von Bett zu Bett, die enge Wendeltreppe bis zur Spitze des Minaretts in Izmir und den Blick über die Stadt auf den Hügeln zwischen den Berghängen. Die Taxireise bei klagender Steppenmusik durch menschenleeres verdorrtes Land, und wir beide mit drei fremden Männern, die uns unterwegs bei jeder Rast zum Tee einluden und uns ritterlich vor einem Hotel absetzten, wo man mich um den größten Teil meines mitgebrachten Bargelds erleichterte. Wenn du dich an nichts davon mehr erinnerst, so doch wenigstens an den glücklichen, ausgelassenen Abend, als du so etwas wie eine Epiphanie hattest, die Erkenntnis, dass die Fremde befreiend und die Einstellung deiner Eltern falsch war. Da hast du mich hochgehoben und bist mit mir im Zimmer im Kreis getanzt vor Freude und Dankbarkeit.

Und all die anderen Reisen, immer in den Bussen der Einheimischen von Stadt zu Stadt, von Norden nach Süden, in der heißen mediterranen Sonne Griechenlands, Spaniens, Marokkos, oft zu Fuß auf Landstraßen, erschöpft und hoffnungsvoll an Bushaltestellen, an denen den ganzen Tag lang kein Autobus vorbeifuhr, in der versengten Landschaft aus roter Erde und braunem Steppengras. All die Abenteuer, an denen wir erst verzagten, um sie einander später beim Betrachten der Fotos zu erzählen und darüber zu lachen. Manchmal kam es zu Verstimmungen, meist ging es darum, dass ich mir gutes Essen in einem Lokal, ein komfortables Hotel nicht leisten konnte, aber sie dauerten nie lang. Erinnerst du dich an die Sonnenblumenfelder der Sierra Nevada und die jungen Gitanas in ihrer bunten Tracht? An die schmalen, gewundenen Gassen und die weißen Häuser der Judería in Granada? An die filigrane Schönheit der Alhambra, in der wir einen ganzen Tag lang von Saal zu Saal wanderten, beinah allein? An den Stierkampf in Málaga, wo uns das Mitleid mit dem Stier in hilflose Wut versetzte? An die Auto-Rowdys in Algeciras, die uns mit Hupen und Zurufen durch die nächtlich leere Stadt verfolgten, und wir uns in immer engere Gassen und Durchgänge flüchteten, bis wir, zum Umfallen müde und ohne Unterkunft, schließlich um vier Uhr früh auf der Parkbank vor einer Kirche erschöpft einschliefen? In Marokko die hennagefärbte Zimmervermieterin, die nicht von unserer Seite wich und fortwährend hintergründig lächelte? Wie wir uns im Labyrinth des Basars von Fès unter den sonnenflirrenden Matten verirrten, die bestickten Kleider, die wir uns kauften und später nie trugen, den starken arabischen Kaffee, nach dem wir süchtig wurden? An die Nacht auf einem Campingplatz des Bergdorfs im Atlasgebirge, wo wir auf eine Hippie-Kommune trafen?

Erinnerst du dich denn gar nicht mehr an die Schönheit der vielen Landschaften, die wir gesehen haben? Bedeutet dir das alles nichts mehr? Die Nacht in einem Weinberg in Delphi, es war deine erste Nacht im Freien, als du vor Angst geweint hast, und ich vergeblich versuchte, dich zu beruhigen, glücklich berauscht von der Nachtluft und dem weiten Sternenhimmel über uns. Vor Sonnenaufgang stiegen wir zu den Ruinen des Heiligtums hinauf, beklommen wie vor einem Mysterium, warteten schweigend, dass sich die Nebel aus der Dämmerung hoben, eine schimmernde Wolke aus Dampf kündigte die ersten Sonnenstrahlen an, während die Schluchten ihre Schwärze ablegten und die Säulen, von Licht umflossen, ihre mächtigen Schatten über den Felsenboden des zerstörten Tempels legten. In Bassae fanden wir unerwartet die Reste eines kleinen Tempels mitten in der steinigen Wildnis und fragten uns, wer in dieser verlassenen Landschaft den Göttern ein Heiligtum gebaut haben konnte und welchen Göttern.

Unterwegssein bedeutete, sich an der Schönheit zu berauschen und ihre Vergänglichkeit mit der Kamera festzuhalten. Eine Reise ohne Kamera oder das Unglück, einen Film zu belichten, wäre beinahe eine vergebliche Reise gewesen, da waren wir uns einig. Das Entzücken an der Landschaft und das Bedürfnis, sie so ins Bild zu bringen, dass etwas von der Flüchtigkeit des Augenblicks erhalten bliebe, verbanden uns am stärksten. Wir wollten keine Urlaubsfotos nach Hause bringen, auch keine Gedächtnisstütze für später, sondern Kompositionen aus Licht, Raum und Farbe, nichts weniger als Kunst, obwohl wir es nicht als solche zu benennen wagten. Die Landschaften unserer Sehnsucht waren das Meer und die Wüste, die wandelbaren Nuancen der Unendlichkeit. Ich erinnere mich nicht, dass wir jemals darüber sprachen, was wir dabei empfanden. Für philosophische Betrachtungen hattest du wenig übrig. Aber ich erinnere mich an den Abend in dem kleinen Bergdorf auf der Peloponnes, als wir auf einer Steinmauer saßen und die Bergketten zu unseren Füßen bis hin zum Meer ausgebreitet lagen, und ich dich fragte, ob du verstehen könntest, warum mich das alles mit Trauer und Fremdheit erfüllte.

Die besten deiner Fotos hängen noch heute an meinen Wänden, die Marktfrauen in Fès, die durch ein dunkles Tor in eine Lichtpfütze treten und innehalten, der einsame Beter unter den Säulen einer Moschee in Isfahan, das morgendliche Glitzern der jungen Sonne auf den Wellenkämmen vor Kap Sounion. Die Magie dieser Orte ist bis heute wie ein Versprechen, längst nicht mehr einlösbar schlüpfen die Bilder zwischen die Maschen meines unzuverlässigen Gedächtnisses, jedoch so unverändert farbig und lebendig, als lägen keine fünfzig Jahre dazwischen. Unsere Abenteuer, unsere Erlebnisse, sie gehören uns zu gleichen Teilen, du bist Teil meiner schönsten Erinnerungen, deine Augen und meine, dein Blick und meiner hat dieselben Landschaften, Begegnungen und Erfahrungen gespeichert, wir haben an denselben Ausschnitten der Welt Anteil gehabt. Du bist immer mit im Bild, ich sehe dich ganz deutlich, mit deinen kurzen, am Kopf anliegenden braunen Locken, dem unternehmungslustigen Blick, immer im Poloshirt und praktischen Hosen, du hattest etwas Geschmeidiges, Sauberes, wie ein neugieriges Fohlen. Aus Männern machtest du dir nichts, du betrachtetest sie mit Misstrauen, du warst eine streitbare, männerfeindliche Amazone.

Du hattest strenge Maßstäbe, wenn es um Männer ging. So macht man das nicht, so wirft man sich nicht weg, rügtest du meine flüchtigen Affären. Natürlich hattest du recht, aber ich wusste es nicht besser, ich wusste nicht, wie man es anstellte, Liebe zu bekommen, egal in welcher Form. Du bist neben mir im Kino gesessen, als ich den Mann, den ich liebte, mit einer anderen sah, ich habe dich stehenlassen und bin ihm nachgelaufen. Immer wieder ließ ich dich stehen, um einem Mann nachzulaufen, aber unsere Freundschaft hielt, sie wurde in den letzten Jahren unseres Studiums noch enger. Ich wohnte im Studentenheim beim Bahnhof und du in einer WG am anderen Ende der Stadt. Ich hatte zu wenig Geld zum Leben, das Stipendium reichte nicht mehr aus. Du wurdest von deinen Eltern unterstützt. Oft kam ich unangemeldet zum Abendessen. Wir saßen nächtelang in meinem schmalen Zimmer mit Blick auf die Bahngleise, aßen Muscheln aus der Dose und tranken Vermouth. Wir lachten viel, ich weiß nicht mehr, worüber, aber ich erinnere mich, dass du meinen schwarzen Humor mochtest. Das ist das Jüdische an dir, sagtest du, dein Witz und deine Neugier auf Menschen. Später am Abend begleitete ich dich durch das nächtliche Salzburg zu deiner WG und du gingst mit mir zurück zum Bahnhof. So gingen wir Nachmittage lang bis in die Nacht zwischen unseren Zimmern hin und her.

Es gibt viele Fotos aus jener Zeit. Auf ihnen posiere ich für die Kamera provokant und zugleich gehemmt, und du stehst einfach da, freundlich und unprätentiös. Unser Studium ging fast gleichzeitig zu Ende, trotz unseres Altersunterschieds von zwei Jahren. Du warst zielstrebig, du wusstest genau, was du wolltest, und es ging nie über deine Kräfte. Du verstandst nicht, dass für mich die Jahre in Salzburg das Ufer waren, von dem ich mich abstoßen musste, ohne genaues Ziel. Die meisten Missverständnisse entstanden aus diesem Unterschied.

Wenn ich dich auf die Gemeinsamkeiten unserer Vergangenheit anspreche, deren Glanz für mich heller wird, je älter ich werde, sagst du: Ja, aber was ich mit meinem Mann erlebt habe, da waren unsere Reisen nichts im Vergleich. Was soll ich dagegenhalten? Dass ich damals voll Leben und die Welt voll Wärme und Helligkeit war und dass der Widerschein davon an dir hängengeblieben ist und mich für Stunden dorthin versetzt, jedesmal wenn ich dich wiedersehe?

Nicht alle unsere Reisen sind uns in gleichem Maß geglückt, in manche fielen Schatten, die ankündigten, dass sich irgendwann unsere Wege trennen würden. In Israel fiel ich dir wohl mit meiner Pose der angehenden Dichterin auf die Nerven, maultrommelzupfend und überlegen, als sei ich in ein vertrautes Land heimgekehrt, bloß weil ich schon da gewesen war und überall nach Spuren meiner verflossenen Liebe suchte. Wir müssen uns erst einmal nach einer Unterkunft umschauen, sagtest du nach unserer Ankunft in Lod, du warst müde und schlechtgelaunt, die plötzliche Hitze machte dir zu schaffen. Ich dagegen fühlte mich wie eine Wüstenpflanze, die nach langer Dürre im warmen Frühlingsregen aufblüht. Hier ist überall Israel, verkündete ich euphorisch, überall ist hier *Zu Hause* und *Angekommen*. Jeder Eukalyptusbaum versetzte mich in Entzücken, mit jedem Unbekannten begann ich ein angeregtes Gespräch. Unser Weg führte uns täglich durch Mea Schearim. Die Frommen mit ihren Schläfenlocken und den blassen, fast durchscheinenden Gesichtern, ihre weltabgewandten Augen hinter dicken Brillengläsern waren dir zu fremd. Für unsportliche Menschen hattest du nur Verachtung. Bei unserer Persienreise, in Isfahan, kam es zu einer ernsten Verstimmung, weil der junge rothaarige Israeli, der seinen Cousin besuchte, sich in mich verliebte, eine ganze Nacht zogen wir durch die Gassen von Isfahan und küssten uns im Teppichlager seines Onkels, und am Morgen unserer Abreise war er um sechs Uhr früh mit seinem verschlafenen Cousin am Busbahnhof, um sich von mir zu verabschieden und ein Wiedersehen in Teheran zu verabreden. Es gab wohl Seiten an mir, die du nicht gutheißen und nicht verstehen konntest.

Als ich ein paar Jahre später meine Wohnung in Innsbruck auflöste, um Österreich für immer zu verlassen, kamst du mich besuchen. Ich schenkte dir meine ganze englische Bibliothek, alles, was du mitnehmen wolltest, was in deinen VW-Käfer passte, denn ich ging für den Rest meines Lebens nach Amerika. Das war unsere letzte Reise, ich entdeckte, wie schön Tirol war, das mich bis dahin nur beengt hatte, und dass ich dieses Land doch auch liebte, aber dafür war es nun zu spät. Du warst damals schon Physiotherapeutin mit eigener Praxis und machtest halbherzige Versuche, einen Mann zu finden. Es waren immer konservative, anmaßende Männer, gegen deren Führungsanspruch du nach einer Weile rebelliertest.

Auf einer Reise nach Tunesien lerntest du deinen Mann kennen. Er mochte deine unkomplizierte Natürlichkeit und deine Sportlichkeit. Er begegnete dir mit Respekt, das nahm dich für ihn ein. Ihr seid ein gut aufeinander eingespieltes Paar, unvorstellbar, dass ihr einmal nicht mehr zusammen sein würdet. Wenn ich im Sommer für drei Monate nach Hause kam, war ich in dieser Zeit noch öfter mit euch zusammen. Dein Mann konnte gut mit kleinen Kindern umgehen, auch mit meinem Sohn, das irritierte dich, du wolltest damals noch kein Kind, du wolltest reisen, fotografieren und Sport betreiben. Ihr brachtet Fotos von euren spektakulären Reisen mit, Kilimandscharo, die Anden, Wüstendurchquerungen. Sie weckten in mir Trauer und Eifersucht. Und allzu oft endeten unsere Begegnungen mit einem Misston, jedes harmlose Thema führte zu Streit und wir gingen in verstimmtem Schweigen auseinander.

In der Zeit, in der die giftige Tschernobyl-Wolke über Europa hing, warst du schwanger und machtest dir Sorgen. Deinen Sohn habe ich nie gesehen. Als er klein war, ging mir deine überschwängliche Muttereuphorie auf die Nerven. Jetzt ist er erwachsen und selber Vater, auf den vielen Fotos mit Enkelkindern, die du jedesmal mitbringst, ist er ein sympathischer, dunkelhaariger junger Mann. Es ist ein anderes Leben, das ich mir nicht vorstellen kann, die wachsende Familie, die sich von Zeit zu Zeit, zu Festen und Feiertagen, bei euch einfindet, der erwachsene Sohn mit Kindern und Schwiegertochter und deren Eltern. Davon erzählst du, wenn wir telefonieren.

Im Lauf der Jahre bist du nicht nur in dein Elternhaus zurückgekehrt, sondern auch zur Lebenseinstellung deiner Eltern. Ihren Alterssitz habt ihr nach ihrem Tod renoviert und ein Schwimmbad gebaut, das ganze Parterre eine einzige Glasfront, ein großzügiges, kühles Gebäude.

Wir wissen beide, dass wir uns wenig zu sagen hätten, würden wir uns erst heute kennenlernen. Ich habe zum Thema Sport nichts beizutragen und du konntest mit Literatur noch nie viel anfangen. Du hattest ein gutes Leben, dennoch war es ein Leben, das ich in seiner vorhersehbaren Normalität nicht ertragen hätte, vor dem ich immer wieder floh. Doch jedesmal, wenn du anrufst, bin ich augenblicklich wieder bereit, mich von deiner jungen, frischen Stimme mitreißen zu lassen, als gelte es noch, zu irgendeinem verwegenen Abenteuer aufzubrechen.

Wir haben uns zu früh
aus den Augen verloren

~

Ich habe nach dir gesucht, aber wie soll man eine Frau finden, von der nur der Vorname geblieben ist. Ich habe gehört, du hättest geheiratet, du lebtest in der Schweiz, es heißt, du hättest einen Sohn. Mehr konnte ich nicht in Erfahrung bringen. Du hieltst von Anfang an Abstand zu uns anderen im Studentenheim, ein Verbot umgab dich: Kommt mir nicht zu nah. Du warst älter als wir, eine Erwachsene, die von draußen kam, vom Leben herein in ein Haus voller behüteter Klosterschülerinnen. Du warst Lehrerin gewesen, hattest in einer Fabrik gearbeitet, du hattest als Au-pair in England gelebt, erzähltest vom Bergsteigen wie ein Profi, aber wovon du nie sprachst und was dich am meisten geprägt hatte, war dein zerrüttetes Elternhaus. Einmal nahmst du mich mit nach Hause in dein Dorf. An deine vielen Geschwister erinnere ich mich kaum mehr, aber deine sanfte, einarmige Mutter sehe ich noch vor mir, schweigsam und verbraucht, und trotzdem war etwas Aristokratisches an ihrer hochgewachsenen Gestalt, etwas Unberührbares, das dein Vater, ein brutales Tier, nicht hatte unterwerfen können. Du sagtest später, ihre Mutter sei Jüdin gewesen, was bedeutete, dass auch du Jüdin warst. Du wolltest Alija machen, in Israel leben, und hast es dann doch nur halbherzig und kurz versucht. Ist dir der Sprung ins Judentum gelungen? Das vor allem hätte ich gern erfahren. Deiner Kindheitshölle, den vielen Geschwistern, dem Vater, der seine Frau verprügelte, bist du auf deine Weise entkommen. Du hast dir früh deine eigenen Überlebensräume geschaffen, du liebtest Lyrik, du verbrachtest deine Tage allein in Ried am See, wo du gelernt hattest, zu schweigen und ungreifbar zu werden.

Du betriebst das Studium anders als wir, du wolltest nicht etwas Bestimmtes werden, es ging dir nicht um Noten und bestandene Prüfungen. Du warst auf der Suche, vielleicht wusstest du selber nicht genau, wonach. Du hast niemanden nach dem Weg gefragt, bist einfach aufgebrochen, immer von neuem. Wir waren beide hungrig nach der unermesslichen Fülle, die das Leben in der Jugend bereithielt. Du wärst auch ohne mich durch die USA getrampt, aber du warst bereit mich mitzunehmen. Du konntest allein sein, aber du konntest auch teilen und ohne viele Worte verstehen. Drei Monate lang waren wir jede Minute zusammen, wir saßen nebeneinander im Greyhoundbus und fuhren Tage und Nächte durch die Landschaften des Kontinents vom Atlantik zum Pazifik und wieder zurück. Wir hatten kein Geld selbst für die billigste Unterkunft, wir sahen die Sonne durch die getönten Busfenster aufgehen und hunderte Kilometer später über der Wüste untergehen. Und wenn wir eine Absteige fanden, wie in Chicago, dann schliefen wir zusammen in einem schmalen Bett mit einer einzigen Decke in einem verdreckten fensterlosen Loch, wo mitten in der Nacht an der Tür gerüttelt wurde. Aber wir wanderten tagelang durch die Museen von New York, von Washington D.C., von Chicago und machten in einem ständigen Aufruhr überwältigten Staunens Skizzen, weil wir uns die Kataloge nicht leisten konnten.

Wie begeisterungsfähig du warst. Du konntest über alles staunen, über Menschen und ihre Eigenheiten, über die roten Felsformationen und die Kakteen am Rand des Highways, über die Leere und Weite der Landschaft und die Freiheit, die sie uns vorgaukelte. Es war die Zeit, in der *Easy Rider* und die endlosen Highways des Westens einer ganzen Generation Inbegriff der Befreiung aus allen Zwängen waren. Wie rückhaltlos du dich deinen Phantasien hingabst, wie ein Kind beim Spielen. Ich erinnere mich, wie du gegen alle Vernunft und guten Ratschläge zu Fuß in die *Badlands* von South Dakota hinausgewandert bist, um bunte Steine zu sammeln. Ein Ehepaar in seinem klimatisierten Auto las dich vom Straßenrand auf, mehr tot als lebendig vor Durst und Hitze. In einem als Western Ranch eingerichteten Souvenirladen probiertest du bunte, enggeschnürte Kleider aus Kunstseide an, mit Rüschen und Volants, eine Mischung aus Prinzessin und Wildwestschönheit, ungeachtet der Touristen um dich herum, ganz hingegeben an deine Träume von einem anderen Leben in einer anderen Zeit. Von den Cable Cars in San Francisco konntest du nicht genug bekommen, und am Strand ranntest du mit gerafftem Rock in Turnschuhen dem Meer entgegen. Wenn du dich in Begeisterung redetest, hobst du dich auf Zehenspitzen, als müsstest du dich von der Erde abstoßen. Auch deine Intuition hatte etwas Kindliches, Ursprüngliches, ihr hatten wir es zu verdanken, dass wir beiden Streunerinnen nie zu Schaden kamen, du merktest, wenn es Zeit war, einen Lastwagenfahrer, der uns mitgenommen hatte, zum Anhalten zu zwingen, du warst wachsam und spürtest die Gefahr. Wie oft sind wir in nächtlichen Busstationen gesessen, manchmal hatten wir Angst, in Manhattan am ersten Abend, als es Nacht wurde und wir keine Bleibe hatten, in Maine, als die Sonne unterging, so groß und blutrot über der leeren Landstraße, und wir so klein und ausgesetzt unter der Faust einer, wie uns schien, unbekannten, bedrohlichen Macht. In der Dunkelheit hielt ein Auto voll junger Männer und du sagtest, steigen wir ein, die sind in Ordnung. Sie brachten uns bis vor die Tür einer Zimmervermieterin, die entzückt war, zwei Mädchen aus dem Land ihres Lieblingsfilms *The Sound of Music* zu beherbergen. Du warst die Praktische, die für uns kochte, ich liebte deinen Reisauflauf mit Rosinen. Zum Schluss, als wir nicht einmal mehr genug Geld für Jugendherbergen hatten, lebten wir nur mehr von Erdnussbutter, Pudding und Apfelmus aus Dosen.

Du hattest ein Gespür für das, was in der Luft lag, die Musik, von der wir erst in der geliehenen Wohnung in New Haven erfuhren, dass es sie gab, Bob Dylan, Joni Mitchell, Joan Baez, alles, was zur Counter Culture gehörte, die Lyrik von E. E. Cummings, Allen Ginsberg, die atemlose Sprache von Jack Kerouac, du fandst sie alle und öffnetest mir eine Welt, die mich befreite und von Grund auf verwandelte. Du bliebst an der Schwelle stehen, es war nicht deine Welt, du kehrtest ihr bald den Rücken, um weiterzusuchen, aber du hast mir die Tür aufgestoßen und mein Staunen zugelassen.

Drei Monate lang waren wir keine Minute getrennt gewesen, kein einziges Mal hatten wir uns gestritten. Du warst bei mir sitzen geblieben, als ich mit hohem Fieber im Pinienwald über der versperrten Jugendherberge in Flagstaff lag und den Tag zu überstehen versuchte, obwohl du lieber zum nahen Grand Canyon gefahren wärst. Was war es dann, das uns am Ende unserer Reise, in Maryland, entzweite? Ich erinnere mich nicht. Ich weiß nicht, wo du warst in den zwei Tagen, in denen ich meiner ersten großen Liebe begegnete. Vielleicht warst du wie immer ganz in meiner Nähe und ich konnte dich nicht sehen. Von da betrachtet, wo du standst, war es wohl nur eine Ausschweifung unter Drogeneinfluss. In deinem Abscheu vor jeder Art von Sexualität konntest du nicht anders, als dich abwenden, du konntest nicht einmal eine Frage stellen. Auf einmal warst du verschwunden. Ich fuhr allein nach New York zurück, ich saß allein im Flugzeug, du redetest lange nicht mehr mit mir.

Zwei Jahre später reisten wir noch einmal zusammen

nach Griechenland, es war keine geglückte Reise. Du warst auf dem Weg nach Israel und ungeduldig, den Teil der Reise, der dir nichts bedeutete, hinter dich zu bringen. Du gingst mit der gleichen Erwartung nach Israel wie ich ein Jahr zuvor, in einem tollkühnen Versuch, deine erste Liebe wiederzufinden, ihm gegenüberzutreten und zu sagen, hier bin ich und wenn du mich willst, bleibe ich. Auf einmal hattest du Verständnis für meine Verwandlung in Maryland. Du hattest einen Mann erwählt, den du in der Nacht aufsuchtest, so wie Ruth sich zu Boas legte, wie eine Bittstellerin: nimm mich, ohne Bedingungen, ich will auch nicht fragen, was am Morgen sein wird und ob du mich bei Tag noch kennen wirst. Was wurde aus dieser Liebe? Damals, in Griechenland, warst du von ihr so erfüllt, dass deine Ungeduld anzukommen unsere Reise verdarb.

Und dann kamst du doch zurück, aber nicht nach Salzburg zum Studium, sondern als Volksschullehrerin in ein Dorf und verfielst auf eine neue fixe Idee, die du mit der dir eigenen Ausschließlichkeit betriebst. Du stürztest dich verbissen in Verzicht und Askese, das hattest du dir voll Bewunderung bei einer altjüngferlichen Kollegin abgeschaut. Eine Art Mönchstum schwebte dir vor, streng mit dir selber und voll Verachtung für die Leichtlebigkeit anderer. Unser letzter Briefwechsel war dumm und verletzend auf beiden Seiten. Auch ich jagte einem Extrem nach, der Wissenschaft, und wollte dich nicht sehen, als du anbotst mich in Innsbruck zu besuchen, sondern lieber über Sylvia Plath forschen.

Ich habe gehört, du seist ein drittes Mal nach Israel gegangen, auch dieses Mal mit der Absicht zu bleiben, lerntest Ivrit, lebtest in Jerusalem, nicht unter Juden, sondern bei Nonnen. Aber irgendwann musst du diesen Traum wohl aufgegeben und Israel verlassen haben. Als Abgewanderte, Abgestiegene, wie es in Ivrit heißt, oder einfach als Touristin, die zuletzt wieder nach Hause zurückkehrt? Vielleicht lebst du ja als Jüdin irgendwo in Europa. Ich hätte es so gern gewusst. Ich wüsste gern, wie du jetzt aussiehst, ob ich dich wiedererkennen würde. Damals warst du klein, muskulös und zäh, trugst blaue Faltenröcke und lose helle Pullover und dein hellbraunes glattes Haar war auf der Seite gescheitelt und kunstlos in Kinnlänge abgeschnitten. Und wenn du dich begeistertest, drücktest du den Rücken durch, als würdest du dich aufbäumen. Ich wüsste gern, wie du lebst und wer du geworden bist, ob du noch immer nach Extremen suchst, vielleicht eine chassidische Fromme oder eine Nonne in einem Schweigeorden geworden bist.

Alan, my love

Wenn ich mich an dich erinnere, dann gelingt es mir nicht, mir einen Mann Mitte siebzig vorzustellen. Du wirst für mich immer zwanzig sein. Ich sehe dein spitzes Kindergesicht mit den kurzsichtigen, tiefliegenden grau-blauen Augen und Lippen, wie die eines jungen Tiers, weich und beweglich, ein sehr verwundbares Gesicht mit einem flüchtigen Zug Grausamkeit. Meine Erinnerung an diese erste Liebe ist von einer so strahlenden Klarheit, wie keine der späteren Verliebtheiten. Vielleicht liegt diese Unschuld über jeder ersten Liebe, unwiederholbar und vor jeder Verunglimpfung gefeit. Nie wieder habe ich mit einer solch wilden Unbedingtheit geliebt, die keine Fragen und keine Forderungen stellt, nicht einmal, dass meine Hingabe angenommen werde.

Ich suche nach Analogien, um mich zu erinnern, wie jung wir gewesen waren, aber ich finde weder das Körper-gefühl der Zweiundzwanzigjährigen in mir wieder, die Unverwundbarkeit und Sicherheit, sich auf den jungen Körper, den man besitzt, verlassen zu können, noch eine Vorstellung von dem Mut zu den eigenen Gefühlen, die auf keine Bestätigung von außen angewiesen sind. Die ganze Leichtigkeit, der Überschwang eines endlos scheinenden

Sommermorgens, dieses Wunder des Anfangs geht dem Gefühl verloren und bleibt in der Erinnerung nur als Staunen, dass man es selber war und keine andere, die es erlebte. Aber vielleicht war ich ja eine Andere, so völlig ungeschützt, so maßlos in meiner Liebe, so sicher, dass der Mensch, den ich liebte, gut war und mich vor der Welt, sogar vor ihm selber beschützen würde. Dieses bedingungslose Vertrauen ging mit dem Ende der ersten Liebe verloren. Die Liebesfähigkeit wurde mit jeder Erfahrung vorsichtiger, klüger, auch geiziger, berechnender. Oft, in späteren Jahren, wenn ich mich von den Kränkungen und Bitterkeiten missglückter Beziehungen zurückzog, holte ich die Erinnerungen an diese erste Liebe hervor wie Fotos aus einer glücklichen Kindheit, wie Bilder von einem wolkenlosen Morgen, an dem noch niemand den Tau auf dem Gras zertreten hatte, an das Entzücken der Seele, wenn ich dich ansah, das unreflektierte Glück deiner bloßen Nähe. Auch jetzt noch, nach fünfzig Jahren, bleibt eine Ahnung von diesem Glück, das es überflüssig machte zu fragen, ob du mich liebtest. Es reichte aus, dass ich dich liebte.

Damals nahm ich alle deine Herzlosigkeiten, alle Grausamkeiten hin, ohne mich zu wundern, widerspruchslos und ohne Vorwurf, ich war durch meine Unwissenheit geschützt. Um die Wahrheit zu sagen, du hast mich nicht besser behandelt als alle anderen, aber ich dachte, so müsse es eben sein in der Liebe und steckte alles ein, ohne mich beirren zu lassen. Ich ließ mich von dir formen wie von keinem andern. Dein Anteil an der, die aus mir geworden ist, steht in keinem Verhältnis zur Zeitdauer, die wir zusammen waren.

Du warst der Höhepunkt, auf den die Tour de Force meiner ersten Amerikareise zulief. Ich war drei Monate lang unterwegs gewesen, mit einem Greyhound-Ticket für neunzig Tage und so wenig Geld, dass ich an meinem ersten Tag in New York bereits die Hälfte ausgegeben hatte. Am Ende, nach drei Monaten und einer Reise von Maine nach Pennsylvania und weiter durch den ganzen Mittelwesten über South Dakota, Utah, nach San Francisco und zurück über Texas, Ohio, nach Maryland, war ich krank und so erschöpft, dass ich nichts mehr sehen wollte und im Gästezimmer eines älteren Pastorenehepaars das Bett nicht mehr verließ. Ich hatte aufgehört, wie ein Mensch zu leben, aufzustehen, mich zu waschen, Nahrung zu mir zu nehmen. Ich lag auf dem Bett und dämmerte vor mich hin und mit Amerika hatte ich abgeschlossen. Auch dem hünenhaften blonden Ken ging ich aus dem Weg, dem Enkel des abwesenden Pastors, der auf eine arrogante, halbherzige Weise versuchte, mit mir zu flirten. Widerwillig stand ich von meinem seit zwei Wochen ungemachten Bett auf, als es an der Tür läutete, lange, hartnäckig, und die Klingel nicht mehr aufhörte, meinen Schlaf zu stören. Im rhombenförmigen Fensterausschnitt in der Tür erschien der Kopf eines Hippies mit einer halblangen Mähne und fragte nach Mrs. Forman. *She is not here*, rief ich unwirsch durch die verschlossene Tür. *And who are you?*, fragtest du.

Ken hatte dir von uns erzählt und du warst neugierig, wolltest dir die beiden Tramperinnen aus Europa ansehen, weil du dich an diesen öden Spätsommertagen im Haus deiner Eltern langweiltest. Ich fühlte mich belästigt, ich wollte ins Bett zurück, doch da standst du schon im Wohnzimmer. Ich erinnere mich nicht an unser erstes Gespräch, nur daran, dass du mich fragtest, ob ich mir auch die Haare wachsen ließe, denn unsere ungepflegten Mähnen ähnelten einander. Von diesem ersten Abend sind mir nur unzusammenhängende Bilder geblieben, Sequenzen wie aus einem Film mit scharfen Schnitten, der Spiegel im Flur, in dem wir Ken mit seinem Mädchen beobachten konnten, und der komplizenhafte Blick, den wir tauschten, der kurze Weg durch die vornehme Suburb von Washington D.C., die Straße breit wie ein Boulevard und die weit zurückgebauten Bungalows mit den gepflegten Rasenstücken, die völlige Stille des Nobelviertels, während du von deiner Familie erzähltest, deinem einflussreichen Vater, der in deinen Augen ein Monster an politischer Verkommenheit war, mit Richard Nixon befreundet und dein Feindbild, von deiner Mutter, die mit einem Freund deines Vaters ein Verhältnis gehabt habe. Sie waren alle anwesend und hießen mich freundlich willkommen, boten mir Früchte und Dessertwein an, ich saß auf dem Sofa und kraulte deinen Hund, dein Bruder David gefiel mir, er sah aus wie Bob Dylan. Dein Vater war ein anziehender, charmanter Mann, der mich verwirrte, Salzburg, sagte er, sei zu schön, eine Marzipanstadt. Deine Mutter, eine übergewichtige Matrone, erklärte, sie könne ihren Stammbaum bis zur Königin von Saba zurückverfolgen. Ich konterte, mein Stammbaum ginge noch weiter zurück, bis zu Adam und Eva, eine Respektlosigkeit, die dir gefiel.

Später saßen wir mit angezogenen Knien nebeneinander auf einem Sofa in deinem Zimmer, so nah, dass unsere Arme und Schenkel einander berührten, und in dieser erotisch knisternden Geschwisterlichkeit redeten wir über Vietnam und Nixon, über Bob Dylan und die Revolte an der Kent State University. Du nanntest die USA einen Moloch, der seine eigenen Kinder fräße, brutal und herzlos. Wir waren uns einig in unserem umfassenden Widerstand gegen die Welt der Erwachsenen und deren Erwartungen an uns, wir redeten über den Weltschmerz der Jugend, den wir für ein noch nie da gewesenes Leiden an einer verständnislosen, verbrecherischen Weltordnung hielten, wir tauschten unsere Bekenntnisse und Gefühle mit so inniger Verbundenheit aus, dass wir meinten, seit jeher verwandte Seelen zu sein. Irgendwann schobst du die Ärmel deines Hemds zurück und zeigtest mir die feinen weißen Narben an deinen Handgelenken, Wundmale, die dir eine Gesellschaft voller Karrieristen, Kapitalisten und Nixon-Anhängern wie deinem Vater beigebracht habe. Ein Jahr später, auf der Insel Ios, als dich Halluzinationen, die du *flashbacks* nanntest, ungerecht und paranoid machten, erfuhr ich, dass du dir damals an der University of Maryland auf einem alptraumhaften Drogentrip die Pulsadern aufgeschnitten hattest. Ein paar Wochen bevor wir uns begegneten, warst du aus der Psychiatrie entlassen worden und seither versuchte dein Vater, mit seinem ganzen Einfluss deinen Einberufungsbefehl nach Vietnam abzuwenden. Selbst wenn du es mir damals in deinem Zimmer in Washington erzählt hättest, es hätte mich nicht vorsichtiger gemacht, es wäre ein weiterer Grund gewesen, dich zu lieben als den Märtyrer eines imperialistischen Herrschaftssystems, gegen das wir, die behüteten Kinder unserer Wohlstandsgesellschaften, aufbegehrten. Alles, was diesem Augenblick vorangegangen war, die Ideologie der Studentenbewegung, die harten, entbehrungsreichen Monate meines US-Trips von Küste zu Küste und wieder zurück, erschien mir wie eine lange Vorbereitung auf dem vorbestimmten Weg zu dir. Es war bereits nach Mitternacht, als wir am Rand eines Tenniscourts saßen, *this land is my land, this land is your land, this land was meant for you and me* sangen wir und liebten dieses Land so inbrünstig, wie wir es kurz zuvor verdammt hatten.

Wenige Stunden später, am nächsten Morgen, standst du wieder vor der Tür und dein Besuch galt mir. Es war eine langsame, geduldige Verführung, einen ganzen Tag lang, bis in die Nacht, du machtest uns Thunfisch-Sandwiches, wir rauchten Marihuana, tranken Wein, küssten uns und zogen uns schließlich in die Abgeschiedenheit des *Basements* zurück. Du sagtest mir keine unvergesslichen Komplimente, ich weiß nicht mehr, was wir geredet haben. Ich hatte keine Übung in der Liebe und keine Ahnung von Sex, ich lag auf dem Bett im dämmrigen *Basement*, starrte entsetzt auf das fluoreszierende Kondom über mir und geriet in Panik. Warum gabst du dir so große Mühe, ein verklemmtes Mädchen zu verführen, das sich fürchtete und noch Jungfrau war? Wir zogen uns an, ohne einander anzusehen, und selbst in meiner Unerfahrenheit war ich erstaunt, dich am Morgen wiederzusehen, auch wenn du nicht mehr versuchtest, mit mir allein zu sein. *No hard feelings*, sagtest du, du seist eben anders als die meisten, und nahmst mich zum Frühstück mit nach Hause, wo deine Mutter eine anzügliche Bemerkung machte. Für dich war unsere Begegnung ein Missverständnis, und ich blieb mit meiner entfachten Seligkeit allein zurück, fuhr wie betäubt am nächsten Tag nach New York und rettete meine vom Küssen wunden Lippen wie ein Pfand über den Ozean nach Hause.

Niemandem entging meine Verwandlung. Ich war zu Beginn der Sommerferien nach Amerika geflogen und im Herbst als eine andere zurückgekehrt, schlanker als zuvor, mit langen Haaren, selbstbewusst, mit dem heimlichen Gefühl der Überlegenheit, als hätte ich eine Entdeckung gemacht, die einzigartig war. Ich hatte erfahren, dass die Liebe nichts Schmutziges aus dem Reich der Sünde war, sondern ein Erlebnis beseligender Unschuld. Ich sehnte mich mit aller Kraft nach einem Neunzehnjährigen, den ich nicht kannte, mit dem ich nur einen einzigen Tag verbracht hatte, dem mich hinzugeben mir nicht

gelungen war, und der trotzdem meine ganze Liebesfähigkeit geweckt hatte. So begann eine lange Kette von
Missverständnissen und Leiden. Ich fragte mich kein einziges Mal, ob du mich liebtest, ich tat es für uns beide im
Übermaß, schrieb dir in meinem unbeholfenen Schuleng-
lisch glühende Briefe, die dir peinlich waren und die du
nicht beantwortet hast. Was hättest du auch sagen sollen?
Du warst ein Kind, ein verwöhntes Kind reicher Eltern,
die dich liebten, obwohl du sie ablehntest, du konntest es
dir leisten, sie zu hassen, sie boten dir Schutz und Unter-
stützung, wo immer du über die Stränge schlugst. Als
sie deine Einberufung nicht mehr verhindern konnten,
schickten sie dich in den Kibbuz und bezahlten deine
Reise durch Europa. Dein Großvater kam aus dem galizi-
schen Stetl und hatte Wachsman geheißen, ihn liebtest du,
von ihm nahmst du alles an, was er dich lehren konnte,
Bubele, hatte er dich genannt. Deine Eltern wollten Ame-
rikaner sein, dein Vater änderte seinen Namen in Waxon,
um selbst durch seinen Namen der Macht nah zu sein.
In diesem X lag alles verborgen, seine Angst, als Jude erkennbar zu sein, sein Aufstiegswille. Dieses X musstest
du tilgen, du warst die dritte Generation.

Deine erste Karte versetzte mich in Glückseligkeit. Ich
lebte damals in Yorkshire und du warst bereit, mich zu besuchen, auf dem Weg nach Schottland zu einem anderen
Mädchen. Ich fürchtete um meinen Job als Student Coun-
selor, ich dachte, alle Welt sei in ihrer Verurteilung von
vorehelichem Sex so prüde wie meine Eltern, doch dazu

kam es nicht. Der erste Schnee des Jahres lag an jenem fünfzehnten November vor der Haustür, als das lila Aerogramm mit deiner Schrift durch den Briefschlitz fiel. Du würdest nicht nach England kommen, du warst bereits in Florenz, hattest dich verliebt und dir eine neue Gitarre gekauft und warst auf dem Weg nach Israel. Eine kühle Zurückweisung mit einer *Poste restante*-Adresse, von der mein verzweifelter Antwortbrief Wochen später zurückkam. Ich legte mich ins Bett und blieb eine ganze Woche liegen, schlief, dämmerte vor mich hin, Tage, Nächte, bis in die Weihnachtsferien hinein.

In der Silvesternacht wünschte ich mir um zwölf Uhr Mitternacht nichts anderes als ein Wiedersehen mit dir, mit solcher Heftigkeit, dass selbst das Schicksal darüber erschrak und mir das Wiedersehen verschaffte. Anfang Jänner kam dein Aerogramm aus Israel, ohne Erklärung, ohne Entschuldigung, und von da an trafen regelmäßige Wunschlisten ein, die ich sofort erfüllte. *Send me guitar strings*, mit genauen Qualitätsangaben, von allem das Beste, wie du es gewohnt warst, Musiknoten, Bücher, einen Rucksack, einen Schlafsack, es waren Befehle mit strengen Anweisungen, keine Bitten, ich lief, kaufte, schickte, ohne Fragen zu stellen, ohne zu zögern, so blind, so maßlos und bedingungslos, wie ich alles tat, wenn ich liebte. Wenn ich dich in meinen Briefen mit Liebeserklärungen behelligte, verbatst du sie dir, *I was embarrassed,* schriebst du. Es könnte sein, dass er Sie nur ausnützt, sagte die Frau, die einmal in der Woche mein

59

Apartment saubermachte. *I don't care*, antwortete ich, *I love him*.

Die Sehnsucht ließ mir keine Wahl. Ich buchte einen Flug nach Tel Aviv, packte ein paar T-Shirts in meinen Rucksack und flog zu dir. Im Flugzeug saß ich neben einem jungen religiösen Juden. Ich erzählte ihm von dir, er warnte mich, dieser Mann liebt Sie nicht. Wenn ich ein Mädchen liebte, sagte er, wäre sie meine Königin, ich würde ihr dienen, nicht umgekehrt. *How do you feel*, fragte ich, als die Küste und die weißen Häuser von Tel Aviv sich aus dem Morgendunst hoben. *Very Jewish*, sagte er bewegt. Ich fragte mich durch zum Busbahnhof, fuhr nach Ashkelon, eine alte Frau setzte sich an der Haltestelle zu mir, auch ihr erzählte ich von dir. Sie hörte amüsiert zu und sagte, ich erinnere sie an ihre Tochter, und ich solle nicht zu viel erwarten. Dann stand ich in einem Büro vor dem Kibbuz-Sekretär, ich sei Alans Freundin. Man holte dich vom Feld, du hattest keine Ahnung, wer ohne dein Wissen aufgetaucht war und sich als deine Freundin ausgegeben hatte, aber du nahmst den Besuch ohne Protest an, ein wenig peinlich berührt. Verlegen gabst du mir ein Handtuch und eine Seife und sagtest, wie erstaunlich es sei, dass man auch von einer benützten Seife nicht schmutzig werden könne. Wir gingen zu deiner Baracke, und weil ich nun einmal da war, blieb dir nichts anderes übrig, als mich bei dir aufzunehmen. Du fragtest nicht, wie lange ich bleiben wollte, du stelltest überhaupt keine Fragen, und weil du für den Rest des Tages freibekommen hattest, versuchten wir, unbeholfen, ohne Leidenschaft, uns zu lieben. Du kommentiertest nicht und gabst keine Zensuren, du warst geduldig mit mir, mit uns beiden. Danach standen wir verlegen nebeneinander in der leeren Kibbuzküche, du presstest Orangen aus und ich war glücklich.

Die Erinnerungen an unsere Liebe und an den Kibbuz lassen sich nicht trennen. Meine Liebe zu dir war immer Teil meiner Liebe zu Israel. In diesen Monaten hast du mich so gründlich von meiner Herkunft und meiner Vergangenheit weggeführt, dass ich nie mehr zurückwollte. Du hast mir die Musik, die Literatur, das Lebensgefühl der Counter Culture auf eine Weise geschenkt, dass ich sie mir zu eigen machen konnte. Und auch im Kibbuz war mir nichts fremd. Man stellte keine Fragen, man nahm mich auf, als sei es ganz selbstverständlich, dass ich von einem Tag auf den anderen unter ihnen lebte, dass ich in kurzen Kibbuz-Hosen mit ihnen jeden Morgen um vier Uhr früh auf einem Traktoranhänger in die Obstplantagen fuhr, mit ihnen im Schatten der Zypressen um acht Uhr morgens dünnen Kaffee trank, mit ihren Töchtern im Badehaus unter der Dusche stand, und im Speisesaal an langen Tischen *Leban* und fein gehackten Salat aß. Zweimal schickten sie mich nach Tel Aviv, um meinen Status als Volontärin zu legitimieren, aber als mir das nicht gelang, behielten sie mich einfach, ich war *Alan's girlfriend*. So lernte ich den praktischen Umgang mit dem jüdischen Gesetz: Es gab eine Vorschrift, aber wenn man sie nicht anwenden konnte, ohne Leid zuzufügen, fand man Wege sie zu umgehen: Die Menschlichkeit gebot es, die Liebenden nicht zu trennen.

Es war ein Abenteuer und zugleich eine Einkehr, als sei dieses Leben immer schon das Richtige für mich gewesen, die gleichförmigen, heiteren Tage ohne Zeitdruck und Erfolgszwang, die sandigen, sonnendurchglühten Wege zwischen den Häusern, die Gitarren und Lieder bis in die Nacht. Am frühen Morgen, wenn es noch kühl war, standen wir auf kurzen Leitern in den niedrigen Baumkronen, erst waren es die Orangen, dann die Birnen und Äpfel, später die Avocados, deren Reife mit dem Rundmaß gemessen werden musste. Nur, was nicht durchschlüpfte, durfte gepflückt werden. Du hattest den Ruf, ein Faulpelz zu sein, und ich gab dir von meiner Ernte ab. Zu Mittag war der Arbeitstag zu Ende. Eine Weile arbeitete ich in der Küche, lernte Tomaten und Gurken klein hacken und wusch Berge von Geschirr. Am Freitag war das Badehaus geheizt, abends waren die Tische weiß gedeckt und es gab Huhn und *Kugel*, die Männer trugen frische, weiße Hemden. Der Schabbat war kein religiöser Feiertag, aber dennoch eine festliche Pause. Ich erinnere mich an keinen Augenblick, in dem ich mich fremd gefühlt hätte.

In meiner Erinnerung war es das beste Jahr meines ganzen Lebens, ein Jahr außerhalb der Zeit, als sei das Ziel schon erreicht. Israel war so jung wie wir, knappe zwanzig Jahre und die Menschen gingen, wie wir, noch mit dem Kopf in den Wolken und auf Sohlen, die kaum den

Boden berührten, so neu war das Glück und die Freude über Erez Israel. An Wochenenden fuhren wir nach Jerusalem, das erst drei Jahre zuvor zurückerobert worden war, und überall gingen die Menschen auf uns zu, wir schlossen Freundschaften im Bus und unterwegs auf der Straße, die Erwachsenen sahen in uns die Hoffnung auf die Zukunft, sie hätschelten uns als das Versprechen einer großen Nation, wie sie Abraham versprochen worden war, *wie der Sand am Meer und die Sterne am Himmel.* Und der Himmel über der israelischen Wüste ist weit wie an keinem anderen Ort, die Sterne leuchten nirgendwo so hell und nah, und ich lief die sandigen Kibbuzwege entlang und besuchte den alten Beduinen am Eingangstor, überall lag Sand, als seien die Dünen ganz nah.

An trägen, heißen Schabbat-Nachmittagen gingen wir über die von der Sonne verbrannten Hügel und liebten uns unter dem spärlichen Schatten einer Tamariske und ich glaubte, am Ziel meiner Wünsche angekommen zu sein, ich hätte für den Rest meines Lebens hierbleiben mögen. Ich erinnere mich, wie du die langen Stängel der Minze, die neben unserer Baracke wuchsen, kopfüber in heißes Wasser gehängt und wie du nächtelang Gitarre gespielt hast, Blues, Muddy Waters, Bob Dylan, Leonard Cohen, den Text hast du leise mitgesungen. Wir schoben unsere Matratzen zusammen und schliefen unter den rahmenlosen Bildern von Shiva und Buddha. *Blossom,* schriebst du mit Filzstift an die Wand. Das sei kein Name, erklärtest du, sondern eine Aufforderung, und am Kopfende unserer Matratzen stand der ganze Text von *Lay, Lady, Lay*. Der Raum war klein, ein Holztisch, ein Sessel, ein Spind, mehr brauchten wir nicht. Manchmal kehrten wir den Sand aus dem Zimmer und über die Veranda, die knapp über dem Erdboden die Sandvipern fernhalten sollte, nachts gingen wir hinter die Baracke in die Büsche. Unsere Nachbarn waren Sharon, eine Kindheitsfreundin von Bob Dylan, den sie nur Bobby Zimmerman nannte, und ihr Freund David aus Marokko, mit dem mich die Liebe zur klassischen Musik, aber keine Sprache, verband. Unsere Freundschaft wurde inniger, je mehr Namen von Komponisten und ihrer Werke wir einander zuriefen und die Melodien summten. Manchmal kam der Däne Shmuel auf Besuch. Du kannst jederzeit bei mir einziehen, wenn du Alan satthast, bot er an. Du gerietst oft in Streit und Raufereien, aber ich erfuhr nie, worum es ging, nur dass du als arrogant galtst und dich immer häufiger gegen die Bedürfnislosigkeit des Kibbuz-Lebens aufgelehnt hast. Du warst es auch, der zum Aufbruch drängte, du fühltest dich beengt, die Einförmigkeit des Kibbuz-Lebens behagte dir nicht, es sei wie ein nicht enden wollendes Summer Camp, sagtest du.

Am Schabbat fuhren wir mit einem Jeep in den Galil oder ins Jordantal und verkrochen uns ins Dickicht der Tamarisken und Weiden, und wenn sie uns suchten, riefen sie *Romeo and Juliet*! Auf einer dieser Fahrten hatte ich eine Auseinandersetzung, die mein Geschichtswissen, wie es uns gelehrt worden war, gründlich veränderte.

Jehuda war älter als wir, vielleicht war er ein Überlebender der Shoah.

Die Österreicher wollen Opfer gewesen sein?, rief er, das sind die ärgsten Schweine, das waren die brutalsten Sadisten, denen hat doch das Quälen und Morden großen Spaß gemacht!

Ich erinnere mich nicht, was ich entgegnete, ich habe mich wohl damit verteidigt, dass meine Eltern keine Nazis gewesen waren, dann begann ich zu weinen und du hast versucht, mich zu trösten, leise und sanft, hast mich ganz fest gehalten, vor allen anderen, du bist nicht von mir abgerückt. Ich brauchte noch ein paar Jahre, bis ich Jehudas Worte in ihrer ganzen schrecklichen Wahrheit begriff.

Nach Jerusalem fuhren wir allein, übernachteten auf dem Campus der Hebrew University und wanderten über den Ölberg zur Altstadt hinunter, kletterten auf der Stadtmauer herum, hörten einem Flötenspieler zu, versuchten, Schafspelzmäntel zu erhandeln und wurden bestohlen, wir hörten uns das verlockende Flüstern der Drogendealer an, aber du hast mich immer mit einer Bestimmtheit von Drogen ferngehalten, die mir wie ein Beweis deiner Liebe erschien. Das Jerusalem von damals ist verschwunden, ich habe es später vergeblich gesucht, im Hinnom-Tal lagen noch gesprengte Betonblöcke vom Sechs-Tage-Krieg, und alles war ganz nah und zu Fuß erreichbar, der Weg vom Skopusberg zwischen Zypressen zum Löwentor war ein Morgenspaziergang und Westjerusalem war beim großen Busbahnhof schon zu Ende, danach kamen Felder, freie Flächen und Baustellen, in die Vorstädte fuhr man mit Egged-Bussen.

Mit den gleichen Egged-Bussen fuhren wir zum Toten Meer, wir brachen um drei Uhr nachts von der Jugendherberge in En Gedi auf, um den schmalen Serpentinenpfad zur Anhöhe von Masada hinaufzusteigen und über der jordanischen Wüste die Sonne aufgehen zu sehen. Unterwegs trafen wir auf Scharen anderer Jugendlicher aus allen Ländern der westlichen Welt, es schien, als sei damals eine ganze Generation unterwegs gewesen auf der Suche nach einem anderen, freieren Leben. Bei unserem Aufstieg nach Masada wollten wir es den jungen Rekruten der Zahal gleichtun, auch wenn wir keine Kampfausrüstung auf dem Rücken trugen und keinen Schwur auf Erez Israel leisteten.

Natürlich gab es Streit und Eifersucht. Ich hatte mich dir aufgedrängt und du hingst einer erst Wochen zurückliegenden Liebe nach, die du am Strand von Ashkelon wiederzufinden hofftest. Du verbrachtest die Nächte, nachdem du mich mit deinen Blues-Songs in den Schlaf gesungen hattest, mit Kibbuzmädchen und erzähltest mir am Morgen davon. Aber ich liebte dich so bedingungslos, dass meine Liebe mich gegen alle Schmerzen unempfindlich machte, ich hatte ja keinen Maßstab, keine Möglichkeit zu wissen, wie viel an Liebesbeweisen mir zugestanden wäre. Wir fuhren nach Tel Aviv und wie stets zahlte ich die Fahrkarten, wo du doch kein Geld hattest und ich seit Monaten daran gewöhnt war, alles zu bezahlen, was du dir wünschtest. Wir lebten auf großem Fuß, solange ich Geld für uns beide hatte, und als ich pleite war, hattest du plötzlich eigenes, nur für dich. Es war heiß, die Zunge klebte uns am Gaumen vor Durst, du kauftest dir Pfirsiche und botst mir nicht einen Bissen an. An Busbahnhöfen zogst du mit meinem Geld aus, Essen zu besorgen, ließt mich mit unseren Rucksäcken zurück und kamst erst Stunden später wieder, warst nicht mehr hungrig und hattest auch nichts mitgebracht. *Let's share*, sagtest du, wenn wir Falafel aßen, und machtest dich über meine Portion her, bis ich ausrief, ich will nicht mehr teilen, ich habe genug vom Teilen. Erstaunt hieltst du inne. Ich hatte einen heiligen Begriff der Counter Culture zurückgewiesen, wie konnten wir behaupten, die Welt verbessern zu wollen, wenn wir Egoisten waren, nicht bereit, alles zu teilen? Aber auf der Rückfahrt in den Kibbuz schliefst du an meiner Schulter ein, deine braunen Locken fielen mir auf die Wange, ich betrachtete dein schlafendes Gesicht und verzieh dir deinen Egoismus.

Später, als wir durch Europa trampten, trafen wir im Piräus auf zwei Matrosen, mit denen wir Ouzo tranken. Sie betrachteten mich wie billige Ware, wollten dir einen Handel vorschlagen. Ich fühlte mich ausgeliefert, weil du über ihre anzüglichen Angebote lachtest und ihr angespanntes Lauern nicht wahrhaben wolltest. Ich teile gern mit Freunden, sagtest du. Es war die Zeit der Flower-Power und der sexuellen Revolution, in der sich jeder

Jugendliche als Psychotherapeut aufspielen und spontane Selbstbefreiung von bürgerlicher Verklemmtheit fordern durfte. Es war doch nur Spaß, beschwichtigtest du mich später und ich verzieh dir, weil die zitternden Lichter sich im vollkommenen Halbkreis des Hafenbeckens spiegelten und weil du mich *passion flower* nanntest und in einer Umarmung hieltest, die mich glauben machte, unsere Liebe habe eine neue Stufe der Zärtlichkeit erreicht. Wir schliefen auf Bahnhöfen, in unsere Schlafsäcke vergraben, und ließen uns an den Sandstränden des Mittelmeers von der aufgehenden Sonne wecken, wir verbrachten die Tage in Olivenhainen und wurden in der Nacht unter den Büschen in städtischen Parks von Polizisten aufgespürt. Auf Ios saßen wir im Hain einer Klosterruine hoch über dem Meer und den blendend weißen Gassen und Dächern der Stadt und ich zeichnete dich, während du Gitarre spieltest und Gedichte schriebst, melancholische Entwürfe, aus denen ein Gefühl der Verlassenheit schrie, Versuche, einer Trauer zu entfliehen und Unbegreifliches zu enträtseln, für die deine Sprache nicht ausreichte.

Aber am nächsten Tag zerstritten wir uns wieder, weil ich keine weitere Nacht in einer schmutzigen Jugendherberge unter einem tropfenden Wasserhahn schlafen wollte. Nicht nur die Überlandbusse und Fähren waren von verdreckten jugendlichen Rucksacktouristen überfüllt, auch in den Jugendherbergen breiteten sie ihre Schlafsäcke auf jedem freien Platz aus, in Speisesälen und Waschräumen, sogar auf dem Gang. Wir brachten den Orten, die wir heimsuchten, keine Devisen, wie Schmetterlingsschwärme, in bunten Kleidern und langen Haaren ließen wir uns auf Stränden, in Bahnhofshallen und in öffentlichen Parks nieder, aßen bei Straßenhändlern Gekauftes, tranken aus öffentlichen Brunnen, reichten Joints herum und waren überzeugt, die ersten Menschen einer neuen Ära zu sein. Nach einigen Monaten beschlossen wir, dass wir genug vom Trampen hatten und uns nach einem Bad und gutem Essen sehnten. Wir waren im Bahnhof von Belgrad gestrandet, mein Rucksack war verschwunden und wir hatten gerade genug Geld für zwei Fahrkarten nach Salzburg. Ich wollte es nicht wahrhaben, dass du in all den Monaten unterwegs nur eine kumpelhafte Zuneigung zu mir empfunden hattest, die das improvisierte gemeinsame Trampen mit sich bringt. Ich hielt deine Kameradschaft für Liebe, weil ich nichts Besseres kannte. Wir waren Kinder, die sich zu lange in der Welt herumgetrieben hatten, jetzt waren wir müde und wollten an einen Ort, wo das Leben leichter war, wo wir wieder Kinder sein durften.

Du kannst ihn gern mitbringen, schrieb mein Vater, deine Freunde sollen auch meine Freunde sein.

Auf einmal war alles anders. Ohne ersichtlichen Grund begann das Kräfteverhältnis sich umzukehren, erst unmerklich, dann immer deutlicher, bis du es warst, der fragte, ob ich dich denn wirklich liebte, und der darüber staunte. Vielleicht war es die Abhängigkeit, wir wohnten im Haus meines Vaters, vielleicht verunsicherte dich die ungewohnte Umgebung. Du wurdest anhänglich, ein wenig ängstlich, zärtlich wie ein Kind, du hieltst mich oft lang umarmt und sagtest mir immer wieder, wie dankbar du seist, dass du jetzt erst begreifen könntest, wie groß und selbstlos meine Liebe von Anfang an gewesen sei. Ich habe Fotos von uns am Donauufer, von dir mit deinen langen Haaren und der verfilzten Lamaweste aus Peru. Wir spielten wie Kinder, wir balgten und liebten uns, wir hatten endlich eine Harmonie erreicht, die uns sättigte und beglückte. Mein Vater wandte ein, du hättest ja nicht einmal ein paar Hemden zum Wechseln oder eine zweite Hose.

Studieren Sie?, fragte eine Bekannte, die wir besuchten, was wollen Sie einmal werden?

Ich bin ein Philosoph auf Wanderschaft, erklärtest du.

Wir fielen allen zur Last. Ich habe noch ein wenig Geld, bot ich dir an, fahren wir nach Italien. Du nahmst das Geld und kauftest mir meinen ersten Plattenspieler. Damit du dich an mich erinnerst, sagtest du.

Damals fing ich an, mich zurückzuziehen. Ich wollte allein sein, empfand dich als Last, du folgtest mir wie ein zahmes Haustier überallhin und wusstest nichts mit dir anzufangen, suchtest nach etwas, einer Beschäftigung, einer Erfüllung. Als Fensterputzer könne man dich anstellen, sagte man uns beim Arbeitsamt, einen Flug zurück nach Israel könne man dir bezahlen, sagte man uns in der jüdischen Gemeinde.

Ich hielt es vor mir selber geheim, dass ich deiner überdrüssig geworden war, nicht immer, aber gerade dann, wenn du mich brauchtest, wie bei der Einreise nach England in Dover. Ich hatte ein Arbeitsvisum, du kamst als Tourist, und weil du verunsichert warst und nicht verstanden hast, warum ich einfach weitergegangen und in den Zug gestiegen war, ohne mich nach dir umzusehen, ohne auf dich zu warten, reizten dich die Fragen der Beamten zu einem Wutausbruch: *What my plans are? I'm gonna blow up your universities!*, schriest du sie an. Sie schickten dich auf den Kontinent zurück, mit deinen bloßen Füßen in Hanfsandalen und den hüftlangen Locken. Zum ersten Mal seit Monaten getrennt, streckten wir erschrocken die Hände nach einander aus und riefen, schrieben Treueschwüre über den Ärmelkanal. Von der kleinen Pension, von der ich keine Erinnerung mehr habe als an das rote Telefon neben der Eingangstür, rief ich dich täglich in Le Havre an. Von Harwich aus schickte ich dir vierhundert Pfund in einem Kuvert, die du für die Einreise brauchtest, es kam mit einem Verweis der Zollbehörde zurück. Währenddessen warst du hungrig, verdreckt und ohne Geld nach Berlin getrampt und schriebst mir unterwegs sehnsüchtige Briefe.

Please, marry me, schriebst du.

Der Brief kam an meinem zweiundzwanzigsten Geburtstag an. Von da an betrachteten wir uns als verlobt.

Ich hungerte verbissen und sparte jeden Shilling, schrieb wie eine Besessene an meiner Dissertation, verlor jeden Maßstab, jede Vernunft und jeden Sinn für soziales Feingefühl. Ich glaube, ich war damals wahnsinnig. Wie sonst soll ich mir erklären, dass ich um fünf Uhr früh Musik hörte, so laut, dass das ganze Haus, in dem ich ein Zimmer gemietet hatte, erbebte und alle aus den Betten fahren ließ, dass ich meine Kurse an der Universität nicht vorbereitete, jämmerlich schlechte Stunden hielt und zum Gespött meiner Klassen wurde? Ich ging mit einem irischen Kollegen aus, trug einen billigen Ring als Verlobungsring und beschwor meine Liebe in täglichen Briefen, kündigte schließlich mitten im Semester meinen Job, um wieder mit dir zusammen zu sein. Ich lebte in einem manischen Furor, gab jede Verbindung zur Wirklichkeit auf, das Leben zerfiel mir, als fegte eine Katastrophe über mich hinweg, und ich dachte, der Grund sei meine Sehnsucht nach dir. Ich kaufte einen Schrankkoffer, stopfte meine Kleider hinein, den Plattenspieler, den du mir von meinem Geld gekauft hattest, das Wenige, das ich besaß, und fuhr mit dem Schiff nach Bremerhaven. Eine lange Nacht saß ich auf dem Zwischendeck und fuhr dir entgegen, der Erinnerung an meine Liebe zu dir, aber du warst eine Enttäuschung.

Für deinen Job als Bellboy in einem Berliner Hotel hattest du dir die Haare schneiden lassen müssen, du warst von Deutschland eingeschüchtert, von Berlin und der ungewohnten Winterkälte bedrückt, ein ratloser Zwanzigjähriger, der in einem Leben gelandet war, das er nicht wollte. Du hattest Heimweh. *We were so beautiful,* sagtest du über deine behüteten Jahre, in denen du mit

Drogen experimentiert und dich der Counter Culture verschrieben hattest, so, als hättest du die Jugend längst hinter dir und blicktest voll Wehmut zurück.

Wir fielen uns nicht in die Arme wie ein wiedervereintes Liebespaar.

Mein Koffer ist unterwegs verlorengegangen, sagte ich statt einer Begrüßung am Bahnhof.

Wir fuhren mit der Straßenbahn zu deiner Wohnung im Wedding, die dein einflussreicher Cousin dir vermittelt hatte. Ein großer, hoher Raum einer Altbauwohnung, spärlich möbliert, mit einem Klavier in der fernen Ecke, zwei Fenster auf die Liebenwalder Straße, einem zierlichen kalten Biedermeierkachelofen, einem großen Tisch in der Mitte und einer schmalen Chaiselongue mit einer dünnen, hellblauen Flauschdecke. Auf dieser schmalen Liege in der eisigen Winterkälte vollzogen wir über die nächsten Wochen das grausame Ende unserer Liebe. Dabei hattest du mir zum Empfang eine Festtafel bereitet, einen großen Laib Brie-Käse als Verlobungsgeschenk.

Früh am Morgen musstest du ins Hotel zum Orangenpressen fürs Frühstücksbuffet und ich blieb allein zurück, streifte hungrig durch Berlin, ergötzte mich am Anblick der Schaufenster, kaufte für uns beide ein und aß schuldbewusst das meiste allein.

Einen ganzen Frühling lang hatte ich mich vor Sehnsucht nach dir verzehrt, einen Sommer lang hatte ich dich mit berserkerhafter Maßlosigkeit geliebt, einen Herbst lang hatte mich deine Abwesenheit aus dem Gleichgewicht gebracht und jetzt war Winter. Das Stiegenhaus war vereist, das Plumpsklo im Halbstock ohne Glühbirne, ohne Licht, die dicke Kerze, die wir mitnahmen, flackerte und verlosch im Luftzug. Weihnachten kam und ich sehnte mich nach Schnee, nach warmen, hellen Räumen. Wenn ich durch die Straßen ging, sah ich geschmückte Christbäume in Wohnzimmern stehen. Berlin glitzerte vor Weihnachtsdekorationen, wir gingen auf den Weihnachtsmarkt, und ich hatte Heimweh. Du schriebst sehnsüchtige Briefe nach Hause, *Happy Chanukkah, I wish I was there.* Du warst ein Verbannter, der im Übermut seinen Stellungsbefehl verbrannt hatte, und der Vietnam-Krieg war noch nicht zu Ende.

Ich sollte doch glücklich sein, schrieb ich ins Tagebuch, wir leben zusammen, wir wollen heiraten, warum bin ich so unglücklich?

Wir saßen in der U-Bahn.

Ich brauche dringend eine Waschschüssel, sagte ich.

Der Sauberkeitswahn der Deutschen scheint dich zu beeindrucken, entgegnetest du.

In der Küche gab es nur kaltes Wasser und ein winziges, gusseisernes Waschbecken. Wir badeten nie, wuschen uns selten. Wir standen vor dem Spiegel, Wange an Wange, wie für das Hochzeitsfoto, das Foto für später, als wir einst jung waren. Aber die Liebe hatte sich in der Kälte und im Elend verflüchtigt. Du spieltest noch immer abends Gitarre, aber seltener, es waren traurige Lieder. *We stood in the windy city, the gypsy boy and I, we slept on the breeze in the midnight, with rain droppin' tears in our eyes.* Einmal trugst du einen Sack Kohlen auf dem Rücken nach Hause, ich heizte ein, aber die glasierten Kacheln gaben keine Wärme. Wir wurden krank, zuerst ich, dann du. Ich solle mich nicht verzärteln, meintest du, es fehle mir nichts, *a little cold, buck up, you are alright.* Erst als du krank wurdest, gingen wir zum Arzt, du lagst im Bett und ich brachte dir heißen Tee. Wir liebten uns selten, Sex war ein Streitthema geworden, ein Fordern und Vorenthalten, geizig und selbstsüchtig.

Als ich sagte, ich gehe, ich will heim, widersprachst du nicht. Ich hatte darauf gewartet, dass du sagen würdest, bitte bleib, gehen wir zusammen nach Israel zurück. Ich wäre geblieben. Aber du sagtest nur, es wäre wahrscheinlich das Beste. Am Funkturm verabschiedeten wir uns an einem eisigen Januarmorgen. Wir sagten, bis bald, bis später, *see you soon, write to me*, was man so sagt, wenn man sich trennt und der Tatsache ausweicht, dass es für immer ist. Ich fuhr einen ganzen Tag lang durch die verschneite DDR, aber ich schaute nicht aus dem Busfenster.

Wir haben uns nie wieder getroffen. Am Anfang schrieben wir einander feindselige Briefe, dann hörte auch das auf. Bis meine Sehnsucht die letzten Monate in Berlin getilgt hatte und die Bilder des israelischen Sommers an die Oberfläche stiegen, bis ich glaubte, ohne dich nicht leben zu können. Einmal kam eine Karte von dir, du lebtest in einem Kibbuz im Galil, aber keine Adresse. Während des Yom-Kippur-Kriegs machte ich mir Sorgen um dich. Du hattest immer gesagt, für Israel würdest du kämpfen. Ich schrieb an deine Mutter. Ich kann ohne ihn nicht leben, flehte ich sie an, aber ich hatte nicht erwartet, dass sie mir antworten würde. Ich stellte mir vor, dass ich eines Tages mit einem anderen verheiratet wäre, und du stündest in der Tür. Ich würde das Kind, in meiner Vorstellung immer ein kleines Kind auf meinem Arm, seinem Vater reichen und mit dir davongehen, so wie ich war, ohne zurückzublicken. Du warst die einzige, unwiederbringliche Liebe.

Als du längst Teil der Vergangenheit warst und ich in den USA lebte, kam ein Brief von dir, ein lila Aerogramm an die Adresse meines Vaters, mit deiner Handschrift wie in dem Frühjahr in Yorkshire, als ein Lebenszeichen von dir den Tag in ein Fest verwandelte. Du nanntest dich jetzt Wachsman, wie dein Großvater aus Polen geheißen hatte, und du lebtest auf Long Island, schriebst du, du hättest meinen Brief an deine Mutter bekommen, aber es war der falsche Zeitpunkt. Du hättest damals an einer Yeshiva studiert. Jetzt seist du Rabbiner. Ich war nicht erstaunt. Es war der folgerichtige Schritt eines Suchenden, der seinen Wurzeln nachging und sich in der Gegenwart fremd fühlte, der seinen chassidischen Großvater liebte und mit neunzehn den verklingenden Tönen seiner Gitarre nachgelauscht, der verzweifelte Gedichte geschrieben und in Panikanfällen nach Befreiung geschrien hatte, ohne zu wissen, wovon. Ich lebte damals in Bronxville, keine Stunde von Long Island entfernt, aber du wolltest mich nicht treffen, du wolltest lieber telefonieren. Es waren Gespräche, denen jeder Funke Begeisterung fehlte, sie schleppten sich hin, ich stand in der Essnische meiner Wohnung, immer ein Auge auf meinen zweijährigen Sohn, und du doziertest über Gott und Thoreau, über Walden Pond und das richtige Leben im Einklang mit dem Ewigen und der Natur. Meine Sorgen interessierten dich nicht, du sprachst über dieselben Fragen, über die wir zwölf Jahre zuvor diskutiert hatten, doch jetzt hattest du die Antworten. Manchmal kam es mir vor, ich redete mit einem von verspäteter Pubertät verwirrten Studenten. Du bewarbst dich um eine Rabbinerstelle und man hatte dir nahegelegt zu heiraten, in einem langatmigen Monolog erwogst du die Möglichkeiten. Deine Stimme hatte sich verändert. Ich überlegte, ob du zugenommen hattest und wie du jetzt wohl aussahst. Deinen letzten Brief beantwortete ich nicht mehr, und als ich nach Boston übersiedelte, gab es keine Telefonnummer mehr, unter der du mich hättest erreichen können.

Ein einziges Mal noch haben wir uns kurz gesehen, aber ich werde nie mit absoluter Sicherheit wissen, ob du es wirklich warst. Ich saß auf dem Rücksitz unseres Lincoln Continental, mein dreijähriges Kind auf dem Schoß, wir fuhren auf dem Highway nach Süden, an Queens vorbei, und kamen kurz vor der Ausfahrt nach Manhattan in einen Stau. Unsere Autos lagen ganz dicht nebeneinander, und der Mann, der mich vom Rücksitz des anderen Autos anstarrte, warst du, musst du gewesen sein, du hattest dich kaum verändert, immer noch trug dein Gesicht diese verwundbaren, weltfernen Züge. Es war ein Auto voll frommer jüdischer Männer, du sahst aus wie ein junger Chassid mit dem aus der Stirn zurückgesetzten Hut und dem schwarzen Jackett. Auch in deinen Augen war ein Erkennen. Das Gefühl einer so starken Verbindung zerrte an mir, wie ein Seil, das mich zu dir hinüberzuziehen drohte, dass ich in diesem Moment vergaß, wo ich war und nur deine Augen sah, diese tiefliegenden graublauen Augen hinter den kleinen runden Brillengläsern, so nah, als könnte ich den Arm aus dem Fenster nach dir ausstrecken. Aber der Verkehr auf deiner Fahrspur war flüssiger und dein Auto fuhr davon, während du mir nachschautest, erst aus dem Seitenfenster, dann aus dem Rückfenster, wir sahen uns an, bis wir uns aus den Augen verloren. Ich hatte mich nicht gerührt und keine Miene verzogen, aber das Herz klopfte mir bis zum Hals.

Ich denke nicht mehr so oft an dich wie früher. Der Altersunterschied, der mich von dir trennt, wird immer größer, denn wie die Toten alterst du nicht, du bleibst immer zwanzig, und ich kann mich an die junge Frau, die ich damals war, nicht mehr erinnern. Ich weiß auch nicht, wer du wirklich warst und wer du geworden bist, und ich will es auch nicht wissen, denn ich möchte mir die Erinnerung an diese erste Liebe bewahren, die nur deshalb so rein und vollkommen geblieben ist, weil wir sie erlebten, bevor das richtige Leben anfing. Wie wenn man im Sommer am frühen Morgen am Ufer mit dem nackten Fuß das Wasser ausprobiert und der ganze Sommer mit allem Glück und allen Sonnenaufgängen und Nächten vor einem liegt, und man den Fuß zurückzieht, weil man ja noch den ganzen Tag vor sich hat und den ganzen Sommer. Und erst am Ende weiß man, dass gerade diese frühe Morgenstunde die schönste gewesen ist.

Verführerin

~

Es gab eine Zeit, da wünschte ich dich tot, um ungehindert über dich zu schreiben. Ein Manuskript von mehr als hundert Seiten, einen dicken Stoß Papier, Karteikarten, immer neue Ansätze, ein ganzes Jahr habe ich dir gewidmet, aber es wurde kein Roman daraus. Über mein Werk verstreut tauchst du immer wieder auf, aber eine Hauptrolle hast du nie bekommen. Das immer von neuem versuchte große Porträt scheiterte nicht daran, dass du am Leben warst. Vielleicht war ich zu beflissen ideologisch in meinem Bemühen, deine Biographie in ein Lehrbeispiel antifaschistischer Literatur zu verwandeln. Das Buch, das ich über dich schreiben wollte und das nie ein zusammenhängendes Manuskript wurde, hätte eine zornige Abrechnung werden sollen, eine Fallstudie großbürgerlicher Verstrickung in die nationalsozialistische Macht.

Deine Familie triumphierte 1938 über das erste jüdische Großkaufhaus unserer Stadt, wo das gewöhnliche Volk in den Jahren der Inflation und Arbeitslosigkeit seinen Hausrat kaufte. Das dreistöckige Galanteriewarengeschäft auf dem Stadtplatz, mit Schaufenstern und breiter Einfahrt, das Palais, in das dein Vater eingeheiratet hatte, führte erlesenes Porzellan, Silberbesteck, Schatullen aus edlen Hölzern, Gegenstände zum Träumen und für die Ausstattung wohlhabender Bräute. Dein Vater stieg im Reichsgau zu einem der Wirtschaftsbosse unserer Stadt auf, von Anfang an steht er im Amtskalender an führender Stelle der wirtschaftstreibenden Funktionäre. Du warst eine Vatertochter, das einzige Kind, du warst von seiner brachialen Vulgarität ebenso fasziniert wie von seinen langjährigen Liebesaffären, unter denen deine Mutter mit großbürgerlicher Contenance gelitten hatte. Diesen Vater und deine Begeisterung als Achtzehnjährige beim Einmarsch der Hitlertruppen wolltest du, stur und stolz wie du warst, zeitlebens nie verraten. Aber geredet hast du darüber nie und deshalb brauchte ich lange, um dich zu begreifen.

Du hörtest lieber zu, als von dir zu erzählen, du hörtest zu und lenktest, belehrtest, tröstetest. Ich war zu jung, zu unerfahren, um dich zu durchschauen. Ich fühlte mich auserwählt, von meiner Lieblingslehrerin zum Kaffee eingeladen zu werden, die mich in der Schule gefördert und vor der Klasse ausgezeichnet hatte. Im Vergleich zu meinem Elternhaus war eure helle Stadtwohnung ein Ort schlichter Eleganz, mit ihren naturfarbenen Möbeln, platzsparend in die Nischen und Ecken eingebaut, den weißen Wänden, dem großen Bauerntisch im Wohnzimmer, dem Blick aus dem dritten Stock auf die Wipfel des kleinen Parks und die grünen Zwiebeltürme der Jesuitenkirche.

Meist saßen wir am Küchentisch, ich kam am frühen Nachmittag und blieb bis nach Mitternacht, ohne Gefühl für die vergehenden Stunden. Nie sagtest du, es sei Zeit für mich zu gehen. Nie gabst du mir das Gefühl zu stören. Janek kam nach Hause und setzte sich dazu, du bereitetest das Abendessen zu, später tranken wir Rotwein aus Zweiliterflaschen. Auch dass ihr Abend für Abend getrunken habt, fiel mir lange nicht auf. Mit Janek redete ich über Lyrik, über Kunst, ich war für jede Anregung empfänglich, aber für deine verhalten nationalsozialistische Überzeugung war ich lange Zeit blind und taub. Es war eine ganz andere Welt als jene, die ich von zu Hause kannte, fremd und faszinierend, halb Künstlerbohème, halb alteingesessenes Bürgertum, verklemmt und von einer raffinierten Vulgarität.

Du warst viele Jahre lang der wichtigste Mensch in meinem Leben, ich befolgte deine Ratschläge blind. Nach dem frühen Tod meiner noch jungen Mutter tratst du wie selbstverständlich an ihre Stelle.

Vielleicht war es das hartnäckige Schweigen, das unsere Generation komplizenhaft mit euch verband, ein instinktives Schweigen, das uns nicht erst geboten werden musste, wir spürten, wann wir zu schweigen hatten und keine weiteren Fragen stellen durften, wir spürten, wann uns euer Liebesentzug drohte. Zu Hause war so geschwiegen worden und in der Schule, im Geschichtsunterricht, in sämtlichen Unterrichtsfächern, und in der Kirche. Das Schweigen war lückenlos. Von Juden erfuhren wir nichts, oder doch, irgendwie, durch Andeutungen. Halbsätze, irgendwie muss ich doch über sie erfahren haben, denn

ich wurde hellhörig für eure Anspielungen, eure jiddeln-
den Witze, das Grinsen, als ginge es um etwas Unanstän-
diges. Erst war ich verwirrt, unsicher, ob ich verstanden
hatte, es kam jedesmal unerwartet, ein Nebensatz, ein In-
siderwitz, und schon übergangen. An einem Nachmittag,
als wir Gustav Mahlers *Vierte Symphonie* hörten, sagte
dein Mann: Ja, Mahler, der hat sie auch, diese unnach-
ahmliche Süße. Ich wusste nicht, warum ich peinlich berührt war, als sei ich Zeugin einer anstößigen Intimität,
als er mit einem maliziösen Seitenblick auf dich sagte:
Originell sind sie nicht, aber süß.

Das wurde mir erst nach seinem Tod klar, als du mit
ihrem Porträt neben dem Küchentisch lebtest wie mit
dem Andenken an eine nahe Vertraute. Die Jüdin, der du
ihn ausgespannt hattest. Es war eines seiner besten Bilder – das Porträt einer verträumten jungen Frau, anmutig
und schlank, der versonnene Blick ein wenig müde oder
auch traurig, in dunklen, weichen Farben, ein dumpfes
Blau, ein samtiges Braun, in einem altmodischen Kleid
aus einem anderen Jahrhundert mit Spitzen und Kaska-
den von Volants am Handgelenk, auf das sie ihr Kinn
aufstützt, gewelltes, braunes Haar. Wer wohl dieses Bild
geerbt hat? Ich habe es nicht unter den Bildern in deinem Nachlass gesehen. Lebte die Jüdin damals noch? Ist
sie der Ermordung durch deine Gesinnungsgenossen entkommen? Sie wäre heute eine sehr alte Frau. Wer waren
ihre Weggefährten in jenen Jahren und wo würde ich sie
finden?

Mein Glück, daran hast du keinen Zweifel gelassen, konnte ich nur erreichen, wenn ich meine ganze sehnsüchtige Anstrengung auf den Mann fürs Leben ausrichtete, bereit zu empfangen und mich rückhaltlos hinzugeben, leidenschaftlich, häuslich, nicht unbedingt tugendhaft. Aber die Ideologie, nach der du mein Leben zu formen versuchtest, konnte ich lange nicht klar erkennen, und du warst klug genug, sie mir in kleinen Dosen inniger Ratschläge einzuflößen. Vielleicht hattest du dabei gar nichts Teuflisches im Sinn, sondern gabst nur weiter, wovon du zutiefst überzeugt warst. Du hörtest mir zu, gabst mir Ratschläge, sagtest: Ich bin dein Leuchtturm, nach mir kannst du dich richten.

Ich nahm alles dankbar an, dafür, dass du mir zuhörtest. Dass du mich nach deinem Muster zurechtbogst, entging mir vollkommen. Am Morgen vor meiner Hochzeit trafen wir uns im Kaffeehaus, es war ein strahlender Augustmorgen, und du rietst mir, die Haare, die ich mir zu Locken aufgesteckt hatte, immer so zu tragen, wenn ich Abendeinladungen geben würde. Meine Sorge, dass mir ohne akademische Zugehörigkeit das Forum für meine Publikationen fehlen würde, hast du mit einer Schroffheit abgetan, die mir zum ersten Mal die Augen dafür öffnete, was ich zu verlieren im Begriff war. Das sei nun endgültig vorbei, jetzt, wo ich bald verheiratet sei, erklärtest du.

Zehn Jahre lang hattest du geduldig meine Sehnsucht nach Liebe genährt und daraus dein reaktionäres Frauen-

bild geformt: Die BdM-Maid, die du gewesen und zeitlebens geblieben warst, sie war, ohne dass ich es durch-
schaute, zu meinem Ideal geworden.

Von Zeit zu Zeit begehrte ich auf, wie Töchter das für
gewöhnlich tun. Aber ich wurde jedesmal schnell einsam ohne dich, und ich kam zurück und du verziehst
mir meine ruppigen Briefe. Es war sinnlos, nach Hause
zu fahren, ohne dich zu besuchen, ohne die Ausflüge ins
Mühlviertel, bei jedem Wetter, wie du immer sagtest. Zur
Ruine Bernstein, in den Haselgraben, nach Rauchenödt,
im Winter in den langen blauen Abenddämmerungen,
im Frühjahr durch Moraste und feuchte Blumenwiesen,
an Feldrainen entlang, das wellige Hügelland bis an den
Horizont, bis zum Nordwaldkamm, an weiß getünchten
Bauernhöfen vorbei mit den unregelmäßigen Granitstei-
nen, die aus dem Verputz hervorragten. Der Mythos Hei-
mat und die geliebte Scholle gehörten zu deinem Weltbild. Du ermutigtest mich zum Wurzelschlagen in dieser
Mühlviertler Scholle als dem mir angestammten Mutter-
boden in einem glückseligen embryonalen Dankbarkeits-
taumel. Am Abend, wenn die Farben in Grau und Nacht
übergingen und die Täler vom Nebel verschluckt wurden,
kehrten wir in ein Wirtshaus ein, das war ein heiliges Gesetz, *am Ende jeder Wanderung steht ein Wirtshaus*, und
da saßen wir müde und zufrieden in einer Bauernstube,
zu der einem das Adjektiv *heimelig* einfiel, und aßen
Schweinsbraten und Speck, tranken Selbstgebrannten,
und zu all diesen Vorgängen gabst du markige Sprüche

aus, Stammtischweisheiten mit gerade genug Selbstironie, dass sie nicht ins Urige abglitten, und du die Bürgerstochter bliebst, die das Bäuerlichdumpfe mit liebevoll gutmütiger Zustimmung als passendes Zitat benutzte. Ich wehrte mich nie gegen deine Volkstümeleien, dazu war mir die Geborgenheit, die du ausstrahltest, zu wichtig. Manchmal kam Janek mit, er fand immer eine Frau, mit der er flirten konnte, aber das störte dich nicht, er war der Künstler und dein Besitz. Eure alte Freundin Sonja war oft dabei, in meiner Unwissenheit hielt ich sie für eine Femme fatale, weil sie die Geliebte eines bösartigen Theaterkritikers war. Aber die Anführerin bliebst immer du.

Wenn du vom Wein aus euren Zweiliterflaschen betrunken warst, und das warst du fast jeden Abend, wurdest du anschmiegsam und sehr fromm. Dann schwärmtest du vom himmlischen Gastmahl, bei dem du zusammen mit Janek weitertrinken wolltest durch die ganze Ewigkeit hindurch, und legtest deine Arme um jede verfügbare männliche Schulter. Beim Rauchen warfst du den Kopf mit einer verruchten Geste in den Nacken und fuhrst dir mit den beringten Fingern durch das kastanienrote Haar, auf das du so stolz warst. Deine Haare waren das Gepflegteste an dir. Als ewige BdM-Maid schminktest du dir höchstens dezent die Lippen, aber die Haare waren immer frisch und erinnerten an die Frauen von Klimt-Gemälden, und immer trugst du Grün und sei es nur ein Türkisring, weil es dein Haar mit den rötlichen Funken und die grün gesprenkelten Augen hervorhob. Deinem Mann, dem Nachkommen mährischer Geigenbauer, gingst du auf die Nerven mit deinem Beharren auf geerdeter Bodenständigkeit. Dann machte sein Abscheu vor deiner lauten Vulgarität sich in einer spöttischen Bemerkung Luft, du sahst dich gern als sexuelles Kraftwerk und als Muse des Künstlers. Du würdest gern zweite Geige spielen, wenn das Orchester gut sei, sagtest du oft. Ihm, dem Künstler, gebührte der Vortritt, während du als Gattin bemüht warst, wie sein Gemälde auszusehen. Von Zeit zu Zeit betrog er dich in seinem Atelier, der gemütlichen Dachwohnung, die du ihm bezahltest, und wenn du davon wusstest, toleriertest du es als künstlerische Freiheit. Solange er täglich zum Abendessen nach Hause kam, hast du kritiklos seine Karriere unterstützt, wie es sich für eine Muse ziemte, ihm von Zeit zu Zeit eine Vernissage ausgerichtet und seine Bilder als Teil deines bürgerlichen Salons betrachtet.

Die Sommer verbrachtet ihr in Griechenland und in der Villa auf dem Land, in der deine Mutter residierte, mit verkniffenem Gesicht immer auf leises, standesgemäßes Benehmen bedacht, schnell missbilligend, wenn ihr feiner Geruchsinn für sozialen Status beleidigt wurde und sich Proletarier in ihrem weitläufigen Garten herumtrieben wie streunende Hunde, die nicht reinrassig waren. Trotzdem stellte ich mir diese Sommervilla mit der großen, verglasten Veranda und dem schattigen Obstgarten vor, wenn ich Tschechow las.

Damals waren wir für kurze Zeit ein Freundeskreis,

jung und mit dem Leben und der Welt im Einklang, voll Zuversicht, dass es so bleiben werde und nur noch besser werden könne. Georg, unser schweigsamer Freund mit dem sechsten Sinn las eine andere Zukunft aus seinen Karten. Es war ein Abend im Frühsommer. Wir feierten meine Promotion in meinem Garten, und ich forderte voll Übermut meine Gäste dazu auf, den ganzen Kitsch aus meiner Kindheit zu vernichten, die Souvenirs, die knienden Engel aus Gips und die Häferl aus Maria Zell. Es war ein Fanal, eine Abrechnung mit meiner Vergangenheit in der Erwartung eines neuen, freieren Lebens. Statt eines Tischtuchs legte ich ein Versehtuch zur letzten Ölung auf den Tisch. Das Versehtuch habe ich am Ende des Abends dir geschenkt. Aber der Abend endete in beklommener Stimmung. Ich habe die Einzelheiten vergessen, aber es waren keine Prophezeiungen, die uns zuversichtlich stimmten, alles klang an als verhüllte Drohung einer Zukunft, der wir nicht mehr entkommen würden, nicht zuletzt, weil wir sie nicht zu deuten wussten. Und nach allem, was geschehen wird, sagte Georg am Ende zu dir, nach all dem Tod, dem Verlust und dem Verrat, wirst du allein übrigbleiben. Wir trennten uns an jenem Abend wie Gebrandmarkte, voll Angst, die wir einander und uns selber nicht eingestanden.

Als dein Mann starb, warst du erst Anfang fünfzig und keineswegs bereit, dich auf ein Witwenleben in Entsagung einzustellen. Gewiss, du begannst damals ein wenig sonderbar zu werden, eigensinnig und unduldsam kämpftest du um eine kleine Raseninsel in eurem Park, die einem Kebab-Stand weichen musste, rechthaberisch betreutest du den Schaukasten der Pfarre mit stimmungsvollen Ansichtskarten, gepressten Blumen und bigotten Sinnsprüchen. Mit engstirniger Starrköpfigkeit vertratst du lauthals deine reaktionären Meinungen und hörtest auf keinen Einwand. Wenn du auf Reisen gingst, nahmst du einen Tross junger Leute mit, die du deine Minnesänger nanntest. Du besuchtest unangekündigt deinen Favoriten in seinem Hotelzimmer und musstest die Demütigung ertragen, dass er am Morgen mit der nächsten Fähre abreiste. Es war das letzte Aufbäumen deines brachialen Lebenswillens, bevor du aufgabst und dich in der Einsamkeit einzurichten begannst.

Auch unsere Freundschaft hielt nicht mehr, es war zu viel Bitterkeit, zu viel Ressentiment zwischen uns. Wir schrieben uns hie und da und trafen nie den richtigen Ton. Längst hatten meine Entscheidungen und mein Lebenswandel deine mütterliche Zuneigung verwirkt.

Dein erster Brief nach langem Schweigen berichtete vom Tod deines Sohnes. Ich kannte ihn kaum. Während seines Studiums war er manchmal einsilbig und unnahbar mit am Tisch gesessen. Er sei musikalisch, hochbegabt, hatte es geheißen. Er war mit vierunddreißig Jahren an Leukämie gestorben. Er starb in deinen Armen, schriebst du, die letzten Stunden warst du mit ihm allein. Dein Brief klang gefasst, aber es blieb die Katastrophe deines Lebens. Wir besuchten dich wieder in deiner alten Wohnung. Über deinem Esstisch hing das Porträt der Jüdin, die dein Mann geliebt hatte. Sie war so gegenwärtig, als sei sie das einzig Lebendige dieser Wohnung und du der Schatten ohne Spiegelbild. Nichts sonst hattest du in der Wohnung verändert seit seinem Tod, und seine Gegenwart war noch immer in jedem Gegenstand spürbar.

Wenn ich dich in den nächsten Jahrzehnten sah, war es durch Zufall. Ich wusste nicht, ob wir Feindinnen waren oder bloß ehemalige Freundinnen, die sich aus dem Weg gingen. Einmal standst du mir auf dem Bahnsteig ganz nah gegenüber. Du bliebst halb abgewandt in meiner Nähe stehen und wartetest, dass ich den kleinen Schritt zu dir hin machen würde. Ich habe ihn nicht gemacht, ich habe weggeschaut, und als ich wieder zu dir hinsah, warst du weg.

Jetzt bist du tot, und ich wurde aufgefordert, das Ölbild aus deinem Nachlass abzuholen, das Janek von mir gemalt hatte. Dort sah ich zum ersten Mal das Porträt von dir, das leuchtende Klimthaar, die grünen Augen, ein Gesicht voll erotischer Kraft. Er hätte Hunderte von Briefen gefunden, die ich dir geschrieben habe, dicke mit Seidenbändern verschnürte Bündel, die habe er gleich entsorgt, sagte dein Nachlassverwalter. Am Ende seist du glücklich gewesen, du hättest junge Leute um dich geschart.

War es mein Versagen oder habe ich gerecht gehandelt, als ich bis zuletzt an der Entfremdung unversöhnlich festhielt? Welchen Unterschied macht es jetzt?

Später Abschied
von einer Dichterfreundin

~

Wenn ich daran denke, wie sie begonnen hat, erscheint mir unsere Freundschaft und dass sie so lange hielt, noch immer wie ein unwahrscheinlicher Glücksfall. Ich habe sie damals, vor über vierzig Jahren, mit einer um Etikette unbekümmerten Selbstgewissheit erzwungen, die ich heute unverschämt nennen würde. Nie wieder hätte ich in späteren Jahren das Wagnis unternommen, zwölf Stunden mit dem Bus nach West Virginia zu fahren, um mich bei zwei unbekannten Frauen als Hausgast aufzudrängen.

Sie kenne eine Dichterin, an die ich sie erinnere, erzählte Deborah, die Professorin aus West Virginia, beiläufig auf der Terrasse einer Pizzeria am Inn. Sie würde dir gefallen, sagte sie.

Deborahs Erscheinen hatte einen Hauch von Freiheit und Abenteuer in mein beengtes Leben gebracht. Sie war die erste New Yorker Intellektuelle, die ich kennenlernte, elegant, liebenswert direkt, voller Ideen und Anregungen, kosmopolitisch, eine selbstbewusste Frau mit viel Geschmack und auffallendem Schmuck. Sie muss ein Freisemester in Europa gehabt haben. Ich habe sie seit damals nie mehr wiedergesehen. Einmal besuchte ich ihre Eltern an der Lower East Side von Manhattan, osteuropäische Juden mit einem kleinen Laden voller alter Möbel.

Ohne Deborah, ihr Freisemester und ihre Freude daran, Menschen zusammenzubringen, hätte ich nie erfahren, dass es dich und Inga in Clarksville gab. Das ganze darauffolgende Herbstsemester an der Princeton University lebte ich wie im Delirium, es muss die Befreiung aus dieser Stadt zwischen den Bergen gewesen sein, die mir zu Kopf stieg. Ich fuhr fast täglich nach Manhattan, verbrachte ganze Tage in Buchhandlungen, wanderte an den Rändern von Princeton umher und schrieb überall, an jedem Ort, Gedichte. Ich war außer mir, buchstäblich, wie in Trance, nichts war mir wichtiger als meine Lyrik, jeden Tag mehrere Gedichte, die atemberaubende Brillanz der Herbstfarben rief unentwegt Bilder in meinem Kopf hervor, beim Gehen, unter jedem Baum, an jedem Flusslauf. In dieser manischen Erregung gab es keine Grenzen, die mich an irgendeinem Vorhaben hindern konnten, auch daran nicht, meinen Besuch in West Virginia bei zwei Frauen anzukündigen, die ich gar nicht kannte und von denen ich nur wusste, dass eine der beiden Gedichte schrieb. Unterwegs, auf einem Autobusrastplatz in Maryland, unter einem Ahornbaum mit zitternden goldenen Blättern drehte ich mich um mich selber wie ein Derwisch, berauscht vom Abend und den Farben, von meiner grenzenlosen Freiheit.

Es war schon dunkel, als ich in Clarksville aus dem Greyhound-Bus stieg. Ihr hieltet nach einer anderen Ausschau, einer, auf die meine Beschreibung besser passte, klein, schlank und dunkel. Freundlich tratet ihr auf eine zierliche Frau mit dunkler Hautfarbe zu.

Vom ersten Augenblick an gab es keine Fremdheit zwischen uns. Noch waren wir den späten sechziger Jahren nahe genug, noch waren wir in der Welt zu Hause, auch du und ich. Es war September und wir würden in wenigen Tagen achtundzwanzig Jahre alt werden, nur fünf Tage trennten uns davon, gleich alt zu sein, auch das garantierte Einverständnis für den Anfang. Vorläufig waren wir beide Assistentinnen an Universitäten, aber wir wollten Dichterinnen werden. Du gabst die Lyrikzeitschrift *Loose Forms* heraus und ich hatte in den letzten Wochen dutzende von Gedichten auf gelbe *Legal Size*-Notizblöcke mit rotem Rand geschrieben. Unsere Gespräche waren ein Feuerwerk sich überstürzender Pläne, Ideen, Anregungen, neuer Namen, die ganze damals junge feministische Bewegung, Tillie Olsen, Irene McKinney, Adrienne Rich, die du alle kanntest. Manche sind längst vergessen, andere zu den großen Ikonen der Bewegung aufgestiegen, doch damals standen auch sie am Anfang eines Unternehmens mit unabsehbaren Folgen, so wie wir.

Ich zehrte zehn Jahre lang von den Erinnerungen an jene fünf Tage in eurem Haus, die Küche mit den roten Holzregalen, die Weinranken und Kürbisbeete vor dem Fenster, der Küchentisch, an dem ich frühmorgens Gedichte schrieb. Das weiche Herbstlicht in eurem verwilderten Garten, die Abende im Wohnzimmer. Wir saßen am Kaminfeuer und lasen einander Gedichte vor, erzählten Geschichten. Ich übersetzte für dich Christine Lavant, Christine Busta, Ingeborg Bachmann, wir feilten an den Übersetzungen, fassten kühne Pläne einer Anthologie, sprachen Original und Übersetzungen auf Band. Du sagtest, ich sei die geborene Geschichtenerzählerin, ich solle meine Geschichten aufschreiben. Daran hatte ich noch nie zuvor gedacht. In Clarksville, in einem kleinen Drugstore, kauftest du mir ein handtellergroßes Heft mit marmoriertem Einband. Schreib deine Romanideen hinein, sagtest du. Mir schien das Ansinnen frivol, aber das Büchlein habe ich noch immer. Ich habe im Lauf der Jahrzehnte zwei Dutzend Titel hineingeschrieben, Überschriften, Arbeitstitel, veröffentlichte, geplante, unausführbare, aufgegebene Projekte. Wir hatten keinen Zweifel, dass wir zu Großem berufen waren und am Anfang stünden, wir spürten, dass eine ganze Generation junger Frauen entschlossen war, sich ihre Träume zu erfüllen, sich von allem zu befreien, was sie knebelte.

Ihr beide, du und Inga, wart in eurem vorläufigen Hafen angekommen, in diesem Haus, dem Garten, dem Glück, der Liebe. Du hattest vor einem knappen Jahr deinem Chef die Ehefrau ausgespannt, die sanfte, eigensinnige Finnin Inga, die dir bei eurem ersten Treffen selbstbewusst und trotzig gesagt hatte: Natürlich bin ich eine ausgehaltene Frau, was stört dich daran? Dann verließ sie zum Entsetzen des ganzen Campus Mann und Kinder, um mit dir zu leben. Die Kinder sind längst erwachsen, Inga seit vielen Jahren Großmutter und in Pension und ihr zieht euch wie damals an Sonntagvormittagen in Ingas Schlafzimmer zurück und vermeidet vor Dritten jedes Zeichen von Intimität. Damals ging Inga wieder aufs College. In ihrer Hauswirtschaftsschule für höhere Töchter hatte sie nur gelernt, ein gemütliches Heim einzurichten, aufwendig zu kochen, elegant aufzutischen, Blumen zu arrangieren. Du dagegen warst die junge Wilde, mit einer unbändigen Mähne schwarzen Haars, das dir vom Kopf abstand und dich bis zur Taille einhüllte wie ein ruppiges Cape, den breiten Schultern und dem schwarzen T-Shirt mit der Aufschrift *outrageous woman*. Du warst eine wilde Schönheit, laut, provokant, mit dem herausfordernden Gang eines Westernhelden. Eine Zeitlang spieltest du mit dem Gedanken, ein schlecht gehendes *health food store* in der Main Street zu kaufen und darin Protestsongs zu spielen, *I ain't gonna work on Maggie's farm no more.*

Trotz aller Unterschiede verband uns eine Nähe, die uns erstaunte. War es die Ernsthaftigkeit, mit der wir Gedichte schrieben und unsere von keinem Beweis gestützte Überzeugung, dass wir uns auch ohne Werk bereits Dichterinnen nennen durften? War es unsere Jugend, die Solidarität junger Frauen in einem kollektiven Aufbruch, den wir erst definieren mussten?

Bis heute erscheinen mir diese fünf Tage unserer ersten

Begegnung, in denen wir durch die hügelige Landschaft von West Virginia fuhren, durch den leuchtenden Nebel golden und rot verfärbter Laubwälder, wie ein Anfang, der sein Versprechen weder gebrochen noch so triumphal erfüllt hat, wie er damals versprach. Ganz gewiss gehören diese Tage bis heute zu meinen glücklichsten Erinnerungen.

Als ich zum zweiten Mal nach Clarksville kam, flog ich aus einer tief winterlichen Schneelandschaft über die kargen entlaubten Berge von West Virginia. Etwas hatte sich verändert. Ich war aus der *Sisterhood*, dem Gleichklang vestalischer Frauenseelen ausgeschert. Ich dachte an Heirat, und die Dinge, die mich beschäftigten, waren dir fremd. Wenn ich von dem Mann, in den ich mich verliebt hatte, erzählte, schwiegst du, unangenehm berührt. Hat er auch die Eigenschaften eines guten, verlässlichen Freundes?, fragte Inga. Dreißig Jahre später hätte ich mit einem zögernden Ja geantwortet, aber wie hätte ich das damals wissen können? Auch diesmal übersetzten wir Lyrik, lasen einander in drei Sprachen Gedichte vor, saßen auf dem Boden nahe am Kamin und erzählten einander Geschichten wie beim ersten Mal, aber die Magie war erloschen, trotz aller Pläne, und ich schrieb in eurer Küche kein einziges Gedicht. Bei unserem Abschied am Flughafen von Clarksville beteuerten wir einander unsere Freundschaft eine Spur zu herzlich.

Wir schrieben einander fünfundzwanzig Jahre lang Briefe. Anfangs schickte ich noch Übersetzungen für unsere Anthologie, aber mein Leben war zu sehr in Aufruhr, es war eine Zeit abgebrochener Projekte, aufgegebener Träume, ich war eine unglücklich verheiratete Frau, ich wurde Mutter, später war ich geschieden und Alleinerzieherin. Wie solltest du an Lebenssituationen Anteil nehmen, die dir fremd waren? Die nächsten Jahre lebte ich ohne deinen Zuspruch, auch wenn wir nicht aufhörten einander Briefe zu schreiben. Du verfolgtest zielstrebig deine Karriere, zogst von einem Universitätscampus zum anderen, jahrelang mit befristeten Verträgen, längst hattet ihr das Haus in Clarksville verkauft, doch wenn ich fragte, ob ich euch besuchen dürfte, hast du mich immer schroff abgewiesen, es sei kein geeigneter Zeitpunkt.

Jahre später erzähltest du mir, du hättest mich in jener Zeit einmal in meiner Zweizimmerwohnung in New York besucht. Ich hatte keine Erinnerung an deinen Besuch, nicht den geringsten Anhaltspunkt. In unserem vierten Lebensjahrzehnt gingen wir getrennte Wege und hatten einander zu wenig zu sagen, um Spuren im Leben der anderen zu hinterlassen. Ich weiß nur, dass wir uns all die Jahre schrieben und dass deine Adressen wechselten, von Baltimore nach Philadelphia und schließlich nach Pennsylvania. Du schicktest mir in sechs Jahren fünf Lyrikbände, ihr kauftet Häuser in Straßen mit einem Klang von Abgeschiedenheit, Linden Park, Mount Pleasant, Forest Drive, du bewarbst dich um eine Festanstellung als Dozentin an der State University und bekamst sie. Dein Leben verlief ruhiger als meines und unsere Briefe wurden freundschaftlicher. An meinen Katastrophen nahmst du nun Anteil wie eine Freundin. Wir wurden älter, Geburtstag um Geburtstag.

Wir waren vierzig, als wir uns wiedersahen. Du warst auf einer Deutschlandreise, reistest von Dänemark nach Süden, und als ich dich und Inga nach einer Nachtfahrt am Bahnhof abholte, kam es uns vor, als hätten wir uns erst vor Wochen in West Virginia getrennt. Beim Frühstück auf meiner Veranda unter der frostigen Aprilsonne breitete sich das Behagen einer alten Vertrautheit aus und hielt an, während wir ins Salzkammergut fuhren, in Gmunden auf dem Flohmarkt stöberten, während wir auf dem Friedhof von Altmünster herumwanderten, in den Donauauen spazieren gingen und in einem Dorf an der Donau im Eck der Stammtischrunde Bretzeln aßen. Aber ich weiß nicht mehr, worüber wir die ganze Zeit geredet haben. Wir waren nicht mehr hungrig nach neuen Ideen und Inspiration, nicht mehr für verrückte Pläne offen, die weder an Ort noch Zeit gebunden waren, wir hatten uns ein Leben eingerichtet, begrenzt von Pflichten, nicht wie erträumt, aber so gut wir es vermocht hatten. Wir hatten uns mit achtundzwanzig ein waghalsiges Ziel gesetzt und uns zumindest diesen einen Traum erfüllt, dass uns die Welt mit unseren Augen sah.

Als ich acht Jahre später ein Gastsemester an einem College in Pennsylvania hatte, kündigte ich meinen Besuch an, meinen ersten nach zwanzig Jahren. Wir waren achtundvierzig, unsere Glückszahl, und es waren genau zwanzig Jahre seit unserer ersten Begegnung, Grund für die vage Hoffnung auf eine Wiederholung jenes magischen ersten Mals.

Das Haus stand in einer Lichtung hoher Pinien in der Forest Street, weitab von Stadtzentrum und Campus. Du hattest wieder einen Hund, längst nicht mehr die reinrassigen *Basset Hounds* mit den kurzen Beinen, einen anderen, der Stöcken nachjagte und dem wir in morastiges Unterholz folgten. Es waren strahlende Oktobertage, wir fuhren auf Farmen, die in der vom Sommer erschöpften braunen Landschaft lagen, mit roten Dächern, von flammenden Ahornbäumen umstanden, der Himmel war wie ein Dach aus reißfestem, glänzend blauem Stoff. Gelbe und orange Kürbisse in allen Formen und Größen lagen auf blauen Planen, wir kauften runde für Halloween. Zu Hause schöpften wir das weiche helle Fruchtfleisch aus ihren Köpfen, stachen ihnen erstaunte Augen aus der harten Schale und grinsende, breite Münder. Euer Haus war geräumig und geschmackvoll eingerichtet, Kunstgegenstände von zwanzig Jahren Reisen lagen herum und verrieten die Interessen, die deine Arbeit inspiriert hatten, indianische Skulpturen, spanisch-mexikanische Möbelstücke, die steifen Rücken geschnitzter Sessellehnen, dunkles Holz, die Räume bis an die Decken voller Bücher und Bildbände. Doch dieses Haus blieb mir fremd. Das Gästezimmer war klein und roch nach Taschenbüchern, die in schlecht geheizten Räumen fleckig und modrig wurden. Du warst gastfreundlich und Inga machte sich Mühe mit Frühstück und Dinner, aber ich blieb ein Gast, der weiß, dass er nach drei Tagen aufhört, erwünscht zu sein.

Wir fuhren nach Illyria, an den Erie-See, weiter nach Osten, nach Oberlin, ein Ausflug, dem die Weite der großen Ebenen von Ohio und der hohe Herbsthimmel Beschwingtheit gab, fast einen Anflug von Abenteuer, wir machten Pläne für das Jahr danach, aßen in einem teuren Thai-Restaurant viele Gänge exotischer Speisen, wir leisteten es uns, wir waren arriviert. Aber unsere Gespräche steuerten allzu schnell auf Zonen verärgerter Verstimmung zu, unsere politischen Überzeugungen deckten sich nicht mehr, und jedesmal blieben nach dem Versuch, den Weg zur Übereinstimmung zurückzufinden, eine Spur Fremdheit und ein Gefühl, als sei die Temperatur im Raum am Sinken. Über Israel und die Friedensbewegung gerieten wir in Streit. Die Dinge, die dich begeisterten, ließen mich kalt, ich musste meine Anteilnahme heucheln, und meine Wege und Irrwege der letzten zwanzig Jahre blieben dir unverständlich, ja, sie erregten deine Missbilligung.

Mit sechsundvierzig hattest du einen Zusammenbruch gehabt wie damals als Sechsjährige, als deine Mutter starb. Auch das hatten wir einmal als Gemeinsamkeit gefeiert, dass unsere Mütter als junge Frauen gestorben waren. Aber du warst ein kleines Mädchen gewesen, allein mit deinem Schmerz und deinen Ängsten. Vor zwanzig Jahren hattest du unbeteiligt, als berichtetest du von einem fremden Leben, von deiner Kindheit erzählt, den Jahren des schutzlosen Ausgeliefertseins an die Härte einer verständnislosen Erwachsenenwelt. Erfahrungen, die du so lange weggeschoben hattest, um zu leben, hatten dich eingeholt. Wie damals, nach dem Tod deiner Mutter, verlorst du die Fähigkeit, zu lesen, dich zu konzentrieren und zu erinnern. Die Angst fand dich überall, wo du heimisch warst, und machte dich zur Fremden in deinem eigenen Leben. Als du dich langsam, mit zäher Entschlossenheit, aus den Trümmern der Erinnerung hervorzuarbeiten begannst, fingst du wie damals mit Kinderbüchern an. Mit der Geschichte von dem Schatz unter dem Herd des eigenen Hauses, von dem ein suchender Wanderer erst in der Fremde erfährt. *Sometimes somebody gave him a ride, but most of the way he walked.* Wie viel uns beiden dieser Satz bedeutete, als fasse er unser ganzes Leben zusammen, als enthielte er alle gelebten Jahre und ihr ganzes unaussprechliches Gewicht. Aber als ich von meinen Blessuren und Bitterkeiten sprach, sahst du mich tadelnd ohne Verständnis an. Du bist ja zornig, sagtest du.

Als ich im Winter wiederkam, war ich bereits weniger willkommen. Wir waren über nichts mehr einer Meinung, weder über die zeitgenössische Literatur noch über ihre Rezeption auf beiden Seiten des Atlantiks, nicht über Feminismus noch über *political correctness*. Wir waren beide froh, als ich abreiste. Zu deinem neunundvierzigsten Geburtstag rief ich aus einer Stadt an, die keine zweihundert Kilometer von dir entfernt war, das versetzte dich in Panik, du könntest jetzt nicht reden, aber du gabst mir einen Termin, wann ich dich anrufen dürfe. Dein geschäftsmäßiger, kühler Ton kränkte mich, aber ich rief zum vereinbarten Zeitpunkt an. Du erzähltest, du nähmst ein *Sabbatical*, um dich zum Schreiben zurückzuziehen, deine Lyrikbände waren vergriffen und wurden nicht mehr aufgelegt. Mit fast fünfzig warst du eine Dichterin ohne Werk, und für uns beide war es immer das Werk gewesen, das vor allem anderen zählte. Du warst recht unwirsch am Telefon, wolltest keinen Trost, schon gar keinen Besuch, und sagtest schnell, du würdest dich auf unbestimmte Zeit an der Küste von Oregon ins Blockhaus eines Freundes zurückziehen, vielleicht dort einen neuen Lyrikband verfassen. Ich hörte eine Abwehr in deiner Stimme, die sich jede Anteilnahme als Aufdringlichkeit verbat.

Zu unserem fünfzigsten Geburtstag schrieb ich dir einen langen Brief, es war der erste, den du nicht beantwortet hast. Einige Monate später rief ich an. Inga war am Telefon. Du seist nicht abkömmlich, erklärte sie, und als ich fragte, wann du zu sprechen seist, erwiderte sie, ich könne nicht mehr so hereingeschneit kommen, wenn ich euch besuchen wolle. Ich fragte kein drittes Mal nach dir. Sie müsse gehen, sagte sie, es seien Gäste an der Tür. Auch meine halb dringliche, halb verstimmte Karte ein Jahr später hast du nicht beantwortet, doch bald darauf kam ein schmaler Lyrikband mit einer Auswahl deiner vergriffenen Gedichte und einer Handvoll neuer, die du damals auf deiner letzten Europareise geschrieben hast, als ihr mich besuchtet. *In an Austrian church-yard* steht da. Das muss in Altmünster gewesen sein. *In memory of our twenty-five years of friendship*, steht in deiner sauberen, ein wenig engen Handschrift auf dem Deckblatt und in den Danksagungen erwähnst du mich unter anderen, es klingt wie ein Nachruf.

Dauerte sie denn wirklich nur fünfundzwanzig Jahre, diese Freundschaft, die wir immer für eine lebenslängliche gehalten hatten? Wann ging sie zu Ende und durch wessen Schuld? Vielleicht hat das Gewicht der Schicksalsschläge uns auseinandergetrieben und es gibt keine Schuldigen. Vielleicht sind wir nur vom Leben müde und müssen mit unseren Kräften sparen. Wenn ich an dich denke, verspüre ich Sehnsucht wie nach meiner Jugend und die Beschämung einer, der man das Gastrecht verweigert hat. Nach fünfundzwanzig Jahren war das eingetreten, was ich bei meinem ersten Besuch in West Virginia hätte erwarten können, wäre ich nicht so selbstgewiss und naiv gewesen. Als hättest du endlich, mit großer Verspätung, gesagt: *You have worn out your welcome.*

Seit es das Internet gibt, finden wir auch längst Verlorengeglaubte wieder, sie sind noch da, nur nicht mehr für uns. Ich betrachte dein Foto, deine Haare sind jetzt kurz, aber immer noch dunkel, du hast dich nicht verändert, selbst das Alter scheint dich milde behandelt zu haben. Du stehst lachend im Kreis deiner Freunde, Inga ist nun sehr alt und fragil, auch Deborah in West Virginia ist eine alte weißhaarige Dame mit erlesenem Schmuck wie vor vierzig Jahren. Du hast ein beachtliches Curriculum Vitae, du hast ein Netz von Gleichgesinnten um dich geschart, die deine Gedichte vertonen und mit ihnen Festivals veranstalten, gemeinsame Lesungen mit dir machen, mit dir durch die Provinz tingeln. Der Mittelwesten ist groß, du liest noch immer mehrmals im Monat in Community Colleges, du strahlst, du scheinst deine Dämonen bezwungen zu haben. Zehn Lyrikbände und drei Essay-Sammlungen hast du im Lauf deines Lebens geschrieben, vier davon sind vergriffen. Darf ich den Bildern glauben, dass du ein gutes, ruhiges Leben hast, eines wie damals, als wir uns kennenlernten?

Mein Entdecker, meine Amour fou

Ich werde deinen Todestag nie erfahren, werde nie genau wissen, wie alt du geworden bist. Jedenfalls hast du länger gelebt, als du dachtest, und glücklich gemacht hast du mich nur für Augenblicke. Aber es ist dir gelungen, mir das Leben einzurichten, von dem ich seit meiner Kindheit geträumt hatte. Hat man dich nach New York überführt, auf den Friedhof nördlich von Manhattan, in dem deine alte Freundin Lenora Grabstätten für sich und ihre Freunde gekauft hatte, damit ihr im Tod alle zusammen seid, ihr New Yorker Intellektuellen der fünfziger Jahre, die ihr durch die New School of Social Research, durch Psychoanalyse, durch den Krieg und das Trauma von Verfolgung und Vertreibung verbunden wart?

Mir erschienst du mit deinen achtundfünfzig Jahren bereits uralt, dein Körper vom Tod gezeichnet, dem du knapp entronnen warst, mit der ausgefransten langen Narbe, die deinen Brustkorb in zwei Hälften teilte, mit deinem schlurfenden Schritt eines frühzeitig vom Leben Erschöpften. Zwei Jahre noch, sagtest du, da lohnte es sich nicht, deine Zähne richten zu lassen, dir einen neuen Anzug zu kaufen oder die Eigentumswohnung zu erwerben, auf die du ein Vorkaufsrecht hattest, du gabst es für eine lächerlich geringe Abfindung ab und nahmst mich zu Macy's mit, um mir eine Jeans und eine Bluse von der Stange zu kaufen, die auberginefarbene Hose trug ich noch viele Jahre. Aber den größten Teil schicktest du an deine alte Liebe in England, die dich fünfzehn Jahre zuvor nach sechs unvergesslichen Nächten verlassen hatte. Nie wolltest du etwas besitzen, kein Haus, kein Auto, kein Vermögen, kein Geld auf dem Konto, keine Familie, nicht einmal Frauen. Ein sesshafter Vagabund warst du, der sich nach einer Lebensart sehnte, die es nicht mehr gab, die Kopie eines Bohemiens aus dem Wien der Jahrhundertwende, am falschen Ort und im falschen Jahrzehnt. Ein Dandy des Fin de Siècle wolltest du sein, so flaniertest du über den College Campus, als schwenktest du im Gehen einen imaginären Spazierstock, mit ergrauendem Bart und kastanienbrauner Mähne, nachlässig gekleidet, mit mürrisch blasierter Miene, der personifizierte Flaneur aus Walter Benjamins Schriften, ein müder Stadtneurotiker aus Manhattan. Alles, was du getan hast, schien einem Theaterstück aus der Jahrhundertwende entsprungen. Wenn wir im Pendlerzug nach Manhattan fuhren und du dir die Hände riebst, *we are running away*, wenn du im *Eclair* im offenen Dufflecoat, der auf dem Boden schleifte, mit abgespreiztem kleinen Finger und ironisch amüsiertem Grinsen ein Stück Schwarzwälder Kirschtorte verzehrtest, während gepflegte Emigrantinnen in der Mode der dreißiger Jahre uns heimlich beobachteten, ein eigenartiges Paar, dieser schlaffe, bärtige Mann und die etwas gehemmte junge Frau, die seine Tochter sein könnte, aber offenbar seine Geliebte ist. Niemand hätte zwei College-Professoren in uns vermutet. Deine große, gebeugte Gestalt, deine Gesten, als wären sie Zitate aus einem Stück von Schnitzler, deine ein wenig affektierte Mimik sind so tief in mein Gedächtnis eingegraben, dass es mir zwanzig Jahre lang entgangen ist, wie wenig ich dich gekannt habe. Vielleicht wolltest du nicht erkannt werden, vielleicht war ich zu sehr darauf konzentriert, dir zu gefallen, als dass ich dir hinter all deinen Masken und Ablenkungsmanövern nachspüren konnte. Du warst meine große Amour fou, die verbotene, verzweifelte und schuldhafte Leidenschaft, die sich über alle Hindernisse hinwegsetzte. Vielleicht brauchte das Drama, das wir spielten, die Fremdheit, die bis zum Schluss zwischen uns bestand.

Woran lag es, dass wir nie ein Paar waren, auch nicht in den glücklichsten Augenblicken? Unser beider Alter lag so weit auseinander, dass du *ihr* sagtest, wenn du meine Generation meintest, und es war kein Kompliment. Wir waren für dich die Wilden, die das Bildungssystem ruinierten, die Barbaren, die die Kultur zerstörten. *The Grateful Dead*, zitiertest du einmal verächtlich, so nennen sie sich, nicht wahr, die dankbaren Toten, diese Idioten. In deiner Gegenwart herrschten Freud und das Wien der Jahrhundertwende, in deiner Gegenwart war ich das süße Mädel aus einem Schnitzler-Stück. Und trotzdem hast du mich nach *meinen* Möglichkeiten und Sehnsüchten neu erschaffen, ich bin dein Geschöpf, bis heute, und mein Leben vierzig Jahre später ist dein Entwurf, ein freies Leben mit dem Beruf, den ich mir so heftig wünschte. Daran hast du von Anfang an gearbeitet, ohne dass es mir bewusst war, systematisch, unendlich langsam und behutsam, fast abgewandt, als würdest du gleich das Interesse verlieren, hättest es schon verloren, mit zum Gehen gewandtem Zögern bereit, jederzeit *Adieu* zu sagen. Nie sagtest du *bye* oder *see you later* oder sonst eine amerikanische Floskel, immer sagtest du *Adieu*, manchmal riefst du mir noch nach, wenn ich, den Korridor entlang, schon ein Stück entfernt war, *Sag zum Abschied leise Servus*, dann warst du mein Gardeoffizier und ich war dein süßes Mädel.

Ich konnte dir nicht die Liebe geben, die du gebraucht hättest und die du begreifen konntest, sagtest du am Ende, aber ich konnte dir den Wunsch erfüllen, dich von jeder Abhängigkeit, auch von mir, zu befreien.

Ich weiß nicht, warum du dich anfangs mit mir verabredet hast. Ein paar Wochen vor deiner Herzoperation schobst du zum Valentinstag eine Karte unter die Tür meines Büros: *Von einem heimlichen Verehrer.* Und als ich die Teilnehmerliste für mein Kafka-Seminar an meine Tür hängte, schriebst du in deiner zierlichen, zögernden Schrift *Max Brod* darunter. Aber ich konnte nicht erraten, wer dieser der deutschen Literatur kundige heimliche Verehrer war. Dein Interesse erlosch spätestens im Restaurant in Manhattan, als ich erzählte, dass ich in

Scheidung lebte. Das wolltest du dir nicht antun, eine junge Frau, die du bei näherem Betrachten nicht mehr so begehrenswert fandst, mit einem Leben, das sie kaum bewältigte, einem kleinen Kind, einem schlecht bezahlten Job und einem Ehemann, der die Scheidung verlangte. Du warst um ein Haar dem Tod entronnen und warst noch nicht sechzig, die Narbe auf deinem Brustkorb noch frisch und feuerrot, und deine Todesangst nur durch eine Rückkehr ins Leben zu vertreiben, durch das Delirium einer neuen Liebe, geborgter Jugend, Tanzen, Sex, ein letztes Mal, bevor es zu spät wäre. Ich erinnere mich nur an wenige Gespräche, von dir sprachst du nur in Andeutungen, die du mit einer wegwerfenden Geste abbrachst, als sei es dir nicht der Mühe wert, mir die Seite von dir zu zeigen, die dich mir erklärt hätte. Von deinem Vater erfuhr ich auf diese Weise, der die Familie verlassen und als Arzt Bedürftige um einen symbolischen Dollar behandelt hatte, statt sich um Frau und Kinder zu kümmern, von einem älteren Bruder, der ein bekannter Ökonom geworden war, mit dem du jedoch keinen Kontakt pflegtest. Aber Fragen, um Zusammenhänge zu verstehen, stellte ich nicht. Damals ging ich durchs Leben, als läge die ganze Welt hinter einem Schleier und ich könne nur die Umrisse erkennen und sie nicht deuten.

Aber ich erinnere mich an unser erstes Gespräch im Restaurant. Ich bin Handleser, *I am a palmist among many other things*, sagtest du mit der großspurigen Affektiertheit, die dich von Zeit zu Zeit heimsuchte, und die ich ärgerlich fand. Ich erinnere mich, wie du meine Hand nahmst und mit den Fingern leicht über den Handteller strichst, und dass ich diese intime Geste für eine Annäherung hielt.

Eine tragfähige künstlerische Karriere, die sich erst abzuzeichnen beginnt, sagtest du.

Ja, antwortete ich zögernd, ich habe immer wieder von Zeit zu Zeit gemalt.

Nein, widersprachst du mit Gewissheit, es hat mit Sprache zu tun.

Bald darauf gab ich dir alles zu lesen, was ich geschrieben hatte, und du warst barmherzig genug, dazu zu schweigen.

Du glaubtest an das Schicksal und daran, dass alles bereits vorherbestimmt sei, und in dem Plan, der in den Sternen und auf deiner Handfläche vorgezeichnet war, käme ich nicht vor, das sagtest du mir öfter als einmal, ich sei eine flüchtige Sternschnuppe, eine Episode, die nirgends verzeichnet und nicht bestimmt sei für die Galerie außergewöhnlicher Frauen, deren Andenken du hegtest wie ein Vermächtnis. Ich aber wollte so verzweifelt zu diesen Frauen gehören, von denen du sprachst wie von Göttinnen, die dir für kurze Zeit ihre Gunst gewährt hatten, kapriziös, eigenwillig, schön und grausam. Nach einer missglückten Ehe wollte ich kein Nicht-Genügend für Weiblichkeit mehr, diesmal strebte ich Summa cum laude an um jeden Preis. Ich musste ja erst dein Interesse wecken, ich musste dich verführen und es so weit bringen, den Göttinnen, die deine Erinnerung bevölkerten, ebenbürtig zu werden. Es war mein Hunger nach deiner Anerkennung, der mich antrieb und der alle anderen Gefühle unter sich begrub. Auf deiner Herzlinie gebe es ein *croix mystique*, einen Stern vollkommenen Glücks, der nach mir käme, sagtest du. Und vielleicht stimmte es ja, die Frau, die nach mir kam, hast du geheiratet und du bliebst bei ihr bis zu deinem Tod.

Mich hattest du anfangs nicht gewollt, es gab keine Anziehung zwischen uns, keine Liebe auf den ersten Blick. Es war etwas anderes, wonach du damals auf der Suche warst, aber das verstehe ich erst jetzt. Du erzähltest von einer Studentin, mit der du tanzen gegangen warst, wie sie sich wand, wie eine Schlange vor dem Schlangenbeschwörer, *a sexual powerhouse*, nanntest du sie. Ich nahm die Botschaft auf. Du gabst die Richtung vor, ich folgte dir mit dem Ehrgeiz, dich zu erobern. Der Preis, den wir dafür bezahlten, kostete uns die Nähe und das Vertrauen einer Liebe, die ich erst jetzt, fast ein halbes Jahrhundert später, in deinen Briefen finde, Beteuerungen, ich liebe dich, viele Male in jedem Brief, Schwüre, du bist die Einzige, du bist die Beste, du fehlst mir, komm zurück, ich kann ohne dich nicht leben. Ich lese sie wie zum ersten Mal, ich staune. Habe ich sie damals nicht gelesen, habe ich sie dir nicht mehr geglaubt? Kamen sie zu spät? Warum nahm ich dich damals nur so verschwommen wahr? Mein Verlangen nach deiner Liebe wurde zu einer Sucht, und weil ich nicht wusste, wie ich dich erreichen konnte, außer durch meinen Körper, wurde die Sucht zu einer Hörigkeit, die langsam an sich selber verglühte.

Wir haben einander schamlos benützt, wusstest du das? Du brauchtest eine junge Frau, um ins Leben zurückzukehren, aber wozu habe ich dich benutzt? Zur Selbstbestätigung, dass ich es wert war, begehrt und geliebt zu werden? Erlosch mein Interesse, weil du mich schließlich so liebtest, wie ich es mir gewünscht hatte?

Jetzt, vierzig Jahre später, hat sich der Altersunterschied zwischen uns längst geschlossen, und ich weiß, wie man sich in einem alternden Körper fühlt, der bereits spürbar die Last des Todes trägt, ich weiß, wie weit die Jugend entfernt ist und wie sehr uns ihr Verblassen erschreckt. Seither bist du greifbarer geworden und ich sehe deine Konturen hinter den Masken, die mich nicht mehr aufreizen oder einschüchtern können. Ich sehe dich mit achtundfünfzig, einen Mann an der Schwelle zum Altern, ich verstehe deine Todesangst und die panische Gier nach Leben. Als ich unser altes Haus in Boston aufräumte und Stöße von Papier in Müllsäcke stopfte, stieß ich auf deine Gedichte, vergilbte Originale, und weiß nicht mehr, wie ich in ihren Besitz gekommen bin, ob ich sie dir gestohlen habe oder ob du sie mir zum Lesen gabst, und warum ich sie behielt, wenn mich damals an ihnen ohnehin nichts interessierte als die Anspielungen auf große, vergangene Liebesaffären, die meine Eifersucht aufstachelten. Jetzt erst, nachdem du schon zwanzig Jahre lang tot bist, lese ich sie wie zum ersten Mal, nicht als die eifersüchtige

Geliebte, sondern als Gegenüber deiner einsamen Stimme, und es ist, als beträte ich eine Stadt, die ich immer nur von Weitem gesehen, von außen umwandert hatte, aber warum habe ich mir nie Zutritt zu ihr verschafft? Waren die Tore so abweisend und verschlossen oder war ich zu sehr damit beschäftigt, mich in die zu verwandeln, die du begehren konntest? Ich sehe dich als Vierjährigen am Schwarzen Freitag 1929, der das Leben deiner Familie schlagartig in die Armut stürzte, dich mit deinen beiden Brüdern, die zu Bett geschickt wurden, bevor ein letztes Mal Gäste zu einer großen Dinner Party kamen, bei der nur mehr der Schein zu wahren blieb. Ich sehe dich im Bellevue Hospital in hilflosem Schmerz angesichts deiner wahnsinnigen Mutter, die von ihren Dämonen gehetzt jeden Augenblick unerträgliche Foltern und Todesarten durchlitt, *ein weißes, bebendes Denkmal der Angst mit Augen wie brennende Kohlen*, ihre Haut, ihre Haare von den Flammen der Todeslager verzehrt, ihr vom Entsetzen verkohlter Verstand, wie konntest du es ertragen, in dieses erloschene Antlitz des Wahnsinns zu blicken und zu sagen: *Hi, Mom, it's me?* Habe ich damals diesen Aufschrei des Grauens, diesen Doppelgänger von Ginsbergs *Kaddish* nicht gelesen? Wenn ich es gelesen habe, warum bin ich nicht zu dir gelaufen und habe dich umarmt?

Jetzt lese ich deine Gedichte wieder, die Gedanken eines Achtundfünfzigjähren voll Todesangst, aus den Monaten, in denen dir der Schmerz bedrohlich im Brustkorb brannte und du dich fragtest, *how will I go,* und was ist danach, während dein Herz dich zwang, nach wenigen Schritten stehen zu bleiben und mit angstvoll nach innen gerichtetem Blick zu warten, bis es sich beruhigte und der Schmerz nachließ. Auch wenn du Infarkt und Bypass-Operation überlebt hattest, war die Todesangst noch gegenwärtig, das Wissen um die Hinfälligkeit deines Körpers und wie zerbrechlich das Leben ist. Aus dieser Angst und der Lebensgier, die die Rekonvaleszenz nach sich zog, suchtest du wahllos nach jungen Frauen, die noch leichtfertig lachen konnten, wenn vom Tod die Rede war. Doch wenn du allein warst, standst du wieder vor der Wand, die dir den Weg versperrte, und fragtest, was dann? Alles, was die Welt noch zu bieten hatte, lockte dich unwiderstehlich, und deine Zeit war fast um, das Alter forderte sein Recht. Das Gehör verknöchert, die Augen werden trüb, die Kräfte lassen nach. Kann es sein, dass ich es bin, dem das geschieht? *This machine feels loss.* Und die Angst vor dem Abstieg Stufe um Stufe ohne Recht auf Umkehr, *what is it to die? The Last Love Song*, der Tod als letzte Umarmung, Höhepunkt aller Liebeserfahrungen, der Tod als unersättliche, vernichtende, letzte Geliebte. Wann hast du diese Gedichte geschrieben? In den Stunden vor unserem Zusammensein oder danach? War der Tod immer der unsichtbare Dritte zwischen uns? War es meine Jugend, meine Naivität, die mich so gefühllos machten, dass ich nichts davon spürte?

Du schriebst mir eine Rolle vor und ich gehorchte. Jede Geste war abgestimmt auf das, was ich vorstellen sollte, und ich wusste in meiner Unerfahrenheit nicht, warum, aber ich spielte gehorsam den Part, den du brauchtest, um den Tod abzulenken und wieder in eine geborgte Jugend zurückzukehren. Eine junge Frau brauchtest du, Vitalität und einen Schuss naiver Jugendlichkeit, eine Femme fatale wünschtest du dir, die nach dir verrückt war, ein fröhliches, unbeschwertes Mädchen, das dir unentwegt deine Männlichkeit bestätigte, aber das war ich nicht, das musste ich für dich erst werden, es war der Preis für deine Anerkennung. Ich nahm den leisesten Wink wahr, ich war anpassungsfähig und fast ohne eigene Wünsche, außer dir zu gefallen, ich glaubte, dass es um Sex ging und um Jugend, jede Nacht ein brennender Reifen, durch den ich so anmutig springen lernte, als bereite mir der Sprung höchste Lust, jeder Beischlaf eine Zirkusnummer, mit der du dir beweisen konntest, dass du noch ein Mann warst und dass dein Alter für junge Frauen kein Thema war. So war es am Anfang. Und dann, als wir allmählich begannen einander zu lieben, war es zu spät. Dein spärliches Lob galt der Rolle, in die du mich zwangst, sie war der Beweis dafür, dass das Begehren und sein launenhafter Tyrann dir noch immer zu Diensten standen, wann immer du es wolltest. Wir haben einander so schrecklich verfehlt, weil du von mir verlangtest, dass ich mich in eine Frau verwandelte, die ich nicht war.

Wie im Delirium erlebte ich diese beiden Jahre und konnte nicht glauben, dass ich es war, die dich im Nieselregen unter einer trüben Laterne wie eine Ertrinkende küsste, die glaubte, in der Liebe noch nie dem Wahnsinn so nahe gewesen zu sein. Auch wenn wir wenig voneinander wussten und die Bedürfnisse des anderen missdeuteten, es gab sie, die Liebesmystik, von der du sprachst, in der die Zeit aussetzte, die Augenblicke im Zwielicht deines verdunkelten Schlafzimmers und im flirrenden Grün des Central Parks in jenem ersten Frühling, den wir zusammen hatten. Ich lese in deinen Gedichten, dass es die gleichen Augenblicke waren, in denen wir dachten, das Glück habe sein größtmögliches Maß erfüllt. Manhattan nördlich der 42nd Street, das bist immer noch du, als hättest du dich in diese Stadt eingebrannt, das Licht, das von den hohen Fenstern in die Grand Central Station fiel, wenn wir den Vorortzug verließen, die Taxifahrten, bei denen wir uns auf dem Rücksitz küssten, der Broadway beim Lincoln Center, die Kinos, in denen wir unsere Traumexistenz um weitere Traumwelten bereicherten, das *Greenhouse* an dem kleinen, dreieckigen Platz vor dem Lincoln Center, wo wir unsere klammen Finger an Teetassen wärmten, und die prosaischen Vorstadtbahnhöfe auf der Rückfahrt. Und dann war das Frühlingsfeuer auch schon vorbei.

Im Herbst gab es für Selbstvergessenheit keinen Platz mehr. Es war eine dunkle Zeit. Ich lebte in einer anderen Stadt, hatte statt eines Einkommens mehrere befristete Lehraufträge, unterbezahlt und auf mich allein gestellt, und du warst mir keine Hilfe, sondern eine Belastung, wenn ich dich an feuchten Spätherbsttagen an der

Route 128 vom Zug abholte und du dich über die beschwerliche Reise und den Zeitaufwand beklagtest. Nach den ersten Küssen war das Verlangen erloschen und ich sah deinen alternden Körper mit der mitleidlosen Objektivität der Jugend, das fahle sommersprossige Weiß deiner schlaffen Haut, die Muttermale, die Falten und kleinen Wulste, die fehlenden Zähne, wenn du dich über mich beugtest, das hängende Gesäß und das lose Fleisch an den Hüften, wenn du ins Bad gingst, die übermäßig großen Füße, wenn du barfuß in meiner Küche herumtapptest. Ich verbrachte immer mehr Stunden unserer gemeinsamen Nächte auf der Wohnzimmercouch, um mich aus deiner Umklammerung zu befreien, ich verglich dich mit meinem geschiedenen Mann und war erstaunt, wie fremd du mir geblieben warst, jetzt wo der Reiz des Unbekannten erloschen war. Damals erst habe ich verstanden, wie sehr du an mir hingst, dass du mich mehr brauchtest als ich dich. Es schien auch dich zu überraschen, aber es war zu spät. Zu lange hatte ich auf deine Liebeserklärungen gewartet, darauf, dass du nach Wegen suchen würdest, mir nah zu sein, als dass ich deine Liebe noch dankbar hätte annehmen können. Sie kam nicht an gegen die Kälte, mit der du dich zu lange verweigert hattest, während ich mich in eine Hörigkeit hineingesteigert hatte, die mich demütigte.

Einmal, im Spätsommer, im letzten Jahr, trafen wir uns noch in einem Hotel in Downtown Boston und unsere letzte Nacht hatte etwas Anstößiges und Schäbiges. Ich trug einen kurzen Rock, hohe Absätze und eine durchsichtige türkisfarbene Bluse und du rolltest mir die Seidenstrümpfe von den Beinen, als wärst du Clark Gable. In dem überdimensionalen Bett mit dem barocken Kopfteil gabst du ein letztes Mal den dekadenten Lover im Stundenhotel, aber wir hatten keinen Spaß mehr an unseren Rollen. Nach zwei Jahren wäre es an der Zeit gewesen, das Theater von der großen erotischen Obsession durch Nähe und Zärtlichkeit zu ersetzen, durch irgendetwas, das uns verbunden hätte und seien es auch nur ein paar gemeinsame Erinnerungen, an denen wir hingen. Du begriffst nicht, dass ich meinem geschiedenen Mann auf eine Weise verwandt war, wie ich mit dir nie verbunden sein würde. Aber du wolltest von meiner Verzweiflung über die Tragödie, die unsere kleine zerstörte Familie getroffen hatte, nicht angesteckt werden, stattdessen ergingst du dich über die Schönheit meiner tragischen Blässe und meiner traurigen Augen. Wir spielten noch immer Schnitzler, wenn auch mit abnehmender Begeisterung, und nicht einen Augenblick lang befanden wir uns in ein und demselben Leben. In unserer Geschichte gab es keinen Alltag, nur Höhenflüge und Abgründe, Stunden, die für Jahre zählen mussten, Augenblicke, deren Intensität nicht mehr zu überbieten war, aber keinen gemeinsamen Boden, auf dem wir stehen konnten.

Das Einzige, das uns bis zum Schluss verband, war mein Manuskript. Es war dein bleibendes Geschenk, du warst mein erster Lektor, und wie in der Liebe sporntest du mich zu Spitzenleistungen an, und ich sprang mit neuer Gewandtheit durch die brennenden Reifen deiner Kritik, mit mehr Selbstsicherheit und größerem Stolz, als du mir zugetraut hattest. So hast du mich am Ende zu mir selber zurückgeführt. Als das Manuskript fertig war, fast im gleichen Augenblick, war unsere Beziehung zu Ende und ich fühlte mich betrogen, obwohl ich es war, die das Ende herbeigeführt hatte. Deshalb fand ich keine Zeit mehr dir zu danken, für die vielen Geschenke, die du mit so viel Bedacht und Liebe ausgewählt hattest. Du hast die natürliche Begabung eines Mentors besessen, hast ohne Anlass manchmal ein neues, eben erschienenes Buch mitgebracht, eine Schallplatte, eine Idee, und sie auf den Boden meiner Phantasie fallenlassen, damit sie irgendwann, Jahre später, Früchte trüge, das Quintett von Schubert, *Wien im Fin-de-Siècle* von Carl Schorske, einen Essay von Susan Sontag.

Du hattest ein Leben in Manhattan, von dem ich wenig wusste, kanntest die Künstler und Intellektuellen New Yorks, George Segal, Susan Sontag, Annie Leibowitz, die Verleger von Knopf und Harcourt Brace. Warum nahmst du mich nie zu ihren Partys mit, warum verstecktest du mich wie ein verheirateter Mann eine heimliche Geliebte? Habe ich in deine Kreise nicht hineingepasst, trugst du dort eine andere Maske? War ich dir zu dumm, zu jung, zu linkisch, zu fremdartig? Oder warst auch du dort ein Außenseiter? In einem deiner Briefe beklagst du dich, dass dich in deinem Freundeskreis außer mir niemand ernst nehme, und unsere gemeinsame Freundin Eva fand dich ungehobelt, rüde und mürrisch. Du hast es nicht verstanden, dich anderen mitzuteilen.

Mit vierzigjähriger Verspätung lese ich deine wissenschaftlichen Aufsätze und bin von deiner Belesenheit, deinem Wissen, deiner Intuition überwältigt. Du bewegst dich mühelos zwischen griechischen Inschriften und Zitaten aus der Mischna, du vergleichst frühchristliche Schriften mit Philo von Alexandrien und hast mit den renommiertesten Altertumsforschern Oxfords zusammengearbeitet. Mit Hugh Trevor-Roper und Joyce M. Reynolds hast du Bücher geschrieben, und nichts davon hast du mir je erzählt. Ich wusste nur, dass du Historiker und Altphilologe warst, als solcher warst du mein Kollege. Aber in deinem knappen Internetprofil scheint unser kleines College im Norden von New York City neben Oxford, Columbia und Cornell gar nicht auf. Es war dir zu unbedeutend. Bist du nie auf den Gedanken gekommen, dass es dein Geist gewesen wäre, der mich an dich hätte fesseln können, so lange du gewollt hättest? Auch jetzt noch schmerzt dieser Verlust. Ich wäre dir nicht verlorengegangen, hättest du mich ernst genug genommen und mir die Einsichten und den Geist gezeigt, die ich in deinen Aufsätzen und Gedichten fand.

Wir haben einander so schrecklich verfehlt. Du bliebst ein Fremder, selbst wenn du meine größte Leidenschaft in Cinemascope-Format warst, wir haben uns geliebt wie zwei Filmschauspieler auf der Leinwand, als spielten wir vor einem unsichtbaren Publikum, als müssten wir einander oder einem Dritten eine oscarreife Darbietung hinlegen, und als die Scheinwerfer ausgeschaltet waren, gingen wir auseinander. Ich habe mich Buch für Buch bemüht, dir näherzukommen, aber vor allem warst du Max, doch dieses Buch hast du sicherlich nicht gelesen und vielleicht hättest du dich nicht erkannt.

Von allen meinen Liebhabern würde ich am liebsten dich ein allerletztes Mal wiedersehen und mit dir reden wie zwei Erwachsene, die sich nichts mehr beweisen müssen, ich möchte ein einziges Gespräch mit dir führen, außerhalb des überhitzten Filmsets, das wir uns schufen, um uns nicht unmaskiert gegenübertreten zu müssen. Ich möchte dir sagen, dass ich kein Vamp sein wollte und kein naives, ein wenig begriffsstutziges junges Ding aus dem alten Europa. Ich würde dir sagen, ich habe mit unverzeihlicher Verspätung deine Gedichte gelesen und ich war ergriffen von deinem Schmerz beim Anblick deiner geisteskranken Mutter im Irrenhaus, ich bewundere dein Beharren auf einer unerträglichen Wahrhaftigkeit, und jetzt erst verstehe ich deine Angst vor dem Tod und deine Trauer um ungelebte Augenblicke und auch deinen Versuch, ein wenig über die eigenen Grenzen hinaus nach Größe und Ewigkeit zu haschen, selbst auf die Gefahr hin, sie zu verfehlen.

Mein Mentor, mein Freund

Schreib für mich, hast du gesagt, nach jedem Roman, wenn ich zornig schwor, dies sei das letzte Buch gewesen, ich würde mich nie wieder der Missachtung, der Ignoranz, den Demütigungen der Öffentlichkeit aussetzen. Nicht bloß einmal, sagtest du es, schriebst es, sondern immer wieder, jedesmal, wenn ich aufgeben wollte. Beim letzten Mal, als du schon todkrank warst und wusstest, dass du mich beim nächsten Projekt nicht mehr begleiten würdest, gabst du mir eine Liste neuer Themen auf, Punkt für Punkt: *erstens einen neuen Band Essays, zweitens die Abschiedsbriefe, drittens ein Buch über jüdische Riten und Bräuche, und viertens, ganz wichtig, eine etwas längere Erzählung, von der ich mir wünsche, dass du sie, trotz des Schreibverbots, das du dir auferlegt hast, für mich schreibst.* Damals wusstest du schon, dass du keines dieser Vorhaben mehr mit mir gemeinsam unternehmen würdest, aber dann gab es Augenblicke, in denen du meintest, vielleicht geht sich noch eines aus, ein einziges Manuskript, denn ein bisschen geht immer noch. *Ich bin angeschlagen,* schriebst du, *die Krankheit will nicht zum Stillstand kommen und ich habe mir doch so große Mühe gegeben, aber ich bin ja am Ende dann doch immer etwas optimistisch.*

So hast du mich siebenundzwanzig Jahre lang mit liebevollem Drängen angetrieben, mich ermutigt, du kannst es, trau es dir zu, eine wunderbare Idee, tragfähig, mach weiter. Nein? Eine andere Idee? Auch gut, ich freue mich darauf, dich erzählen zu hören. Ich sehe alles deutlich vor mir, so vieles ist bereits fertig, Zustimmung, Begeisterung, kleine Einwände, große Erwartung. Ein wunderschöner Text, voller Rhythmus und Musik, glaub mir, hör nicht auf die anderen, sie sind taub und dumm. Großes Lob, das wird ein wichtiges Buch, kein falscher Ton, es ist eine andere Welt. Erst wenn das Manuskript fertig war, kamen die Einwände, wenn ich zu selbstgewiss war, konntest du mir deine strenge, manchmal ärgerliche Seite zuwenden. Beim zweiten und dritten Durchgang, wenn die Autorin sich erschöpft nach getaner Arbeit ausruhen wollte, als sei das Manuskript bereits das Werk und das Lob nicht Vorschuss, um sie bei der Stange zu halten, sondern Garantie für den Erfolg, dann wurdest du unerbittlich. Die Augusthitze Manhattans und dieses unfertige Manuskript, der passive Widerstand der Autorin, die sich stur und schnell gekränkt zurückzieht und uneinsichtig um redundante Szenen kreist, die wegmüssen. Da ist noch zu viel Überflüssiges, *ich hoffe, dass du mir die energischen Kürzungen nicht übelnimmst, ich bin sehr gehetzt im Moment,* schreibst du, und andererseits, wer war doch diese Nebenfigur, man vergisst sie zu leicht. Und die Autorin verweigert jede Einsicht, sie reagiert mit Skepsis und Gereiztheit, als wärst du ins Lager des Gegners übergewechselt. *Du schreibst mir, als müsstest du das Manuskript, das ich als große Literatur sehe und bewundere, vor mir verteidigen*, beklagst du dich. Doch die mit Bleistift an die Ränder geschriebenen Fragen werden ungeduldiger, drücken Unmut aus. Und außerdem, die Frage mit dem Honorar ist auch noch nicht geklärt, bis jetzt war die Arbeit jedenfalls gratis. Das zähe Ende konnte kurzfristig unsere gegenseitige Verehrung trüben, für Wochen, selten für lange.

Ganz anders die freudige Erwartung des Anfangs, dieses erregenden Versprechens von etwas Neuem, ganz und gar Unerwartetem, das dich jedesmal elektrisierte. Nach der Enttäuschung, dass der Literaturbetrieb auch das letzte Buch wieder nur am Rand recht gleichgültig wahrgenommen hatte, kam irgendwann, ungeduldig von dir herbeigesehnt, der erste Schritt hinaus aus der trotzigen Verweigerung, und eine Idee tauchte auf, noch keine Geschichte, manchmal eine Szene, und du warst zur Stelle mit deinem jedesmal von neuem wiederholten Angebot, *ich möchte dich beim nächsten Buch noch einmal begleiten. Bin Maxisch alt*, schriebst du nach unserem besten Buch in Anspielung auf den Protagonisten, der dir im Lauf der Arbeit so nahe gegangen und so ähnlich geworden war. Du mochtest das ruhige Warten auf das, von dem du überzeugt warst, dass es Gestalt annahm, auch wenn es noch keine schriftlichen Beweise gab, und du dabei sein würdest, bei jeder Etappe des Entstehens, bis es als Buch auf den Tischen der Buchhandlungen lag.

Manchmal fragtest du vorsichtig, wie weit ich sei, du wusstest ja, dass es im Kopf fertig sein musste, bevor ich zu schreiben beginnen würde, aber dann, wenn ich verstummte und dich nur kurz wissen ließ, dass ich am Schreiben war, antwortetest du mit deinem feinen Humor: *Schön, dass sich die Besessenheit wieder eingestellt hat.* Als du an die achtzig gingst und deine Kraft nachließ, wurdest du ungeduldiger und bestimmter: *Du musst noch ein Buch schreiben, ich will es lektorieren. Ich schiebe seit Jahren die Beendigung meiner Lektorenarbeit einzig und allein deinetwegen immer wieder hinaus und habe mich längst eingerichtet auf die nächste Arbeit mit dir.* Damals warst du bereits krank und sicherlich gab es Zeiten, Augenblicke, in denen du ahntest, dass du nicht mehr lange genug zu leben hattest. Gleichzeitig kam es nun öfter vor, dass du an dir zweifeltest und meintest, ich hätte mich von dir entfernt. *Ich spüre, dass ich dir nur noch eine halbe Hilfe sein kann,* schriebst du, was angesichts deiner gesundheitlichen Beeinträchtigung ganz zuletzt stimmte. *Ich kenne die Mechanismen des Feuilletons und der Verlage nicht mehr, sie sind mir auch ziemlich zuwider. Vielleicht hättest du gern einmal einen anderen, frischeren Lektor, denn ich verstehe vieles nicht mehr,* was ich entsetzt zurückwies, aber deine Zweifel ließen dich nicht los: *Ich bin nicht mehr recht das, was man einen zuverlässigen Freund nennt.* Aber als ich dich anrief und wie früher, wie schon so viele Male, fragte, meinst du, das wäre ein Thema, warst du sofort wieder an meiner Seite und schriebst noch drei Monate vor deinem Tod: *Jetzt ist wieder einer dieser Anfänge, die ich immer so gern mochte; zu wissen, dass etwas Neues entsteht, ist etwas ungeheuer Gutes.*

Auch mitten im Schreibprozess warst du geduldig, gabst vorsichtige Ratschläge, in dieser Zeit redeten wir viel über das Leben, unser Leben, über Menschen und Beziehungen. Alles kam zur Sprache, das Alter, das nur die anderen an uns sehen, während wir im Herzen nicht altern und nicht aufhören zu lieben und uns zu sehnen, nur dürfen wir es dann nicht mehr zeigen. Die Momente großen, nicht gutzumachenden Versagens und die spätere Trauer darüber. Natürlich sprachen wir über das Manuskript, aber Bücher haben mit dem Leben zu tun und sind nicht davon zu trennen. In diesen Gesprächen erfuhr ich mehr über dich, Einzelheiten, die sich im Lauf der Jahre zu einer Lebensgeschichte zusammenfügten. Nie drängtest du mir eine Erkenntnis auf, die du aus deinen Erfahrungen gewonnen hattest, warst jederzeit bereit zu Zugeständnissen, dazu eine unerwartete Wendung im Text zu akzeptieren, einen Exkurs ins Nebensächliche, Figuren, die dir in ihrer barschen Unbeugsamkeit gar nicht lagen und dich an die unerfreulicheren Eigenschaften der Autorin erinnerten. Du erklärtest mir meine Figuren, beschriebst sie von außen, wie sie dir erschienen, zeigtest mir, was in ihnen angelegt und noch nicht deutlich genug zu erkennen war, skizziertest Szenen, die für mich erst durch dich lebendig wurden wie in einem Film.

Du doziertest nie, erzähltest mir meine eigenen Romane unaufgefordert, beiläufig, als beschriebst du etwas, das du irgendwo gelesen hättest.

Ein paarmal, in großen Zeitabständen, besuchtest du mich, um einen Tag oder zwei ein Manuskript zu besprechen, wir mochten beide dieses Eintauchen in die Welt der Phantasie, stets die größtmögliche Genauigkeit der Sprache im Blick. Ich erinnere mich an das klickende Geräusch, das du mit den Zähnen machtest anstatt eines Punktes. Und manchmal verloren sich deine Sätze im Schweigen wie eine Melodie, die leiser wird und unhörbar verklingt. Das letzte Mal gingen wir im vorfrühlingshaften Auwald an der Donau entlang, an den sandigen vom letzten Hochwasser angeschwemmten Dünen blühten die ersten Frühlingsblumen. Dass es so etwas noch gibt, stauntest du, das ist wie ein Sonntagsspaziergang in der Kindheit. Du hättest gern eine kleine Birke mitgenommen für den Balkon vor deinem Arbeitszimmer. Die Zeit war zu kurz, wir hatten nicht das nötige Gerät, um einen Birkensetzling auszugraben. Später, als ich dich besuchte, sah ich den Balkon, auf dem sie hätte wachsen sollen, du hättest sie sicher gut gepflegt, du liebtest Bäume. In deinen Briefen erwähnst du noch oft den Apfelbaum in meinem Garten. Mit wenigen Worten gabst du einer Landschaft Leuchtkraft und Gegenwart, die Sonne an jenem Nachmittag auf der Terrasse, der ausladende Apfelbaum mit den bemoosten Ästen, das leise Glucksen des Baches am Ende des Grundstücks. Ich weiß noch, wir redeten über deine Kinder und über die nachhaltige Präsenz der Toten. Ich versuchte, den Abschied hinauszuzögern, doch wie jedesmal drängtest du unvermittelt, mitten im Gespräch, zum Aufbruch, und erst in deinen Briefen vertieften sich deine Eindrücke zu Szenen. Von jeder Reise schicktest du mir diese Miniaturen in deiner klaren, auf Leserlichkeit bedachten Schrift auf abgerissenen Schreibblöcken: die kalten Nächte in Upstate New York, der späte Frühling, die Ankunft der kanadischen Wildgänse. In Kalifornien, *das Amerika, das ich aus Romanen kannte,* die üppige Vegetation, die blühenden Mimosen, und deine einsamen Spaziergänge am Meer. Es war ein fortgesetztes Gespräch über räumliche Distanzen hinweg, und trotzdem stand am Ende oft der Satz, *es tut mir leid, dass ich, obwohl ich so viel an dich denke, so selten schreibe.*

Erst wenn ich überzeugt war, ein Manuskript sei fertig, besser gehe es nicht mehr, zeigte sich, dass auch dir die ganze Zeit das platonische Ideal eines perfekten Romans vorgeschwebt war, und dass du nun einschreiten und darum kämpfen musstest, um einen Kompromiss zwischen deinen Erwartungen und der Absicht der Autorin zu finden, immer mit der vorangestellten Bitte, ich möge doch deine *Kommentare etwas freundlich, ja liebevoll bedenken.* Zunächst musstest du die ungeduldige Autorin daran hindern, sich eine Blöße zu geben. *Zeig das Manuskript niemandem, nicht der Agentin und nicht dem Verlag.* Trotzdem musstest du mir ein wenig Hoffnung lassen, damit ich dir das Manuskript nicht wegnahm, darauf bestand, dass es so und nicht anders gehen musste, oder dass ich es entmutigt in den Müll warf, es verbrannte, die bekannte Verwünschung ausstieß, nie wieder eine Zeile zu schreiben: *Es gibt immer wieder schöne, ganz und gar vollendete Stellen. Ich habe nie an deiner Begabung gezweifelt und ich habe meistens, oder sogar immer die besondere sprachliche Qualität deiner Arbeiten schon in der ersten Fassung erkannt.*

Du merktest nicht, dass dir im Lauf der Korrekturen der Protagonist immer ähnlicher wurde, am Ende dein Spiegelbild war, klug, zurückhaltend, ein wenig eigenbrötlerisch, aber auf seine leise, geduldige Art ein Menschenfreund. Doch schließlich, nach all dem Ärger über andere liegengebliebene Arbeit, hat es sich gelohnt, die Autorin rafft sich zur letzten Runde auf und lässt sich diesmal ganz leicht führen, es ist, wie mit der Sprache zu tanzen, und die Arbeit an den Nuancen macht uns beiden wieder Freude. Alles fällt auf seinen Platz, als sei es von Anfang an so vorgesehen gewesen, ohne Brüche, wie aus einem Guss. *Du hast dich immer gesträubt, dann aber selber alles in Ordnung gebracht*, schreibst du zufrieden. Im gleichen Augenblick vergisst du deinen eigenen Anteil, *ich staune über diese große Gabe, über dieses überwältigende Erzählen.* Großzügig bestandst du am Ende stets auf meiner alleinigen Leistung, als hätte es deiner geduldigen Führung nicht bedurft. Wenn du das gebundene Buch dann als Neuerscheinung in den Buchhandlungen liegen sahst, nahmst du es *mit einer gewissen Scheu zur*

Hand. Ich muss mich erst daran gewöhnen, dass es nun da ist, fertig, in der Welt. Du gratuliertest mir wie zu einem neugeborenen Kind und erinnertest dich an seine Entstehung, die Spaziergänge in Boston, den Nachmittag an der Upper Westside Manhattans, als ich dir die Figur eines Emigranten und New Yorker Innenarchitekten skizzierte, oder die Fahrt in die Berkshires, wo wir in Melvilles Farm von der Tragik dieses einsamen, zu Lebzeiten missachteten Genies sprachen.

Du konntest das Manuskript eifersüchtig gegen alle verteidigen, die ihm etwas anhaben wollten, die Verlagslektorin etwa, wie wagte sie es, sich an einem fertigen Manuskript zu vergreifen und darin herumzufuhrwerken. Auch die Einwände der Agentin hast du nur nach genauer Prüfung und nur zum Teil gelten lassen. Das Argument, das Buch sei schwer verkäuflich, lehntest du rundweg ab. *Es geht um Literatur, Verkäuflichkeit ist kein Argument.* Alles, was ich schrieb, gehörte zu deinem Territorium, nicht als dein Besitz, denn besitzergreifend warst du nie, aber doch als Exklusivauftrag, als deine Anstrengung und unsere gemeinsame Arbeit. Auch die Autorin sollte ab jetzt vorsichtig sein und behutsam noch einmal *drübergehen*, im Vertrauen, dass sie deinen Gesichtspunkt kenne und einbeziehe, auf keinen Fall mehr streiche, denn *es gibt Passagen, die mir sehr nahegegangen sind,* schreibst du, die sollte ich in Ruhe lassen, denn *jetzt hat alles Sprache und Form, es ist sehr schön geworden.* Du mochtest es nicht, wenn ich an einem fertigen Manuskript oder gar am gedruckten Roman noch Zweifel äußerte, du verlangtest, dass ich zu meinen Büchern hielt, wie Eltern zu ihren Kindern stehen, ohne Einschränkung, so bedingungslos, wie auch du bereit warst, es zu tun. Das schreibst du mir bereits beim ersten Roman: *Ich bin immer bereit, aufzutreten und etwas zu sagen, wenn jemand gegen Ihr Buch ungerecht ist.* Und später: *Ich habe nur ziemlich erbärmliche Äußerungen über das Buch gelesen.* Auch wenn du gleichzeitig von Selbstzweifeln geplagt fragtest, ob du mir ein guter Lektor gewesen seist, kam am Ende immer die große, rückhaltlose Zustimmung.

Aber wir wussten es beide, dass mich ohne deine Hilfe und die Gespräche mit dir die Kraft und der Mut verlassen hätten und meine besten Romane nicht geschrieben worden wären. Ein jeder meiner Romane trägt deine Handschrift, du warst mein idealer Leser, dem ich meine Geschichten erzählte. *Schreib für mich,* batst du, aber das hatte ich von Anfang an und jedesmal von neuem getan. Was du nicht wissen konntest, war der Wunderglaube, mit dem ich mich an manche deiner Sätze klammerte, die mir eine Begabung bestätigten, an der ich sehr schnell zweifelte. *Erzählen Sie, erzählen Sie mir hemmungslos,* schriebst du am Anfang unserer Zusammenarbeit, *es ist ja alles so spannend.* Und später: *Ich möchte, dass du weißt, dass ich großes Vertrauen in dich habe.* Und ich habe dir Geschichte um Geschichte, Roman um Roman erzählt, weil du so gern zuhörtest, weil dein Rat dennoch kühl und überlegt war, und ich absolutes Vertrauen in dich hatte. Stets hast du fast erschrocken beteuert, ich sei die Autorin, ich allein hätte es zustande gebracht, *es ist ganz und gar dein Buch.* Nein, nein, wehrtest du meinen Protest ab, *du schreibst und ich dilettiere ein wenig darin herum und fühle mich wie ein Prinz, der sich Geschichten erzählen lässt und der Erzählerin sogar Wünsche sagen darf.* Das war deine liebevolle Art des Humors.

Doch ursprünglich hattest du das Manuskript einer in der Szene völlig Unbekannten, die im Ausland lebte, gar nicht lesen wollen. Eine langjährige Freundin gab dir immer wieder Manuskripte ihrer eigenen betagten Freundinnen mit dem Auftrag, die Memoiren ihrer Kindheiten in den zwanziger Jahren und ihrer bewegten Leben zu publizieren. Aber dir ging es nie um die Story, sondern immer um Sprache. *Die Sprache,* schriebst du mir später einmal, *ist das, was uns zusammengebracht hat und was mich interessiert.* Und nun hattest du wieder ein Manuskript in der Reisetasche, vermutlich einen dieser Lebensberichte, und legtest es im Verlag ins Postfach einer Praktikantin, die von der Lektüre erzürnt eine ungewöhnlich empörte Vernichtung schrieb. Dieser Gefühlsausbruch faszinierte dich. An welches Tabu hatte dieses Manuskript gerührt? Außerdem fiel ein Buch aus, das du voreilig bereits im Programm eingeplant hattest. Die Wahrscheinlichkeit, dass du das Manuskript nie gelesen hättest und wir uns nie begegnet wären, lag damals höher, als meine Chance, Schriftstellerin zu werden. Du schriebst mir später, du hättest es atemlos gelesen, aber gleichzeitig habe dich der Verdacht beschlichen, dass diese Unbekannte vielleicht ein bekannter Autor sei, der anonym ein Manuskript einreichte. Unsere ersten Briefe über den Atlantik waren voll vorsichtiger Ehrerbietung. Dankbares Staunen auf meiner Seite, dass der Traum, den ich mir insgeheim seit fast dreißig Jahren leistete, im Begriff war, sich zu erfüllen, und bei dir Verwunderung, dass dir aus dem Nichts ein Manuskript in die Hände gefallen war, an dem es nichts mehr auszusetzen gab. Bei aller Demut widersetzte ich mich jedem noch so kleinen Eingriff: *Es ist eine Sache von Stil und Rhythmus und es gibt Stellen, die wie Beschwörungen sind,* verteidigte ich Bilder, die dem Lektor zu gewagt erschienen. Erschrocken machtest du alle Korrekturen rückgängig.

Von Anfang an bemühtest du dich, mir mehr zu sein als der Verlagslektor, der sich zurückzieht, sobald das Buch erscheint. *Ihr Lektor und Freund,* so unterschriebst du deine Briefe. *Sie können darauf vertrauen, dass ich Ihnen ein guter Lektor sein will, mit einem herzlichen Gruß und einer Umarmung.* Und früh, schon nach dem zweiten Roman, erkanntest du, wie gefährdet und nah am Absturz ich nach dem Abschluss jeden Manuskripts war. Wir sprachen nicht darüber, aber du kanntest den Schmerz um Menschen, die ihr Leben verlassen hatten, bevor der Tod sie einholte, und die zu betrauern du nie aufgehört hattest. Es stimmt nicht ganz, dass du nichts von dir preisgabst, aber du hast es nicht groß angekündigt. Es waren seltene Andeutungen, die etwas Wichti-

133

ges, Unvergessliches in deinem Leben erahnen ließen. Ich wusste all die Jahre nur wenig über dich, aber es hat mir immer genügt. Es wäre mir nicht in den Sinn gekommen, dich über dein Privatleben auszufragen. Und auch du stelltest mir nie direkte, inquisitorische Fragen. Auch in den Manuskripten interessierte es dich nicht, was an Erlebtem, Autobiographischem in den Text eingegangen war. Manchmal erschrakst du über den emotionalen Anteil am Beschriebenen, doch du hast es auf sich beruhen lassen. Was wir einander erzählen wollten, nahmen wir dankbar vom anderen an und hüteten es wie ein anvertrautes Geheimnis. Doch immer spürte ich, dass deine Sorge um mich aus einem Schmerz kam, der sich leicht in die Gegenwart drängte. *Eine Postkarte genügt,* schriebst du, *es braucht nur draufzustehen, dass Sie am Leben sind.* Und etwas, woran ich mich klammern konnte, *dass es doch eine Menge Menschen gibt, die sich freuen, dass es dich gibt. Ich gehöre dazu.*

Du begriffst, wie schwer mir gerade zu dem Zeitpunkt, an dem mir der sichere Boden des Schreibens entzogen war, die Öffentlichkeitsarbeit, die Buchmesse, die Interviews fielen. *Bedenken Sie,* schriebst du nach dem ersten Roman, *dass so ein Erfolg und so eine Öffentlichkeit etwas extrem Anstrengendes sind.* Und vor der Buchmesse rietst du mir, alles nicht so ernst zu nehmen, sondern die Gesprächspartner mehr wie die Bewohner eines Zoos zu betrachten. Selbst als Verlagsleiter bestandst du nie auf einem Interview, einem öffentlichen Auftritt. Ich spürte die Sorge um die Verkaufszahlen, die früher gefehlt hatte, aber das, was man das Verheiztwerden junger Autoren nennt, hast du mir, solange du Einfluss hattest, erspart.

Du machtest keinen Hehl daraus, dass du an deiner Umgebung und an der Zeit gelitten hast, an der trägen Sattheit der Gesellschaft, diesem Zwang zum positiven Denken, zu grundloser Heiterkeit und forcierter Harmonie, so anders als in deiner Jugend nach dem Zweiten Weltkrieg, einer Zeit voll Neugier, einem Hunger nach Wissen und der Bereitschaft, Fremdes und Neues einzulassen. Ich war noch eine Weile länger mit der Zeit im Einklang als du. Ich war fast zwanzig Jahre jünger. Wir fielen beide früh im Leben aus dem Selbstverständnis unserer Umgebung heraus. Die ruhige Noblesse, der feine Humor, der Abscheu vor allem Lauten, Vulgären und manchmal eine Abgewandtheit, als lauschtest du auf etwas, das seine Quelle an einem anderen Ort hatte, das trennte dich von den anderen. Menschenansammlungen riefen Kindheitserinnerungen an Nazi-Aufmärsche wach, *der Karneval draußen macht die Menschen aggressiv, manchmal habe ich Angst vor dieser fordernden, aufgesetzten Fröhlichkeit,* schriebst du und miedst Orte mit zu vielen Menschen. Ich erinnere mich an ein Treffen in Frankfurt zur Buchmesse, wir standen ungewöhnlich lang an einem Tresen in der Messehalle und konnten uns nicht auf das Gesprochene konzentrieren. So sehr ich mich bemühte, dir von einem neuen Projekt zu erzählen, so sehr du versuchtest, trotz des Lärms, des Geschiebes und Gedränges rundum zuzuhören, redeten wir wie betäubt und abgetrennt von Verstand und Gefühl ins Leere, und ich merkte, wie ich Unsinn zu reden begann und du zu allem geistesabwesend nicktest, bis du endlich sagtest, verzeih, ich muss weg, man hört ja sein eigenes Wort nicht mehr, diese Massen, grässlich. In solchen Situationen konntest du fahrig und abweisend werden, da blieb keine Zeit für einen freundschaftlichen Abschied, nur schnell fort, als müsstest du dich in Sicherheit bringen.

Du fuhrst zwar auch dann noch zu Buchmessen, als du nicht mehr im Verlagsgeschäft warst, und gleichzeitig graute dir vor *dieser Mischung aus Geldgier, Spießigkeit und Sparsamkeit*, die du beobachtet hattest. Einige Jahre warst du trotz aller Vorbehalte noch Teil davon, trafst dich mit Freunden, warst gut vernetzt, man schätzte dich. Du hattest nicht bloß einen guten Ruf, du hattest einen großen Namen, kamst aus der Lektorenschmiede eines Verlagshauses mit langer Tradition. Durch deine Hände waren die großen Werke der Nachkriegsliteratur gegangen. Ich wusste lange davon nichts, spürte nur, dass es mich in den Augen meiner Gesprächspartner aufwertete, wenn ich erwähnte, du seist mein Lektor. Dein Name war weit über das Alter, in dem andere in Ruhestand gehen, selbst Jüngeren noch ein Begriff.

Als du nach Jahren im Ausland nach Deutschland zurückkehrtest, hattest du anfangs deinen Platz verloren. Doch bald knüpftest du wieder an alte Verbindungen an, es gab immer noch Menschen, die dich kannten und schätzten. Doch die Entfremdung nahm trotz allem mit jedem Jahr zu. Diese Branche richtet sich selbst zugrunde, urteiltest du über den Literaturbetrieb. Du beklagtest die zerstörerischen Kräfte, die so sehr zugenommen hätten, die Sensationslüsternheit, die Fixierung auf Verkäuflichkeit, auf Zahlen und Bestsellerlisten. Allmählich fielst du aus den Netzwerken heraus und du wünschtest dir, alles wäre ein wenig so wie früher, *weil die Gegenwart gar so fremd und mir so unverständlich über mich hinwegzieht. Gibt es in dieser widerlichen Erfolgsgesellschaft denn nur mehr zwei Lebensmodelle, erfolgreich sein oder scheitern?* Traurigkeit und Vergeblichkeit gaben den Grundton deiner Berichte von den Buchmessen, die du immer häufiger vorzeitig verlassen hast. *Es ist eine versunkene literarische Welt, der ich nachtrauere,* schriebst du gegen Ende deines Lebens, als du dich an Autoren erinnertest, die du herausgegeben hattest und die längst wieder vergessen waren, Emigranten der NS-Zeit wie Hans Sahl, denen trotz deiner Bemühungen die Anerkennung versagt geblieben war. Es war keine Pose, es war ein Gefühl der Entfremdung, das wohl immer schon da gewesen war und mit den Jahren zunahm, nicht immer mit Resignation, manchmal auch zornig und nicht selten mit bitterem Humor. Wir Verrückten müssen zusammenhalten, hatte dir ein alter Antiquar aufgetragen, das gabst du an mich weiter.

Obwohl du bis ins hohe Alter der Literatur, die du

liebtest, Aufmerksamkeit und eine Nische im Literaturbetrieb erkämpftest, lag es dir nicht, im Rampenlicht zu
stehen. Du warst ein Beobachter, kontemplativ und zurückhaltend, und so beredt du im Gespräch und in den
Briefen warst, so wenig mochtest du öffentliche Auftritte.
Dann hatte es den Anschein, als würdest du dich von
überheblichen, polternden Verlegern und Redakteuren
einschüchtern lassen. Du sprachst zögernd, als wolltest
du einräumen, das Gesagte sei nur ein Vorschlag, man
könne es auch anders sehen. Nie jedoch habe ich dich
Leuten gegenüber, die dich abstießen, zuvorkommend erlebt. Deine Gleichgültigkeit solchen Menschen gegenüber
konnte mitunter an offen gezeigte Verachtung grenzen,
du widersetztest dich allem Schein und jeder Etikette. Nie
trugst du eine Krawatte, du erklärtest stolz, du besäßest
keine, stattdessen trugst du weiße Hemden mit offenem
Kragen und eine schwarze Lederjacke.

Du brauchtest Einsamkeit und Raum zum Denken. Du
brauchtest Schönheit um dich herum, reagiertest auf die
Atmosphäre von Orten. *Man sollte immer etwas Schönes
um sich haben, Natur, üppiges Licht machen das Leben
leichter,* schreibst du. Wenn es dir allzu düster wurde in
der winterlichen Großstadt, dann nahmst du zu Erinnerungen Zuflucht. Dann reistest du in Gedanken und
Träumen an die Orte, an denen du glücklich gewesen
warst, die Sommer an der dänischen Küste, von denen du
gern erzähltest, von dem Haus mit dem großen Garten,
den du und eine Freundin gemietet hattet, *und der däni-*

sche Sommer war ungeheuer intensiv, farbig, duftend, mit vielen Schmetterlingen und Vögeln, und alles blühte gleichzeitig und reifte gleichzeitig, Jasmin und Wildrosen, und manche ernteten Hagebutten und Waldhimbeeren. Wir sind gelaufen und geschwommen und Fahrrad gefahren und haben im Garten gesessen und viel gelesen. Doch manchmal verwandelt sich das Erinnern in Sehnsucht und tut einfach nur weh. Noch kurz vor deinem Tod erinnertest du dich an deine Zeit in Manhattan: *An schwülen Sommertagen saß ich oft lange an einer ruhigen Ecke des Washington Square und trank Iced Tea. Noch immer habe ich große Sehnsucht nach meinem Leben in New York.* Nur dort, wo du wirklich ein Fremder warst, wo du an deinem Akzent, durch deine Gewohnheiten, aber vor allem durch dein interessiertes Staunen als Fremder erkennbar warst, fühltest du dich zu Hause. Auch das verband uns, die Sehnsucht nach dem Unbekannten, nach der Ferne, es war mehr als Neugier, mehr als bloße Faszination. Vielleicht war es die Suche nach etwas ganz und gar Unvorstellbarem.

Nachdem du die Verlagsarbeit verlassen hattest, konntest du dein Leben nach deinem eigenen Rhythmus und deinen Bedürfnissen gestalten, du warst viel unterwegs, es war eine Befreiung und ein Neuanfang. Vielleicht waren die Jahre in Manhattan deine glücklichsten, jedenfalls steht es so in deinen Briefen, und als du nach einigen Jahren zurückkamst, blieb es der Ort, an dem du dich am meisten zu Hause gefühlt hattest. Du warst bereits in dem

Alter, in dem andere sich zur Ruhe setzen, als du in ein neues Leben aufbrachst, so atemlos wach und lebendig, berauscht von der Stadt, den Museen, Galerien, von neuen Menschen, Künstlern, Autoren, die dein Interesse weckten. *Sogar verliebt habe ich mich einmal,* schreibst du selbstironisch, so jung fühltest du dich auf einmal, so frei, und immer wieder blitzt dein Sinn für Situationskomik auf, die junge Frau hatte versehentlich angerufen, um sich an eine Beratungsstelle bei Depressionen zu wenden, *sie hat übrigens einen Freund und ist schon wieder abgereist.* Von einem Bekannten mietetest du eine Zweizimmerwohnung südlich des Washington Square, ein Altbau ohne Lift und ohne den selbstverständlichen Luxus von Neubauwohnungen. Das Village mit seinen Szene-Leuten nervte dich zwar ein wenig, aber du fandst dich schnell zurecht, fandst Möglichkeiten, Geld zu verdienen, bei Verlagen, die deine Vermittlerdienste schätzten, deutschen Zeitschriften, die deine Berichte über Ausstellungen und Theater publizierten. *Ich mag, wenn es hier Tag wird,* schreibst du im Winter, *das Licht über Manhattan ist oft wunderschön. Ich bin oft glücklich, einfach so, von einem Moment zum andern.* Trotz der Grippe, die dich zwingt, zu Hause zu bleiben, klingst du so beschwingt wie schon lange nicht. Nicht nur das Kulturleben in New York faszinierte dich, du lebtest immer in mehreren Wirklichkeiten gleichzeitig, Bücher und Manuskripte mischten sich gleichberechtigt in den Alltag. Früher, unter Termindruck, hattest du dich beklagt, du lebtest ständig in den

Köpfen anderer und hättest manchmal das Gefühl, verrückt zu werden. Doch nun schriebst du mir, *ich wohne etwas südlich von Melvilles Haus und gehe jetzt, wo es von einem auf den andern Tag Frühling geworden ist und alle Knospen aufbrechen, zur Upper West Side von Max und in den Central Park.* In Manhattan störten dich auch die vielen Menschen nicht.

Du beobachtetest das wohnungslose Ehepaar, das jeden Morgen in der öffentlichen Toilettenanlage seine Morgentoilette verrichtete und dann auf einer Bank am Washington Square saß, sauber und unauffällig, zu Mittag Sandwiches aß und am späten Abend plötzlich verschwunden war und du fragtest dich, wo sie die Nacht verbrachten. Bei aller Diskretion warst du ein mitfühlender Voyeur menschlicher Schicksale, es faszinierte dich, wie die anderen lebten. Bei deinem Besuch in unserem Haus fiel dir ein Fernglas auf. Das mache ich auch gern, sagtest du, den Menschen beim Alltag zusehen. In der Literatur kamst du auf deine Rechnung, in Büchern mit anderen Menschen in anderen Welten zu leben, war ein beglückendes Abenteuer. Wir erzählten einander auch Geschichten von Menschen, die wir gar nicht kannten, die uns aufgefallen waren, deren Schicksale wir flüchtig mitbekommen hatten. New York war reich an solchen tragischen und komischen Gelegenheitsfunden.

Du eignetest dir jede Gegend Manhattans auf deine Weise an, lebtest bescheiden, eine Tasse Kaffee in einem der vielen Delis, vielleicht ein Muffin, das reichte als

Mahlzeit und nirgends hieltst du dich lange auf. So lebtest du am liebsten, mit dem guten und nicht allzu vertrauten Gefühl des interessierten Zuschauers. Nicht einmal einen Nachmittag lang ertrugst du es, an ein und demselben Ort zu sitzen. Wenn wir uns trafen, ob es im Central Park oder in einem Café war, wurdest du nach kurzer Zeit unruhig, standst mit der knappen Erklärung auf: Ich muss gehen. Jeden Versuch, dir eine Konvention aufzudrängen, wehrtest du als Übergriff ab. Du hattest ein sehr feines Taktgefühl, aber Vorschriften nahmst du nicht an. Ich habe es immer wieder beobachtet, selbst bei unbedeutenden Dingen wie der Etikette in amerikanischen Restaurants, am Eingang zu warten, bis man zu seinem Tisch geführt wird. Du wolltest dir deinen Tisch selber aussuchen und nicht darauf warten *to be seated*, und als dich die Hostess streng zurückrief, verließen wir das Lokal.

Ich möchte dich sehr gern mindestens einmal im Jahr sehen, schriebst du mir aus New York, und was in Europa, wo die Distanzen um vieles geringer waren, nie gelang, schafften wir ohne Anstrengung zwischen New York und Boston. Dieser beglückende Augenblick, wenn du mir zur Begrüßung sanft über den Rücken strichst. Na du?, sagtest du mit einem kleinen Fragezeichen und einem verschmitzten Lächeln. Du hattest eine so feine, zärtliche Art, mich auf den Arm zu nehmen, ein wenig ironisch, nie verletzend. Auch deine Zurechtweisungen waren behutsam, ohne kränkendes Wort, aber auch ohne jemals das Gesagte zurückzunehmen. Du umschriebst deinen Ärger, sagtest vielleicht, ein Satz von mir hätte dich erstaunt. Manchmal, wenn ich dir empört von angetanen Kränkungen erzählte, erklärtest du mir das Verhalten dieser Menschen, sodass mir auf einmal bewusst wurde, dass auch ich sie brüskiert hatte. Gleichzeitig schütztest du mich vor Selbstvorwürfen: Sei geduldig und etwas freundlich mit dir.

Wenn wir uns in Manhattan trafen, verbrachten wir viel Zeit im Central Park und jedesmal hast du mich auf etwas hingewiesen, das ich mir merken sollte, das in meiner Phantasie mit unserem Treffen eine untrennbare Verbindung eingehen sollte, die Blätter der Ginkgo-Bäume, die wie Sonnen hinter dem üppigen Grün der Trauerweiden aufgingen, und die Luft hatte jene schläfrige Milde warmer Spätherbsttage. Ein schönes, ein wenig unwirkliches Paar mit einem gepflegten Windhund lief quer über den Rasen, sie sahen aus wie aus einem surrealen Film, und du erzähltest mir von Lawrence Durrell und der Sinnlichkeit seiner Prosa. Als ich dich im Vorfrühling besuchte, war es noch zu früh für die Blüte. Du musst dir ein anderes Erinnerungsbild einprägen, trugst du mir auf, schau, wie die Weiden ihr erstes helles Grün erahnen lassen, das rötliche Flirren um die Zweige, bevor die Knospen aufspringen, an das musst du dich für dieses Mal erinnern.

Fast jedesmal gingen wir für ein paar Stunden ins MoMa, in die große Picasso-Ausstellung, die Van-Gogh-

Ausstellung, und wenn es sonst nichts gab, besuchtest du Bilder, die du besonders mochtest, wie alte Freunde, wie um dich zu vergewissern, dass es sie noch gab. Bei Lesereisen, wenn ich in einer deutschen Kleinstadt ein trostloses Quartier bezog, wartete oft an der Rezeption eine Kunstpostkarte von dir, Edward Hopper oder Anita Rée, *dieses Selbstporträt hat mich regelrecht getroffen,* schriebst du auf die Rückseite und manchmal nur einen Gruß, *ich habe Sie sehr gern.* So wie du mich bei unseren Gängen in der Natur auf Dinge hingewiesen hast, die man leicht übersah, so zeigtest du mir auch auf den Bildern in Museen Details, Anstöße zum Weiterdenken. Im Metropolitan Museum of Arts verbrachten wir einen Tag in der Ausstellung der Neuerwerbungen aus den letzten zwanzig Jahren, fünftausend Jahre Menschheitsgeschichte, die sich in dieser Sammlung spiegelte. Wir redeten darüber, wie die Menschen immer um dieses Unfassbare jenseits des Alltäglichen gerungen hatten und wie nah die Kunst dem Göttlichen verwandt ist. Du kamst aus einem religiösen, protestantischen Haus, aber ich weiß nicht, ob du an einen Gott glaubtest und welche Beziehung du zu deiner Religion hattest, darüber haben wir nie geredet. Aber ich war überzeugt, dass du auf eine von der Religion unabhängige Weise ein gläubiger Mensch warst. Die Freude und Neugier, mit denen du mich nach jüdischen Bräuchen ausfragtest, bestätigten, wie zugewandt du dem Religiösen warst, immer auf deine behutsame Art unterwegs, auf der Suche, ohne Eile anzukommen, immer mit der Bereitschaft, zu verweilen und zu staunen. Du wolltest wissen, was ein Kidduschbecher ist, wie der Schabbat-Abend gefeiert wird, du wolltest alles über die Engel in der Torah hören, die Engel der Jakobsleiter, den Malach haMovet, den Todesengel, und die Engel des Schabbatlieds *Schalom Aleichem*. Das war einer deiner Wünsche, die ich dir nicht mehr erfüllen werde können, ein Buch *über jüdische Dinge zu schreiben, ich weiß, es gibt schon viele Bücher darüber, aber ich möchte dies alles von dir erzählt bekommen, in deiner und keiner anderen Sprache – und das Wort liebevoll habe ich mit Bedacht benutzt. Ich muss das Erscheinen nicht erleben, aber ich hoffe, dass du es machst und dann mir widmest.* Einmal im Frühling, nach einem Symposium in München, sahst du von deinem Hotelfenster aus, wie der Vollmond die ganze Nacht am Himmel stand und du erinnertest dich, dass es die Nacht des ersten Pessach-Seders war. *Da ich nicht weiß, wie man es richtig macht, sage ich dir einfach gute Wünsche dazu,* schreibst du in deinem Brief. Immer, auch zu den Hohen Feiertagen warst du auf dem Laufenden über den jüdischen Festkalender und immer schicktest du einen Gruß. Auch die Religion war für dich Teil jenes anderen Ortes, nach dem du eine unstillbare Sehnsucht hattest. Dass es kein Ort, nichts Materielles sein konnte, wusstest du, *ich weiß nicht, ob man das, was im Kopf, im Gehirn (und in der Seele und im Herzen) geschieht, messen kann und messen sollte. Ich beobachte, dass andere schneller aufnehmen und begreifen. Dafür durchschaue ich manchmal mehr als andere, es stellt sich etwas ein, was ich gleichermaßen beruhigend und beunruhigend empfinde. Ich weiß manchmal einfach...* du warst kein Mystiker und auch kein Esoteriker, aber du hast das beunruhigende Wissen um das Unsagbare als Mysterium stehen lassen.

Du bist gern gereist, du warst mit einer Freude dabei, wie Kinder sie bei ihrem ersten Ausflug mitbringen, nie müde, nie blasiert, immer mit der ganzen Aufmerksamkeit bei allem Neuen. Manchmal erzähltest du von langen Wanderungen in jüngeren Jahren durch Lappland, du liebtest die Weite, die Tundra, den freien Blick in die Ferne. Man sah das Leuchten, die Lebensfreude und Leichtigkeit dieser Sommer, wenn du davon erzähltest. Es musste nicht die Einsamkeit der Tundra sein. Am Anfang unserer Freundschaft schriebst du mir aus Dänemark, *von einem grünen Küstenfleckchen, wo die Welt so aussieht, als wäre sie noch in Ordnung,* wo du mit ein paar Freunden, Künstlern, Fotografen, Verlagsmenschen aus Deutschland und Israel, ein Haus gemietet hattest. Du schriebst von dem langen Holztisch auf der Veranda so anschaulich, dass ich euch dort sitzen sah. Damals gab einer der Freunde dir einen Namen, von dem ihr meintet, er passe genau zu dir, eigentlich solltest du Jakob heißen. Als ich dich bat, mich bei meinem hebräischen Namen zu nennen, den nur wenige kannten, erinnertest du dich mit Bedauern, deinen Wahlnamen nicht durchgesetzt zu haben. Es wäre damals nicht zu spät gewesen, meintest du.

Je älter du wurdest, desto mehr wuchs deine Sehnsucht nach anderen Orten. Als deine Krankheit bereits weit fortgeschritten war, träumtest du umso heftiger davon, alte Orte ein letztes Mal zu sehen und neue zu erleben. Am Anfang, bevor wir einander näher kennenlernten, beruhigte es dich, dass ich viel gereist war, und unsere spätere Freundschaft orientierte sich stets an Orten, die durch die Wiederholung ihre ganz eigene Bedeutung für uns bekamen. Es waren Orte, an die wir beide wie Zugvögel immer wieder für eine Weile zurückkehrten, doch ohne Wurzeln zu schlagen, Manhattan, Boston, das Hudson Valley, Nantucket. Nicht Wien, wo wir nie gemeinsam gewesen waren, keine der deutschen Städte, in denen du im Lauf des Lebens gewohnt hattest, wo ich dich meist im Verlag besuchte, einmal sogar dein Gast war, auch nicht die Buchmessestädte Frankfurt und Leipzig. Die Plätze unserer gemeinsamen Erinnerungen lagen nicht in Europa. Downtown Boston war der Ort, an dem viele meiner Manuskripte ihren Anfang nahmen. In meiner Erinnerung sind unsere Plätze untrennbar mit meinen Büchern verbunden. Das kleine Flüsschen in der Nähe des *Museum of Fine Arts*, das sich den sumpfigen Pfad am Fenway entlangschlängelt zwischen Ufergestrüpp und tiefhängenden Weiden, mit seichten Stellen, in denen Wurzelstöcke verfaulten und Enten mit schillernden Hälsen paddelten, so ruhig und ländlich mitten in der Großstadt. Es war Oktober und die Ahornbäume trugen noch ihr leuchtend rotes Laub, aber wir gingen im Schatten der Weiden und ich erzählte dir von der alten Matriarchin Edna und der sephardischen Prinzessin Adina und wie die beiden die Pole einer Geschichte wären, die hundert Jahre jüdisches Boston umspannte. Ich hatte noch eine andere Idee für einen Roman, die schobst du sofort beiseite, aber von der alten Dame und der jungen Frau, die den Traditionen der Alten Welt und dem Judentum entfremdet nichts mehr von ihren Wurzeln weiß und dennoch das ganze Gewicht ihrer Familiengeschichte trägt, warst du sofort begeistert.

Auf Beacon Hill zeigte ich dir das Haus, das ich als passendes Domizil für meine Matriarchin ausgewählt hatte, die blühenden Schlehdornspaliere an den alten Patrizierhäusern, das Haus Lemuel Shaws, Melvilles Schwiegervater, es war, als gingen wir durch eine Stadt, die wir neu erfanden und mit den Figuren meiner Romane bevölkerten. Wir wohnten in meinen Romanen und ihre Figuren waren unsere Zeitgenossen, auch wenn sie im neunzehnten Jahrhundert gelebt hatten, denn in einem Buch musste man wohnen können wie in einem Haus mit vielen Räumen. Romane durften keine Notunterkünfte, keine windigen Unterstände sein.

Manchmal war es für blühende Bäume und Blumenrabatten im Public Garden noch zu früh, dann hast du mich auf irgendetwas Unscheinbares, halb Verborgenes hingewiesen und später hast du mich in einem Brief daran erinnert, *ich denke auch oft, zumal jetzt, wo es wärmer wird, an unseren Frühlingsgang in Boston und an diesen Baum, an unsere Gänge überhaupt. Mein Kopf und meine Seele führen mich nachts, wenn ich wach liege oder wenn ich träume, in amerikanischen Städten spazieren.*

Dieser Baum, der Frühlingsbaum auf dem Granary Burial Ground in Downtown Boston wurde zu *unserem* Baum, der in deinen und meinen Briefen wie ein Echo zwischen uns hin und her geht. Wir hatten uns wie immer an der Ecke Park Street des Boston Common verabredet. Es regnete in Strömen und es herrschte jenes trüb glänzende Zwielicht von Regennachmittagen, die Wege waren aufgeweicht und jede Vertiefung im Schotter bildete einen kleinen schmutzigen See. Es war kein Nachmittag für einen Frühlingsspaziergang, als wir an den schiefergrauen Mauern vorbeigingen, die einen der ältesten Friedhöfe Bostons säumen. Und mitten im Friedhof zwischen den schiefen, ins Erdreich gesunkenen Grabsteinen stand der kleine zierliche Baum mit weißen Blüten übersät, so ebenmäßig gewachsen wie eine dieser Zierkirschen in japanischen Gärten, leuchtend weiß zwischen den grauen Häusermauern und den schwarzen Grabtafeln, ein Triumph des Frühlings mitten in der Düsternis des Todes. Er wurde unser Baum, den ich jedesmal besuche, nach dem du mich nach jeder meiner Reisen fragtest. *In Boston wird jetzt bald dieser Baum blühen, den wir vor drei Jahren mit Staunen gesehen haben.* Und vor einer Reise im August: *Um Boston beneide ich dich ein bisschen, mehr noch bin ich traurig, dass ich dich dort nicht treffen konnte. Sieh nach unserem verblühten Baum.* Im Spätherbst, drei

Monate vor deinem Tod, versicherte ich dir, im Mai habe er ganz wunderbar geblüht, ich besuchte ihn jedesmal und deine Antwort kam prompt, *ich hätte gern noch einmal mit dir auf dem Friedhof von Boston gestanden – der Baum hätte nicht blühen müssen, man darf nicht zu viel verlangen. Es gibt so viel zu beweinen.* Doch unser letztes Rendezvous in Boston, so oft beschworen, immer wieder durch deine Krankheit durchkreuzt und auf später verschoben, kam nicht mehr zustande. Die letzte Reise machtest du allein, in der dunklen, kalten Jahreszeit, an die es keine gemeinsamen Erinnerungen gab, ohne Ankündigung, ohne viel darüber zu berichten. Du schriebst von deinem Zimmer in dem B&B, dessen schlichte Studentenheimatmosphäre wir beide mochten, du hattest im vierten Stock mit Blick auf den Charles River gewohnt, aber warum hattest du mir nicht die Möglichkeit gegeben, dich dort zu treffen?

So vieles, das wir noch zusammen hatten sehen und erleben wollen. Nach Newport wollten wir zusammen fahren, noch einmal in die Berkshires und vor allem auf die Insel Nantucket. Warum Nantucket? Sicherlich wegen Melville, weil Ishmael in *Moby Dick* im Hafen von Nantucket bei einem Walfänger anheuert, weil Melville dort einen seiner sorglosesten Sommer verbrachte und wegen seines nie veröffentlichten, verlorenen Romans *The Isle of the Cross*. Doch bereits vor meinem Melville-Roman war die Insel im Atlantik auf einmal da in unserer privaten Mythologie. Wir gingen die Charles Street zum Boston

Common hinauf, als wir am Eingang eines der vielen Antiquariate den vergilbten Bildband aus den zwanziger Jahren sahen. Gleichzeitig verhielten wir unseren Schritt, Nantucket, sagte ich, auch so ein Sehnsuchtsort, wo ich schon seit langem hinmöchte. Möchtest du es, fragtest du, nein, du fragtest nicht, du sagtest es in einem Atemzug mit dem Entschluss, ich kauf es dir. Von da an war es wie ein Versprechen, oft wiederholt, nie eingelöst: nächstes Jahr in Nantucket. Die Insel im Atlantik, fern von allem und Europa eine Spur näher als die Küste, wurde uns zum äußersten Fluchtpunkt aus der Wirklichkeit, ein mythischer Ort der Dichtung.

Und dann fuhren wir beide allein zu verschiedenen Zeiten. Es war deine letzte große Reise und du schriebst es mir in knappen Worten: *Ich war einen Tag in Nantucket und war dort sehr glücklich.* Warum fiel dir nichts zu unserer Insel ein, keine Bilder, nicht eine einzige Erinnerung, die wir in Gedanken hätten teilen können? Die schiefergrauen mit dem felsigen Boden verwachsenen Steinhäuser, die Heckenrosen und Hortensiensträucher, so hoch und üppig, dass sie bis zu den Dächern reichten, die windige Steilküste und die sturmzerzauste Heide mit den wilden Heidelbeersträuchern im Innern der Insel, die Witwenbalkone auf den Dächern, die schmucklosen Häuser im Kolonialstil mit dem Wal aus Messing an den Türen, das holprige Katzenkopfpflaster und im Zentrum die klassizistischen Patrizierhäuser, die der Coffin-Clan für seine Nachkommen gebaut hatte. Sicher hast auch du daran gedacht, dass Melville auf diesen Straßen gegangen war, vielleicht warst du beim Sankaty-Leuchtturm, wo er in Maria Mitchells Observatorium die Sterne beobachtet hatte. Du warst im Winter dort, es muss kalt und stürmisch gewesen sein draußen am Atlantik und die Insel wie ausgestorben, die Fenster der Ferienhäuser gegen die Winterstürme mit Brettern vernagelt, vielleicht haben Schneewehen die schmalen Gehsteige gesäumt. Doch es gibt auch noch warme, fast herbstliche Tage an der Ostküste im Winter, und das Meer kann weit draußen ruhig und glatt sein. Es ist menschenleer am Strand, die letzten Sommergäste sind aufs Festland zurückgekehrt, es ist still bis auf das unaufhörliche Tosen der Brandung, und man spürt ein verhaltenes Warten.

Zwei Jahre zuvor hattest du mich zu überreden versucht, das Melville-Thema der verlassenen Frau aufzugreifen, die vom Witwenbalkon ihres Hauses vergeblich nach dem Schiff Ausschau hält, mit dem ihr Ehemann, der Vater ihrer kleinen Tochter vor Jahren verschwunden ist, bis sie, längst eine alte Frau, von seinem Tod in den Südstaaten erfährt und von seinem Leben mit einer neuen Frau und neuen Kindern. Kein Roman, hattest du gesagt, eine Novelle, die Geschichte einer Inselbewohnerin, Tochter von Fischern und Kapitänen, herb, verschlossen, schweigsam, eine, die warten kann, weil sie fest daran glaubt, dass der Mann, den sie liebt, noch lebt. Aber sie kann sich nicht vorstellen, dass es jenseits der Insel noch eine Welt gibt und wie sie aussieht. Nur die Männer verlassen die Insel auf ihren Schiffen, um oft erst nach Jahren zurückzukommen. Den Frauen bleibt der Witwenbalkon auf ihren Dächern, die Nebelhörner draußen auf dem Atlantik, und ihr geduldiges Warten, während sich unten im Hafen Männer aus allen Himmelsrichtungen begegnen, Matrosen in den Schuppen entlang der Docks ihre Ausrüstungen kaufen, sich in den Hafenkneipen betrinken, und die Unterschiede angesichts der Unendlichkeit des Meeres, der Angst und der Abenteuerlust verschwinden.

Ich war zwei Jahre zuvor dort gewesen, am Ende der Saison, wenn die Villen über den Steilhängen bereits verlassen und die Strände leer sind und nur mehr die Wanderer und Naturliebhaber früh am Morgen zu den Vogelreservaten aufbrechen. Am Morgen, wenn das Meer auf die Insel zustürmte, schäumte und seine Wellenkämme gegen die Felsen schleuderte, und mit jedem Anlauf ein wenig Strand gewann. An den Nachmittagen, wenn die Ebbe den angeschwemmten Tang und eine Kette zerbrochener Muscheln freigab, die Wellen sich verliefen, leise, besänftigt wie ein langes Ausatmen, und die Möwen träge auf den glatten Sandbänken standen, wenn der Himmel so friedlich und durchscheinend wurde wie das Meer: Immer, zu jeder Tageszeit das mächtige Rauschen der Brandung in den Ohren, dachte ich an dich und stellte mir vor, du würdest mich auf etwas Bestimmtes aufmerksam machen, das ich erst entdecken musste, um es unserer gemeinsamen Erinnerung hinzuzufügen, und sei es die Stille kurz nach Sonnenuntergang, wenn das Kreischen der Möwen verstummt und nur das hypnotische Schlürfen der Wellen bleibt, wie das Wiegenlied des Meeres. Wir würden den Fischern zusehen, wie sie vor ihren kleinen mit Schindeln gedeckten Katen Netze und zerbrochenes Werkzeug flickten, und für Augenblicke würde die Magie unseres Sehnsuchtsortes Nantucket greifbar werden.

Und dann berichtetest du davon mit einem einzigen Satz: *Ich war dort sehr glücklich.* Natürlich dachte ich über die möglichen Gründe nach. Du warst mir keine Rechenschaft schuldig, wir waren siebenundzwanzig Jahre lang gute Freunde gewesen, aber auch nicht mehr als das, wir waren Freunde, darauf bedacht, den Abstand zu wahren, den wir einander immer zugestanden hatten, wir verließen uns auf unsere Intuition, wie viel Nähe erwünscht war. Wir haben die Grenze zur Vertraulichkeit nie überschritten. Vielleicht blieben wir deshalb fast drei Jahrzehnte Freunde, und deshalb war es wohl auch richtig, dass jeder allein an unseren Sehnsuchtsort fuhr und dabei an den anderen dachte und glücklich war. Deine Krankheit erlaubte dir nicht mehr, langfristig zu planen, und es gab noch andere Menschen in jenem Teil der Welt, die du ein letztes Mal sehen wolltest. Im Alter und in der Krankheit verengt sich der Kreis auf die wenigen engsten Vertrauten.

Wenn ich dich nach deinen erwachsenen Kindern fragte, gabst du immer bereitwillig Auskunft, im Lauf der vielen Jahre gab es Bekanntschaften und Beziehungen, von denen du erzähltest, nebenher, in wenigen Sätzen, vielleicht ein flüchtig skizziertes Bild, es gab Freundschaften aus einer hellen, unbeschwerten Zeit, aber du bliebst stets diskret und verschwiegen, was die Gegenwart betraf. Deine fast puritanische Zurückhaltung verbietet es mir, aus Halbsätzen und Andeutungen Geschichten über dich zu konstruieren. Während du immer von neuem bereit warst, mit mir Mutmaßungen über die müßige Frage anzustellen, ob mein verstorbener Mann mich bis zum Schluss geliebt habe und worin ich ihn verfehlt habe, sagtest du höchstens, dass die Trauer um Versäumnisse und schuldhaftes Versagen im Alter nicht geringer würde, sondern stärker: *Schriebe ich einen Abschiedsbrief an mich selbst, würde es ein langer Anklagebrief.* Im Lauf der Jahre hatten sich in Beziehungsfragen unsere Rollen verfestigt, ich fand in deinen Ratschlägen eine Lebensklugheit und ein Wissen um die menschliche Seele, die ich damals im selben Maß nicht besaß. *Ich wünschte, ich hätte manches sehr viel früher so klar gesehen, wie ich es jetzt zu sehen meine,* schreibst du. Du hast es zugelassen, ja, du hast mich ermutigt zu erzählen. Du hörtest zu, erklärtest mir die Menschen, sagtest, ich solle geduldiger mit ihnen sein und freundlicher zu mir selber.

Von deiner letzten, wichtigsten Beziehung sprachst du von Anfang an auf eine Weise, dass es keine Zweifel gab, sie war der Name, der keiner Erklärung bedurfte. Sie war die Frau, die zu dir gehörte. Ihr zuliebe gabst du dein Leben in den USA auf und zogst nach Deutschland zurück, mit ihr verbrachtest du immer mehr Zeit in

Südengland, erst in den Sommermonaten, später zu allen Jahreszeiten. Du hattest dein ganzes Leben in Städten verbracht, doch nun wird die südenglische Landschaft zur Zuflucht, zum Ort konzentrierten Arbeitens und Lesens. Du machst dich mit der englischen Literatur vertraut, genießt die Wanderungen in der hügeligen Landschaft mit ihren Pferden und Schafhürden, erzählst in deinen Briefen von den Krähen und Elstern in den Feldern. Das Meer ist ganz nah und die Menschen sind freundlicher als in Deutschland, sie kommen dir nicht so nah und können dich nicht verletzen. Du warst im Gehen und im Schauen zu Hause. *Mir verfliegt der – wunderschöne, ungewöhnlich schöne – englische Sommer,* schreibst du in Erwartung des langen Winters, der trüben feuchten Tage in Deutschland und *dieses innere Frieren des Alters. Ich wappne mich gegen Düsternis und Kälte, die allmählich eine europäische ist.* Jeder Abschied von der englischen Landschaft fällt dir von Mal zu Mal schwerer, je schöner der Sommer war, desto mehr wird dir die Nähe des Endes bewusst. Fast bis zum Schluss seid ihr regelmäßig nach Südengland gefahren, bis auch das nicht mehr möglich war. Wie nebenbei erwähntest du, ihr würdet nun nicht mehr nach England fliegen, es sei zu umständlich mit dem Rollstuhl im Flugzeug. So erfuhr ich in einem Nebensatz, wie weit deine Krankheit fortgeschritten war. Ich bin ein Gefangener, sagtest du mit bitterer Leichtigkeit, und wie zur Entschuldigung fügtest du hinzu, meine Frau hat es jetzt auch nicht leicht mit mir.

Doch gleichzeitig bleibt bis zum Ende deines Lebens die Sehnsucht nach New York, nach Amerika: *Meine Sehnsucht nach meinem Leben in New York ist zurzeit sehr schmerzhaft.* Das hast du so und in anderen Worten zuletzt in fast jedem deiner Briefe geschrieben. Unsere Pläne, noch einmal die alten Orte in Boston und an der Küste aufzusuchen, wurden zum Ritual, zu imaginären Reisen in die Vergangenheit. *In Gedanken bin ich immer wieder, jeden Tag für Augenblicke in New York, aber die konkreten Pläne liegen auf Eis.* Stattdessen trugst du mir auf, *dass du unseren Baum besuchst, der dann verblüht ist, aber ja eigentlich, weil nichts wirklich vergangen ist, immer noch blüht. Und geh ins Ritz Carlton, am West-rand des Common, es ist eine schöne altmodische Bar, ich gehe immer, wenn ich in Boston bin, einmal hin auf einen Drink.* Wahrscheinlich wusstest du, dass die Pläne sich längst in unerfüllbare Träume verwandelt hatten, wir wussten es beide, nachdem erst du Manhattan und ich fünf Jahre später Boston verlassen hatte. Doch die Gewohnheit bei jedem Besuch zumindest einmal ins Ritz Carlton, das jetzt Taj heißt, auf einen Drink zu gehen, am Fenster zum Public Garden zu sitzen und an dich zu denken, habe ich beibehalten.

Ein einziges Mal besuchtest du uns ein Jahr vor dem Tod meines Mannes und der Auflösung unseres Haushalts in Boston. Du brachtest eine schöne, alte Mokkatasse als Gastgeschenk mit, ein Erbstück deiner Familie aus der dänischen Hofmanufaktur, aber dein schönstes

Geschenk war der Abend selber, vom ersten Augenblick der Begrüßung an. Und wir rollten den roten Teppich für dich aus, jeder bereitete seine Spezialität für dich zu, wir hatten den ganzen Nachmittag gekocht und vorbereitet, dazu einen Château Lynche-Bages 1994 im Dekanter. Es waren Stunden, in denen die Zeit stillstand und der Augenblick ein unspektakuläres Glück verbreitete, eine Wärme, die nicht von den Speisen kam und auch nicht vom Wein oder von den Kerzen auf dem Tisch, sondern von der Nähe der Menschen, die man liebt. Wie schafftest du es nur, so viel Harmonie und Zuneigung in unsere zerrissene Familie zu tragen? Unser Sohn war charmant und sehr erwachsen, mein Mann fürsorglich und zurückhaltend, und ich wünschte mir, wir müssten nie wieder von diesem Gipfel der Eintracht heruntersteigen.

Selten war es in diesen siebenundzwanzig Jahren zu Verstimmungen zwischen uns gekommen. Warum gerade im letzten Jahr, als keine Zeit mehr blieb, sie auszuräumen? Hatte ich die Schwere deiner Krankheit unterschätzt und zu viel gefordert, zu viel Geduld, zu viel Verständnis? Hatte ich dich im Lauf der Jahre zum Ersatz eines Vaters gemacht, den ich so nie hatte, so einfühlsam, so bedingungslos zugewandt? Du entschuldigtest dich, am Telefon erschöpft und einsilbig gewesen zu sein. Wieder ging es um einen Roman und du prophezeitest schon vor seinem Erscheinen, er werde es nicht leicht haben und ich möge nicht enttäuscht sein. Mit dem Tod vor Augen wird die Wahrhaftigkeit zum Gebot. Ich möge endlich aufhören, auf den Durchbruch zu warten, sagtest du, und was mich noch stärker traf: Um in der Literaturszene Erfolg zu haben, brauchst du jemanden, der Einfluss hat und an dich glaubt, und du hast niemanden. Und plötzlich fragte ich mich, was ich mich noch nie zuvor gefragt hatte: Und du? Hattest du denn nicht Einfluss gehabt all die Jahre? Glaubtest du nicht mehr an mich? *Es macht mich ja auch zornig, dass ich dich hoffnungsvoll und begeistert Buch um Buch begleite, und immer stoßen deine Bücher auf diese Mauern,* schriebst du, doch gleichzeitig sprachst du von deinen Versäumnissen mir und meinem Werk gegenüber. *Ich glaube nicht, dass ich deine Sachen unterschätzt habe, aber ich hätte wohl mehr für dich erreichen müssen.* In diesem Brief dankst du mir für meine großzügige Freundschaft, *wir haben uns gegenseitig begleitet,* und ich schrieb dir, du hättest mehr für mich getan als irgendjemand sonst, und wiederholte, dass ich ohne dich so vieles nicht zustande gebracht hätte, ich erinnerte dich an Max, dein Alter Ego in meinem Roman, und wie du mich gegen Verlagslektoren verteidigt und mich immer wieder ermutigt hattest, wenn ich aufgeben wollte, wie du mit unendlicher Geduld an meinem Leben Anteil genommen hattest. Egal, wie schlimm meine Situation in den vergangenen Jahrzehnten gewesen war, ich hatte mich immer unaufgefordert an dich wenden dürfen, antwortete ich. Dennoch hatten wir am Ende beide den Verdacht, der andere hätte sich zurückgenommen aus der bedingungslosen Freundschaft. Du wandtest dich als

Herausgeber und Übersetzer den Werken Größerer zu, deren Bedeutung in der Literaturgeschichte unbestritten ist. *Bleib mir gewogen*, schriebst du, *das wünsche ich mir.* Und auch das: *Jedenfalls bin ich dir sehr zugetan, wie eh und je, manchmal etwas um dich besorgt, immer voller Hoffnung, dass etwas Gutes passiert.*

Doch ein kleiner nagender Zweifel blieb. Früher hattest du einmal gesagt, *so* zynisch das klingt, wenn du morgen stirbst, mache ich dich berühmt. Und nun erklärtest du, ich solle endlich aufhören, von jedem Buch den großen Erfolg zu erwarten. Du reagiertest ungeduldig und manchmal barsch, weil du krank und erschöpft warst, und ich zog mich zurück, weil ich dachte, dass nun auch du den Glauben an meine Begabung verloren hättest. Wer sollte mich kennen, meinen innersten Kern, aus dem meine Bücher kamen, wenn nicht du? Von dir als zu leicht befunden zu werden, war ein Sturz, der alles in dreißig Jahren Geschriebene in die Bedeutungslosigkeit mitriss. Du spürtest meine unausgesprochene Enttäuschung und brachtest sie zur Sprache: *Nun merke ich seit langem – und ich verstehe das auch irgendwie und wir sollten uns nichts vormachen, dass ich dir offenbar nicht mehr das bin, was ich dir einst war und was du bei mir gesucht hast.* Es klang wie ein Abschied und es gab nichts, nicht zu diesem Zeitpunkt, was ich darauf antworten konnte. Ich wusste, wir trugen beide schwer an unserem Versagen und unseren Ängsten, doch du trugst schwerer, du lebtest mit dem nahen Tod vor Augen, während ich in Panik war, weil die Zukunft dunkler wurde und sich kein Leben einstellen wollte. In deinem letzten Geburtstagsgruß wünschst du mir, *dass es dir gelingt, nicht bitter zu werden, und dass du nie aufhörst zu schreiben.* Einen Monat später bist du nach Boston gereist, um Freunde zu besuchen und weiter nach Nantucket, ohne es mir zu sagen.

Das unvertraute Kranksein machte dir seit längerem zu schaffen, viel länger, als mir bewusst war, die Ungeduld, gegen deinen Willen und gegen deine Bemühung körperlich und seelisch eingeschränkt zu sein. *Ich wünsche mir beim nächsten Manuskript etwas Serenitas,* schreibst du, doch stattdessen kommt ein Roman über Tod und Trauer. *Das Thema Tod »kommt«, so grausam die Formulierung klingt, wird aktuell in Kürze,* ein Satz, den ich nicht verstand, weil du die Schwere deiner Krankheit verschwiegst. *Ein kleines, harmloses Tief, die Nebenwirkungen sind manchmal etwas deprimierend, manchmal machen sie mir auch ein klein wenig Angst.* Die Briefe wurden kürzer, faktischer, Mitteilungen zum Manuskript, oft ungeduldig. Gleichzeitig bist du viel gereist, warst immer unterwegs, nach München, Berlin, Wolfenbüttel, sogar nach Niederösterreich, ohne es mir zu sagen, wie nah du warst, ohne dir für ein paar Stunden Zeit für ein Treffen zu nehmen. Ein letztes Mal flogst du nach Chicago und warst erneut von der Schönheit der Stadt überwältigt. Doch nach der Rückkehr strafte die Krankheit dich umso härter, brachte ihre Begleiterscheinungen mit, Lungenentzündungen, schwere Erkältungen, die sich besorgniserregend lang hinzogen, Erschöpfungszustände. Du erwähntest es nebenher, deshalb nahm ich es lange, viele zu lange, leicht, überhörte vieles, *mir geht es nicht so gut,* zwischen anderen Sätzen, die für mich mehr Gewicht hatten. Wenn du sagtest, du seist oft sehr erschöpft, aber sonst ginge es dir gut, hörte ich nur den positiven Halbsatz. Du arbeitetest ja auch ununterbrochen, warst unterwegs, trotz allem. Nein, nein, beharrtest du, die Arbeit, das Übersetzen macht Spaß, das ist keine Belastung, nur die vielen überflüssigen Knüppel, die einem bis ins hohe Alter vor die Füße geschmissen werden, *es sind die vielen Niederlagen, die man im Leben einstecken muss, auch sie erschöpfen.* Du erzähltest von Verlegern, mit denen du einmal befreundet gewesen warst und die dich nun keiner Antwort auf deine Anfragen mehr würdigten. Klappentexte wurden von anderen geschrieben, ein von dir bereits verfasstes Nachwort wurde ignoriert und ein anderer wurde damit beauftragt, dazu kamen überheblich abschätzige Kritiken deiner Übersetzungen, die dich verletzten. *Auch ich erlebe viele Enttäuschungen und Demütigungen und bin nicht mehr gefragt, aber das gehört dazu. Es gibt Momente, in denen ich mich zurückziehen möchte.* Vielleicht wogen die Kränkungen schwerer als die Krankheit, dass man sich keine Mühe mehr gab, die Geringschätzung dem Alter gegenüber zu verbergen. Du redetest oft über das Altwerden, das Bedürfnis, etwas weiterzugeben, und auch die Verzweiflung darüber, dass man so wenig weitergeben konnte, weil unsere Erfahrungen den Jungen überholt erscheinen. Wer wollte das annehmen, was wir im Alter zu geben hätten? Die Schrecken des Alterns spielten sich auf einer anderen Ebene ab als der weißer Haare und faltiger Haut. Es war das Entsorgtwerden bei lebendigem Leib und funktionierendem Verstand, das schmerzte. Auch das musste erlitten werden, bevor der Körper seinen Dienst versagte. Doch in den letzten Jahren kamen noch einige deiner besten Übersetzungsarbeiten, der Krankheit abgerungen und, ebenso wie die Erinnerungen an Orte und Begegnungen der Vergangenheit, eine Art Zuflucht, *eine wunderbare Sache, eine schöne und harte Arbeit.* Auch wenn die Kritik die klare, in ihrer Präzision poetische Übersetzung eines der schwierigsten Romane der amerikanischen Literatur verhalten aufnahm, warst du ruhig in der Gewissheit, dieses Stück Literatur konnte dir niemand nehmen, es war in der Welt und bei lesenden Menschen.

Während die heilbaren Krankheiten und die Erschöpfung zunahmen und die Diagnose deiner unheilbar fortschreitenden Krankheit den Tod in greifbare Nähe rückte, sprachst du von deiner Sehnsucht, vieles wiederzusehen und Neues zu erleben, als hätte die Phantasie sich endlich für die unglaublichsten Träume von der Realität befreit. *So viele Dinge, die ich noch gern machen würde, jetzt wo ich (zu) alt bin, lauter Sachen, die mich geradezu bedrängen.* Immer schreibst du, *beim nächsten Mal, falls es ein nächstes Mal gibt.* Einmal noch trafen wir uns für einen

Nachmittag in deiner Stadt, und wie in Boston gingen wir am Fluss entlang, er erinnerte mich an den Charles River, du zeigtest mir den nüchternen Reichtum der Bürgerhäuser, die breiten Alleen, das Rathaus mit Erkern und grünem Dach, den Hafen und die Speicherhäuser. Angesichts der Überseeschiffe redeten wir über unser altes Fernweh. Ich hatte dir die *New York Times* mitgebracht, die du unterwegs verloren hattest, wir aßen in einem kleinen italienischen Restaurant und nichts deutete darauf hin, dass es das letzte Mal sein würde, dass wir zusammensaßen und redeten, ich weiß nicht mehr worüber.

Ein Jahr später, während einer Lesereise nach Norddeutschland, rief ich dich jeden Tag an in der Hoffnung, du würdest ein Treffen vorschlagen, irgendwo, in einer dieser Städte, doch du warst einsilbig und gingst nicht auf meine Erwartung ein. In Lübeck bist du dann ganz unerwartet in der ersten Reihe gesessen und hieltst während der ganzen Lesung eine rote Rose in der Hand, die du mir beim Abschied gabst. Gleich nach der Lesung gingst du fort und so habe ich dich in meiner letzten Erinnerung: wie du zusammengesunken, doch unverändert, vor mir sitzt, ein wenig bekümmert, die Rose in den Händen.

Danach kamen deine Botschaften in immer länger werdenden Abständen, aber du schriebst nach wie vor liebevolle Briefe. *Zurzeit denke ich jeden Tag an dich,* und am Schluss wie immer, *sei herzlich gegrüßt, auch umarmt, von deinem alten Freund.* Nun verschwiegst du nicht mehr, dass sich dein Zustand ständig verschlechterte und dir für so vieles Alltägliche die Kräfte fehlten. Nein, du klagtest nie, doch hätte ich genauer hingehört, hätte ich eher begriffen, wie nah der Tod dir schon gekommen war. Im Frühjahr schicktest du mir kommentarlos ein paar meiner Briefe, die du noch aufbewahrt hattest, und eine Ansichtskarte von Melvilles Schreibtisch, die ich dir damals bei meiner letzten Fahrt in die Berkshires geschickt hatte. Ich wusste nicht, ob du damit unsere Freundschaft infrage stelltest oder ob du dabei warst, Unwichtiges zu entsorgen. Dein Aufräumen macht mich traurig, schrieb ich, doch du gingst nicht darauf ein. Manchmal, wenn ich jetzt anrief, spürte ich, wie während des Gesprächs deine Konzentration nachließ. Ich bin nicht dement, das sind die Schmerzmittel, sagtest du, sie müssen die Dosis ständig erhöhen. Du wurdest ungeduldig, wenn ich über Dinge redete, für die du keine Kraft mehr hattest. Unvermittelt, als müsstest du mir ein bleibendes Vermächtnis mitgeben, sagtest du, gerade die kleinen Dinge werden so wichtig und wunderbar. Heute Morgen war ein Vogel am Fenster und sang. Gerade jetzt sehe ich die Sonne im Baum vor der offenen Balkontür. Dann brachst du abrupt ab. Aber ich wollte nicht hören, was du mir sagtest, ohne es auszusprechen, ich konnte den Gedanken nicht ertragen, dass du starbst. Ein Jahr vor deinem Tod wünschte ich dir, wie immer, zum Geburtstag noch viele gute Jahre, die Schönes brächten, obwohl du mir beim letzten Telefonat davor gesagt hattest: Ich bin so schwach, ich muss aufhören, aber der Kopf funktioniert noch.

In diesem letzten Jahr übersetztest du die Gedichte eines anderen Sterbenden, wenn auch um vieles Jüngeren. *Ein bisschen geht immer noch*, so hattest du dich selber seit Beginn der Krankheit angetrieben. Wenn die Gedichte erscheinen, sagtest du, bin ich nicht mehr am Leben. Vielleicht war es erst dieser Satz, der mich zwang, die Tatsache anzuerkennen, dass du bald sterben würdest. Aber auch du hattest noch nicht aufgegeben. Als ich dir berichtete, ich hätte einen neuen Stoff für einen Roman, schriebst du, *du ahnst vielleicht, dass mich der Gedanke daran geradezu glücklich macht, ja, glücklich, ich meine es so.* Zu meinem Geburtstag kam dein letzter Brief, in dem du dich noch einmal an unsere Tage und Ausflüge in New England erinnertest, an unseren Nachmittag auf Melvilles Farm, unsere Spaziergänge in Boston und in Manhattan. *Und überhaupt, das gehört wohl zu meiner unverwüstlichen Natur, bin ich jeden Tag oftmals glücklich. Ich sehe Natur, den Baum vor dem Fenster, ich erinnere mich an England, ich denke an New York, mein reiches Leben mit Bildern, Musik, Büchern und Gegenwart. Ich hoffe, dass du im Herbst nach Boston fährst, und wünsche dir ein paar Glücksmomente, wie ich sie oft dort hatte, einige Male mit dir. Ich grüße dich herzlich, auch dankbar, ja, sehr dankbar.*

Dieses reiche Leben mit seinen vielen Orten und Begegnungen fiel dir nicht ohne dein Zutun in den Schoß, du musstest es dir nach jedem Rückschlag erneut erarbeiten. Auch an deine Rückschläge erinnere ich mich, waren doch mein Erfolg und meine Misserfolge mit deinem Aufstieg und deinem Scheitern verbunden. Ich folgte dir von Verlag zu Verlag, und als es keinen Verlag mehr gab, verlor auch ich meinen Rückhalt. Mit keinem Wort erwähntest du die sich zuspitzende Krise, drängtest mich nur, das Manuskript in einem Wahnsinnstempo fertigzustellen, das am Ende dennoch nicht ausreichte, und ich wusste nicht, warum du mich nach einer eben erst durchgestandenen Operation so gnadenlos antriebst. Ich habe manchmal das Gefühl, verrückt zu werden, sagtest du am Telefon, plötzlich fehlen mir Wörter, ich kann Sätze nicht beenden, kann mich nicht mehr konzentrieren, da ist manchmal eine Gedankenflucht, die mich ängstigt. Die Buchstaben in deinen handgeschriebenen Briefen wurden zusehends kleiner, schwer lesbar, wie auf das Blatt verstreute Vogelspuren, während alles Verlässliche floh und zerstob. Und dann warst du weg, einfach verschwunden, ohne Vorwarnung, und ich blieb allein mit meinem Manuskript, das nun nicht mehr fertig und für den Druck bereit war, sondern als ein verwaister Entwurf an den Start zurückmusste. *Nicht treulos,* versichertest du mir, *auch wenn es im Augenblick so scheint.* Doch dann begannst du unverdrossen ein neues Leben, ebenso reich, genauso fruchtbar für dich und für andere wie das frühere. Die lange Atempause in Kalifornien, wo du deiner Lieblingsbeschäftigung nachgehen konntest, viele Stunden wandern und beobachten, arbeiten, lesen, zur Ruhe kommen. Du hast es immer wieder geschafft, dich neu zu erfinden und die Menschen, die du gernhattest, in jedes neue Leben mitzunehmen, sobald du deinen Platz gefunden hattest.

Es gibt nur gute, ungetrübte Erinnerungen an die Arbeit mit dir. Du bist in allen meinen Büchern gegenwärtig. Natürlich wünschte ich, es würde immer so weitergehen, schrieb ich in einem meiner letzten Briefe, die du nicht mehr beantworten, vielleicht auch nicht mehr lesen konntest. Du selber konntest keine Briefe mehr schreiben und ich wusste, ich würde dich nicht mehr anrufen können, und dennoch warst du so gegenwärtig wie früher, ich konnte mir deine Stimme vergegenwärtigen, und mit der ganzen Kraft der Unvernunft verweigerte ich mich der Vorstellung, dass du sterben würdest. Ich wollte es nicht hören, als du sagtest, es ist so weit, wenn auch in anderen Worten. Aber was war denn Schreiben anderes, als das Vergängliche dem Tod zu entreißen, ein wenig, mit schwacher Kraft, auch wenn das Geschriebene am Ende vielleicht ebenso zum Sterben verurteilt ist. Aber manches wird als Vermächtnis, zumindest als Zeugnis stehenbleiben. Die Wünsche, die du mir auftrugst, habe ich nicht ausgeführt, manche sind unausführbar. *Wenn ich sterbe, sag Kaddisch für mich,* schriebst du mir. Unsere Freundschaft bestand auch für mich immer zur Hälfte aus undurchführbaren Träumen. Und immer wieder, auch als du längst wusstest, dass du nichts mehr von mir lesen würdest, fordertest du: *Ich erwarte hoffnungsvoll, dass du mir noch ein Buch schreibst. Schreib*

*mir eine Erzählung, tu es für mich, wenn schon aus kei-
nem anderen Grund.*

In der Nacht, bevor ich von deinem Tod erfuhr, träumte ich, dass ich jemanden, von dem ich Abschied nehmen musste, innig umarmte. Ich wusste nicht, wer er war, die Umarmung war ungeschickt, ungeübt, aber ich wusste, dass dieser Mensch sterben würde und es ein letztes Mal war. Erst am nächsten Morgen kam der Anruf, dass du am Tag davor gestorben warst.

Ich habe dein Grab nie besucht. Auf meinem Schreibtisch bist du ganz lebendig auf dem Foto, das mein Mann von uns beiden in Arrowhead machte, auf der schmalen Veranda von Melvilles Farm. *Ich betrachte Arrowhead jeden Tag,* schriebst du ein Jahr vor deinem Tod, *und dann denke ich an unseren Ausflug dorthin, den wir nicht wiederholen können.* Es war ein trüber Herbsttag, wir wateten durch die kniehohen verblühten Wildblumen hinter der Farm, legten unsere Hände auf die Borke der Kiefern und stellten uns vor, Melville habe diese Bäume mit seinen Händen berührt, auch er liebte Bäume. Wir waren schweigend durch die kleinen, niedrigen Räume gegangen, hatten durch das Fenster seines Arbeitszimmers seinen Berg, Mt. Greylock, betrachtet und es war überflüssig gewesen, uns mit Worten unserer Scheu vor der spürbaren Gegenwart des Dichters zu vergewissern. Erst auf der Veranda, die nicht viel breiter war als die Bank, auf der wir saßen, sprachst du über Melville, über sein Scheitern und das Wissen darum, sein fremdbestimmtes Leben, seine Ausbruchsversuche, seine vielen Reisen, über die Stimmung der Farm an diesem Nachmittag und die liebliche und zugleich rauhe Landschaft. Und ich zweifelte noch, wusste nicht, ob mir dieses Buch gelingen würde, während du schon ganz sicher warst. Auf dem Foto redest du, wie immer ruhig, auf jedes Wort bedacht, ohne große Gesten, so als teiltest du mir gerade eine Beobachtung mit, etwas, das ich nicht übersehen durfte, als sagtest du, das musst du auch noch bedenken, leicht zugewandt, doch mit dem konzentrierten, nach innen gerichteten Blick, der sich auf das Wichtige beschränkt. Wie immer trägst du ein weißes offenes Hemd und eine schwarze Jacke, und ich folge deinem Blick und stimme lächelnd zu.

Nichts ist gegenwärtiger
als Ihre Sätze

❧

Noch immer, vierzig Jahre nach den schrecklichen Wochen der Diagnose, könnte ich vor Schmerz und Wut aufschreien, tue es auch, wenn jemand den Finger in diese Wunde legt. Und jedesmal frage ich mich, warum haben Sie so viel Raffinesse angewandt, um mir diese Verletzung zuzufügen, die nicht verheilen will. Keine Beweise, keine Forschungsergebnisse werden je ausreichen, das Schuldgefühl, mit dem Sie mich mit so großem sadistischem Geschick infiziert haben, auszulöschen. Es hätte gereicht, eine Diagnose zu stellen. Musste die Mutter gleichzeitig zerstört werden? Was hatten Sie davon? Ihre Sätze sind gegenwärtiger als alles, was ich sonst in meinem Leben zu Ohren bekommen habe, Gutes und Schlechtes. Ihre Sätze werden das Letzte sein, woran ich mich erinnere, wenn mein Gedächtnis aufhört, seinen Dienst zu tun. Kein Werk der Literatur, das ich liebe, kann ich so spontan und fehlerfrei zitieren wie Ihre Sätze. Sie nehmen einen so breiten Raum in meiner Erinnerung ein, dass sie sich von Zeit zu Zeit aufblähen und drohen, alles andere zu verschlingen, besonders nachts, wenn ich mich sekundenlang der unsinnigen Vorstellung hingebe, dass noch etwas zu retten, noch etwas rückgängig zu machen sei. Es sind ungeheuerliche Sätze, und wenn es eine Gerechtigkeit gäbe, würden Sie büßen müssen, mit dem gleichen Schmerz, den Sie mir zugefügt haben.

Es ist gut, dass Ihnen das zugestoßen ist, jetzt wissen Sie wenigstens, dass Menschen wichtiger sind als Bücher. Das haben Sie gesagt.

Was Ihnen als Kind angetan wurde, das begräbt jetzt wie eine Lawine Ihren Sohn. Auch das haben Sie gesagt, in jenem frostigen Raum mit dem leeren Kamin.

Die Therapeutin wird jetzt mit Ihrem Sohn die Beziehung aufbauen, zu der Sie nicht imstande waren. Auch das.

Es ist nicht reversibel und Sie haben es getan, ein Satz der Therapeutin, die nun berufen war, diese Beziehung zu meinem Kind aufzubauen. Sie kam frisch vom College, von Ihnen instruiert und erfüllt von ihrer neuen Mission. Und ein paar Jahre später die gleichen Verdächtigungen von Lehrern, von selbsternannten Experten auf zwei Kontinenten. Und jedesmal war es eine Folter, zu der ich schwieg und die Schuld annahm, selbst dann, als längst erwiesen war, dass Autismus nicht von Müttern verschuldet wird, auch nicht von intelligenten Müttern, denen Bücher wichtig sind. Mein Mann hielt bis zu seinem Tod an diesen Sätzen mutwilliger Beschuldigung fest, sie waren sein Folterwerkzeug. Und nach jeder Anklage, die ich schweigend hinnahm, wuchs die Isolation, der Abstand zum Rest der Welt, der Normalen, Tüchtigen, die alles richtig machten, sodass ich am Ende keine Menschen mehr ertrage, die sich ihres »geglückten« Lebens brüsten, als wäre es ihr Verdienst.

Was hat Sie dazu bewogen, mir zu unterstellen, ich sei schuld am Autismus meines Sohnes? Denn 1983 wusste man in Fachkreisen bereits, dass Autismus eine umfassende Wahrnehmungsstörung ist, Bettelheim war nicht mehr die maßgebliche Lehrmeinung. Wir waren gleich alt, auch Sie waren damals zwischen vierunddreißig und fünfunddreißig. Es war Ihr erster Job, Sie hatten keine oder wenig Erfahrung, vielleicht war unser Kind einer Ihrer ersten Fälle. Wir waren gleich alt, als wir uns gegenübersaßen und Sie mich mit gezielten, überlegten Sätzen vernichteten. Zwei junge Frauen mit wenig Lebenserfahrung und dennoch hätte der Unterschied nicht größer sein können. Sie waren die Klägerin und Richterin, ich war die Angeklagte und Verurteilte.

Ich hatte meine ganze Konzentration und Intelligenz aufgeboten, um Ihnen mit meinen seit Monaten gesammelten Beobachtungen die Diagnose zu erleichtern, ich hatte sie mit wachsender Besorgnis notiert, aufgelistet und geordnet: den Zehenspitzengang, die endlosen Wiederholungen, die Schreianfälle, die unveränderbaren Abläufe, die Reduktion auf wenige Nahrungsmittel, die Echolalie, die fehlende kommunikative Sprache. Haben Sie in meinem verzweifelten Versuch, zu einem wissenschaftlichen Ergebnis zu kommen, wirklich nur die Kälte einer gefühllosen Intellektuellen sehen können? Aus mei-

nen und Ihren Beobachtungen haben Sie eine Indizien-
kette für die Anklage gegen mich geknüpft, und alle
Beobachtungen, die nicht in das Bild der Kühlschrank-
mutter passten, haben Sie als irrelevant weggewischt, sie
einfach nicht gehört. Sie spielten ein falsches Spiel. Es
konnte Ihnen nicht verborgen bleiben, dass das Kind alle
Symptome des frühkindlichen Autismus hatte. Sie sahen
es selber, wie leicht er von der Feuerwehrsirene draußen abzulenken war, wie er dasselbe Haus immer wieder
zeichnete, ein spitzes Dach, zwei Fenster und in der Mitte
eine Tür, der Rauch aus dem Schornstein wehte jedesmal
nach links. Sie mussten auch seine Defizite und Stärken
erkannt haben, die für das Syndrom typisch waren, wie
schnell und leicht er verkehrt herum Puzzles legte, wie
unfähig er war, kleiner und größer zu erkennen. *Atypical
Childhood Development*, stand auf dem Diagnosebogen,
aber damit konnten wir nichts anfangen.

Was bewog Sie zur Annahme, dass ich eine beziehungs-
unfähige Mutter sei? Weil ich mit *Ihnen* reden wollte,
anstatt in Ihrer Gegenwart mit dem Kind zu spielen? Ich
wusste nicht, dass *ich* auf dem Prüfstand war, ich dachte,
Sie und ich zusammen würden es schaffen, Klarheit zu er-
langen und meinem Kind zu helfen. Ihre Diagnose stand
bereits in den ersten Minuten fest, indem Sie sich über
mich ein falsches Bild machten, deshalb mussten Sie die
neurologischen Zeichen ignorieren. Haben Sie nicht auch
gesehen, wie stolz und des Lobes gewiss mein Sohn jedesmal zu mir hersah, wenn er eine Testaufgabe richtig

machte? War das für Sie kein Zeichen einer geglückten Mutter-Kind-Beziehung?

Kein es Ihr heimliches Privatvergnügen mich zu quälen? Keinen Ihrer infamen Sätze sagten Sie jemals vor Zeugen. Meinen Mann ließen Sie ungeschoren. Hätten Sie die Dummheit oder die Frechheit, heute, auf dem Gipfel Ihrer Karriere, mit all Ihren Auszeichnungen und Vorsitzfunktionen, Ihre Diagnose zu wiederholen? Haben Sie damals gedacht, wenn Sie mir die Bettelheim-Behandlung angedeihen ließen, würde ich zu einer besseren Mutter werden? Dachten Sie, wenn Sie mir jede Gewissheit nähmen, dass ich mit meinem dreijährigen Kind eine Beziehung hergestellt hätte, wenn Sie mich überzeugten, ich sei ein Ungeheuer, das sein eigenes Kind psychisch ermordet habe, würde ich zu einer besseren Mutter oder zu einem besseren Menschen? Wie, glaubten Sie, sollte ich von da an mit Zuversicht anstatt mit noch größerer Angst und Verzweiflung mein Kind erziehen? Wie, dachten Sie, lebte eine Verbrecherin mit ihrem Opfer, das sie angeblich seelisch verstümmelt hatte? Haben Sie auch daran gedacht, was Sie dem Kind antaten, indem Sie mit so vernichtenden Waffen auf die Mutter losgingen? Was könne ich tun, um mich zu bessern, überlegen wir gemeinsam, forderten Sie mich auf. Hatten Sie, als Psychiaterin, selbst als unerfahrene, keine Ahnung, welche Ängste und bangen Hoffnungen dieser ersten Konsultation vorausgegangen waren? Konnten Sie sich nicht vorstellen, wie ich in diesen Wochen litt, wie alles, was ich mir vom Leben erhofft hatte, ins Wanken geriet und in sich zusammenstürzte? Ich versuchte ja nur, Haltung zu bewahren, als kein Stein mehr auf dem anderen blieb, um nicht unterzugehen, um mein Kind zu retten. Wenn ich geweint und geschrien hätte, hätte das bewiesen, dass ich eine gute Mutter sei, oder wäre es bloß ein weiteres Indiz gegen mich gewesen? Glaubten Sie allen Ernstes, dass mein Sohn ein emotional verwahrlostes Kind war? Glaubten Sie wider jede Vernunft, dass mangelhafte mütterliche Zuwendung, die Sie mir unterstellten, schwere neurologische Schäden hervorrufen könne? Oder waren Sie, gegen alle medizinische Forschung, noch immer eine heimliche Bettelheim-Anhängerin?

Einige Wochen später, als ich so zerknirscht, so verzweifelt war, dass es nichts mehr gab, was ich nicht getan hätte, was ich mir nicht hätte antun lassen, sagten Sie: Ich denke, Sie haben angefangen, Ihre Rolle als Mutter besser zu verstehen. Ich wusste nicht, was Sie meinten, ich hatte mich nicht verändert, was hätte ich verstehen sollen? Ich hatte verstanden, dass es kein Leben mehr für mich gab und dass mir ein jeder Schmerz zufügen durfte, weil ich nichts Besseres verdiente. Aber ich stimmte Ihnen willfährig und eifrig bei und erzählte, dass das Kind manchmal seinen Kopf gegen meinen Bauch drängte, als wolle es in meinen Schoß zurück. In Ihren Augen sah ich einen Funken Entsetzen und dachte, schon wieder habe ich das Falsche gesagt, wo ich mich doch so sehr bemühe zu kooperieren. Und wieder war ich vor Ihrem strengen Tribunal das Ungeheuer.

Im Herbst 1983 gingen Sie in eine andere Stadt an eine bekannte Universität, eine erste wichtige Stufe auf Ihrer Karriereleiter. Vorher riefen Sie mich noch einmal an, angeblich um sich zu verabschieden, in Wirklichkeit, um mich ein letztes Mal zu demütigen. Ich lebte in dem Haus, das ich vom ersten Tag an gehasst hatte, zwischen Kartons ohne Möbel, auf den rauchenden Trümmern der Katastrophe, unter der Drohung, dass mein geschiedener Mann demnächst einziehen würde, um sich die Miete zu sparen. Und Sie wollten wissen, was ich darüber dachte. Wie geht es Ihnen damit?, fragten Sie. Diese Frage beantwortete ich nicht, so nahe standen wir uns nicht. Stattdessen sagte ich, dass mein Manuskript zur Publikation angenommen worden sei. Ich solle mich bei der Therapeutin bedanken, befahlen Sie, sie habe wunderbare Arbeit geleistet, sie habe eine großartige Beziehung zu meinem Kind aufgebaut, mich zu bedanken sei das mindeste Gebot des Anstands. Ich zahlte für diese nutzlosen Therapiestunden, ich zahlte jeden Monat zwei Drittel meines Gehalts dafür, dass die Therapeutin fünfundvierzig Minuten lang das Kind dazu anhielt, die Puppe zu füttern und aufs Puppenklo zu setzen. Aber ich spürte Ihre Abneigung am Telefon stärker, als wenn Sie mir gegenüberstanden, und ich schwieg. Ich würde heute noch Ihre Stimme erkennen, diese sanfte ruhige Stimme, die so gezielte, überlegte Schläge austeilte, dass man von einem K.-o.-Schlag eine Weile wie betäubt war.

Ich habe viel über Sie nachgedacht. Sie waren zu jung,

um die neueste Forschung verschlafen zu haben. Sie fügten mir diese Vernichtung mit voller Absicht zu. Sie mochten mich nicht, aber was veranlasste Sie dazu, mich vorsätzlich und gegen Ihr besseres Wissen zu quälen? Was war es, das diesen Hass in Ihnen aufrührte? Woran erinnerte ich Sie? Wem galt Ihr Hass, als Sie mich bestraften? Sie kannten mich nicht, Sie wussten nichts über mich, außer dass ich ein geschlagenes Kind gewesen war. Konnten Sie keinen Augenblick eine verzweifelte Mutter in mir sehen, die ihre letzte Kraft zusammennimmt, um ihrem Kind zu helfen?

Vielleicht ist Glück
doch auch ein wenig Zufall

⌒

Du bleibst zweifellos als eine der großen Frauen in der Geschichte des Widerstands gegen Hitlerdeutschland in Erinnerung. Dein Überlebenswille, deine Geistesgegenwärtigkeit, deine unbeugsame moralische Kraft im Widerstand, während der Jahre der Flucht, waren es, was die Menschen, und nicht nur die Nachgeborenen, beeindruckte. Aus unserer sicheren Perspektive des Friedens wart ihr Frauen im Widerstand die Heldinnen einer unmenschlichen Zeit. Ihr wart die Wenigen, die die Menschenwürde vor dem Untergang retteten, ihr habt das menschliche Antlitz vor der völligen Auslöschung bewahrt. Ich habe dich und deine Freundinnen Gundl Herrnstadt und Ruth Tassoni, die ich in deinem Haus kennenlernte, vorbehaltlos bewundert und mich durch die Zuwendung dieser Frauen ausgezeichnet gefühlt, die als Jugendliche in Belgien, in Holland, in Frankreich den Nazis unter Einsatz ihres Lebens die Stirn boten, im Gefängnis saßen, verhört wurden, quer durch Europa auf der Flucht, und mit ihrer Intelligenz, ihrem Mut, ja ihrer Tollkühnheit und auch mit Glück überlebten. Die den Widerstand gelebt haben, von dem wir in sicheren

Zeiten nur redeten, die den Mut bewiesen haben, den wir uns höchstens großsprecherisch anmaßen konnten. Euch alle zeichnete die Offenheit und Neugier aus, mit der ihr jungen Menschen begegnet seid, ihr habt keine Fragen gestellt, man musste sich keiner Beobachtung unterwerfen, zuallererst wurde man angenommen, auch wenn es später Verstimmungen gab und ihr schließlich auf Distanz gingt, leise, ohne viele Worte, ohne dass man genau wusste, warum. Dass Gundl den Kontakt abbrach, hatte wohl mit meiner allzu kritischen und nuancenlosen Kritik an Österreich während der Waldheim-Zeit zu tun. Es gab das andere Österreich, das sie und ihre Gleichgesinnten aufgebaut hatten, die aus Exil und Konzentrationslagern zurückgekommen waren, und ich wollte es damals nicht sehen. Sie war meine Klagen leid, die auch damit zu tun hatten, dass ich gegen zu viele Widerstände meinem autistischen Kind einen Platz in der Gesellschaft erkämpfen musste.

Deine Erzählungen begannen immer bei deinem liebevollen großbürgerlichen Elternhaus, der Litwakschule, dem Studium und deinem Beitritt zur kommunistischen Partei. Ein bisschen Hagiographie war wohl immer dabei, ein bisschen Abenteuergeist einer rebellischen selbstbewussten jungen Frau, die gerade noch zu den Rigorosen zugelassen wurde, um ihr Jusstudium zu beenden, bevor sie nach Holland fliehen musste, weil, wie du erzähltest, ein Kopfgeld auf dich ausgesetzt war, als Jüdin und als Kommunistin. In den TV-Interviews, die ich sah, bei denen ich dabei war, präsentiertest du dich als strahlende Heldin, du erzähltest deine Geschichte als Abenteuergeschichte: ein kleines, zierliches jüdisches Mädchen, das die Nazis so in Schrecken und Aufregung versetzte, dass sie nach einer Frau von viel größerer Statur fahndeten, die jeden Tag, untergetaucht oder nicht, ein heißes Bad in einer richtigen Badewanne brauchte. Du konntest gut erzählen, und es gab viele Geschichten, die ich gern immer wieder hörte: Wie du in einem Schrank hinter Mänteln hocktest und die Stiefel der Verfolger sehen konntest, aber an deinem Schrank gingen sie vorbei; wie du so erschöpft und hungrig warst, dass du von einem Versteck zum anderen deine Straßenbahnhaltestelle verpasst hast, und das rettete dir das Leben. Wie du einen Schweizer heiratetest, um einen Pass zu bekommen, aber – das pflegest du zu betonen – die Ehe wurde konsumiert, und dann als Schweizer Staatsbürgerin in Davos zum ersten Mal einen Nazi, der es wissen musste, von der »Endlösung« reden hörtest und sofort begriffst und von da an deine Aktivitäten im Widerstand verstärktest. Du deutetest an, dass du Vielen das Leben habest retten können, aber du prahltest nie damit. Du erzähltest mit so heiterer, verschmitzter Genugtuung, dass man sich über deine Heldentaten freute. Die Angst, die Verzweiflung, die Entbehrungen, alles Dunkle, alles, was du erlebt und mitangesehen haben musstest, alle schrecklichen Geschichten der Untergegangenen, hast du ausgespart. Auch den Hass. Nie war von Hass die Rede, selten von nachgetragenem Ressentiment.

Ich lernte dich als Sechsundsiebzigjährige kennen. Es fällt mir schwer, dich mir als junge Frau vorzustellen. Zweifellos warst du auch damals charismatisch und unwiderstehlich, denn das warst du bis ins hohe Alter, aber es fällt mir schwer, mir die Schönheit und Anmut der jungen Ruth Lilienstein vorzustellen. Denn Schönheit, Charme und die Ausstrahlung eines Glückskindes musst du gehabt haben, sonst hättest du nicht mitten im Krieg deine holländische Familie gefunden, die dir sagte, du seist es ihnen schon wert, dass sie ihr Leben für dich aufs Spiel setzten. Selten erzähltest du von den Dingen, die auch vierzig Jahre später noch schmerzten, der Abtreibung, zu der deine Situation als untergetauchte Jüdin dich gezwungen hatte, dem Verrat des Mannes, der den Sohn, der nicht leben durfte, gezeugt hatte. Es war deine einzige Chance gewesen, Mutter zu werden. Das hättest du den Nazis nie verziehen, sagtest du, den Nazis, nicht dem Mann, aber es gab wohl noch viel mehr Unverzeihliches, wovon du nicht sprachst. Einmal fragte ich dich, ob du mir deine Biographie anvertrauen würdest, um deine Memoiren niederzuschreiben, und du sagtest, es gäbe zu vieles, was fürs Erzählen noch immer zu schmerzhaft sei. Ich erinnere mich, als dich ein Fernsehjournalist nach Kindheitsfotos fragte. Es sind keine übriggeblieben, sagtest du knapp: Erinnern Sie sich, in Deutschland waren die Nazis. In Deutschland war auch deine Familie, deine Kindheit und Jugend, dein Zuhause und der Mann, der zu schwach war, um zu dir zu halten. Mit vierundachtzig schriebst du deine Memoiren, da lag die Zeit der Heldinnen schon zu weit zurück. *Vielleicht ist Glück nicht nur ein Zufall*, so nanntest du deine Autobiographie, aber vielleicht war es auch ein Vorschlag des Verlags. Ein guter Titel und zugleich ein selbstgerechter Titel, ein ungerechtes Urteil über jene, die kein Glück im Leben hatten.

Obwohl oder vielleicht weil du das alles durchgemacht und am Ende triumphiert hast, warst du ein Kind des Glücks, trotz der Jahre auf der Flucht, die ja auch deine Jugend waren. Deine größte Begabung war es, dir überall Liebe zu erwerben und diese Liebe gut und geschickt zu verwalten. Das hat dich zur prominentesten Literaturagentin der Nachkriegszeit gemacht und im Lauf der Jahre, nach dem Tod deines Mannes, mit dem du die Agentur aufgebaut hattest, wurdest du zu einer Legende, deren Ruhm die ganze literarische Welt umspannte. Man *musste* dich in die Arme schließen, du warst die Personifikation von allem, wonach die Menschen in unseren kalten Ländern sich sehnen: Liebe, Wärme, Zuneigung, die Gewissheit, angekommen zu sein und aufgenommen zu werden. Und dabei warst du so klein und zierlich, in flachen Schuhen, ungeschminkt, das kurze Haar grau meliert und erst spät ganz weiß, in eigenwilligen Naturlocken, die Friseurin lobte jedesmal dein »dankbares« Haar. Deine Präsenz und dein menschenfreundliches Selbstvertrauen allein schafften dir Raum und Achtung, die selbst Unbekannte bewog, dir mit Wohlwollen und freundlicher Neugier zu begegnen. Du erzähltest mir, wie dir kurz nach dem Krieg eine Verkäuferin in Zürich eine Bluse anvertraut hatte, überzeugt, dass du sie später bezahlen würdest. Man musste dich einfach lieben, man konnte nicht anders, als dir bedingungslos zu vertrauen. Und deine Zuneigung, so großzügig sie gewährt wurde, war immer eine Auszeichnung.

War es dein Elternhaus, war es deine glückliche Veranlagung, die dich zu einem Glückskind bestimmt hatten, einer Sonne in den finstersten Zeiten Europas? Deine Kusine Hilde in Jerusalem, ein oder zwei Jahre jünger oder älter als du, beklagte sich nach einem gemeinsamen Urlaub im Tessin darüber, was es bedeutete, neben einem strahlenden Glückskind im Schatten zu stehen. Dabei war sie eine beeindruckende Frau, mütterlich, großzügig, auch sie konnte auf ein Leben im Dienst der Gesellschaft zurückblicken und selbst mit achtzig forschte sie noch an der Hebrew University. Du hättest eifersüchtig alles an dich gerissen, sagte sie, die Zuwendung aller anderen Freunde und Gäste, sogar das Interesse Fremder. So seist du immer gewesen, erzählte sie mir in ihrer kleinen Wohnung in Kiriat HaYovel mit Ausblick auf das Tal von En Kerem, schon als Kind, als Jugendliche hättest du alle Aufmerksamkeit auf dich gezogen und die Gegenwart anderer zum Verblassen gebracht. Vielleicht war das dein Geheimnis: deine Eigenliebe, die so überzeugend war, dass sie sich auf andere übertrug. Sie mussten dich lieben, du warst doch so liebenswert und wunderbar. Du konntest es so arglos genießen, im Mittelpunkt zu stehen. Auch mit achtzig Jahren erfüllte es dich noch mit Entzücken, das Zentrum der Aufmerksamkeit zu sein und angebetet zu werden. Warst du etwa nicht anbetungswürdig? War dein Geheimnis, das Glück, das kein Zufall war, die Eigenliebe eines geliebten Kindes, die es auch von allen anderen erwarten darf, weil man nicht anders kann, als es zu lieben?

Als ich dich kennenlernte, warst du sechsundsiebzig. Alt genug, um meine Großmutter zu sein, wie du am Telefon mit deiner hohen Mädchenstimme sagtest. Du riefst mich zum ersten Mal an meinem sechsunddreißigsten Geburtstag an, um mir zu sagen, wie sehr dir das Manuskript gefiel, das ein befreundeter Insider der Buchbranche in New York dir geschickt hatte. Es kam wie eine Entschädigung, das Wunder, mit dem ich nicht mehr gerechnet hatte. Im Frühjahr desselben Jahres hatte die Diagnose meines Kindes jede Hoffnung auf eine lebenswerte Zukunft vernichtet. Im Lauf der nächsten Monate verkörperte deine Stimme, über das Rauschen der transatlantischen Satellitengeräusche hinweg, die Möglichkeit, dass es einen Ausweg aus dem Gefängnis, in dem ich lebte, gäbe. Als ich im Februar zwei Wochen lang mit einer lebensbedrohlichen Grippe in dem kleinen Zimmer auf der Matratze zwischen Fenster und Tür im Dämmer einer schwachen Wandleuchte lag, zu schwach, um irgendjemanden anzurufen oder zum Arzt zu fahren, läutete das Telefon und deine aufgeregte Stimme rief ohne einleitende Begrüßung, dein Buch ist da. Es war das einzige Mal, dass meine Gebete erhört worden waren, und *du* warst die Stimme, die antwortete, ich habe dein Rufen gehört.

Meine Dankbarkeit verwandelte sich in den Monaten, bevor ich dich kennenlernte, in bedingungslose Verehrung. Du wusstest ja nicht, wie ich lebte, in einem fremden Haus, verzweifelt bemüht, mein Kind zu retten, in atemloser Panik, ohne zu wissen, wovor. Ich war so zermürbt und erschöpft, dass ich mir nur mehr verschämt hinter meinem eigenen Rücken wünschte, ein einziges Mal allein in einem sauberen, hellen Zimmer aufzuwachen und allein ein langsames Frühstück zu genießen. Weiter reichte meine Kraft zu wünschen nicht mehr. Als du mich anriefst mit der Nachricht, mein erster Roman sei erschienen, war ich auf dem tiefsten Punkt meines Lebens angekommen, zu tief, um starker Gefühle fähig zu sein, so tief, dass die Verzweiflung stumpfer Hoffnungslosigkeit gewichen war, an dem Punkt, wo man allen Mut, alle Energiereserven erschöpft hat und nur mehr vegetiert. Wenn irgendjemand ausersehen war, mich vor dem seelischen Tod zu retten, dann warst du es.

Bei der Fahrt nach Zürich im Mai 1985 durch Tirol und die Alpen, schaute ich auf die Landschaft draußen, zum ersten Mal seit sieben Jahren eine österreichische Landschaft, mit dem unwirklichen Gefühl, mir das Leben einer anderen angemaßt zu haben. Ich misstraute dem Glück, es war zu unerwartet gekommen, es war mir fremd geworden. Konnte es mir gelten, dass du am Bahnsteig standst, so herzlich, mir angeboten hast, dich zu duzen, mich annahmst, ohne mich vorher zu prüfen? Das große Haus auf dem Berg, der gedeckte Tisch, von allen Seiten Respekt und Herzlichkeit, dies alles passte nicht in meine Wirklichkeit, ich war überzeugt, es würde mir bei dem geringsten Fehltritt entzogen werden. Ich war überzeugt, es war alles ein Irrtum. Das helle, saubere Zimmer, das frisch bezogene weiße Bett und am Morgen das lange Frühstück in der Küche, die Gespräche mit den beiden Agentinnen, den Angestellten, niemand zeigte Ungeduld, alle kamen mit Interesse und Wohlwollen auf mich zu. Ich war bereit zu grenzenloser Dankbarkeit, ich war bereit, dich bedingungslos zu lieben. Du hattest mir den größten Traum meines Lebens erfüllt, den ich seit meinem achten Lebensjahr träumte.

In meinem magischen Denken, das ich für mich behielt, hatte ich für dieses Glück einen Preis bezahlt, der zu hoch war und den ich rückgängig gemacht hätte, wäre es in meiner Macht gestanden. Denn so stellte sich mir die Koinzidenz der Diagnose meines Kindes und des unerwarteten Erfolgs damals dar: wie die Geschichte von Jephtas Tochter in der Bibel. Wie die irische Feengeschichte, in der man für alles, was man bekommt, etwas anderes hergeben muss, und man weiß beim Wünschen noch nicht, was einem als Preis für die Wunscherfüllung genommen wird. Auch für dieses Glück fühlte ich mich schuldig. Aber das alles konntest du nicht wissen, auch nicht, dass ich in diesem Gästezimmer mit dem weiten Blick über den Zürichsee lebte, als sei ich nach einem schweren Leben direkt ins Paradies gelangt. Ich kam noch einige Male in dieser ersten triumphalen Zeit zu euch auf den Berg, und jedesmal war wie ein Fest. Ich war nicht nur willkommen, ich war ein Shooting Star, eine junge Autorin, die zu großen Hoffnungen Anlass gab. Du holtest mich jedesmal vom Flughafen ab. Und immer wartete ein weiß bezogenes Bett und ein gedeckter Tisch auf meine Ankunft. Ich liebte alles an diesem Haus, die knarrende Wendeltreppe, das Bad mit den Tannen vor dem Fenster, die weiß gekachelte Küche mit dem kleinen Balkon auf den Garten, in der ich bis spät mit dir sitzen und erzählen durfte. Plötzlich war ich eine wichtige Autorin und alles, was ich zu sagen hatte, war interessant.

Du warst großzügig und nahmst dir immer Zeit für mich, viel Zeit. Ich saß in der Agentur in dem breiten, schwarzen Lederstuhl dem Sofa gegenüber, deinem Arbeitsplatz, es war ein solches Glück, dir gegenüberzusitzen. Ich gewöhnte mich in deiner Gegenwart vorsichtig an dieses Glück. Du zeigtest mir die Gräber von James Joyce und anderer berühmter Toter, wir saßen am See im Kaffeehaus, gingen in Buchhandlungen, du machtest mich mit wichtigen Leuten aus der Buchbranche bekannt, kauftest mir bei Bally neue Schuhe und nahmst mich zur Schneiderin mit. Ich schaute dir beim Anprobieren deines blauen Seidenkleids zu, das du dann zur

Buchmesse trugst, siebenundsiebzig und vor dem Spiegel der Schneiderin so glücklich über ein neues Kleid wie ein junges Mädchen. Deine Fähigkeit, zu staunen und die im Nachkriegswohlstand zur Selbstverständlichkeit gewordenen Kleinigkeiten zu genießen, alles in Glück zu verwandeln, deine Genügsamkeit, nur ein Zimmer mit Bad zu besitzen, waren Ausdruck unbeirrbarer Treue zu den Idealen deiner Jugend.

Von Anfang an stand fest, dass du mich entdeckt hattest und ich dir zu Dank verpflichtet war. Man hatte dir das Manuskript einer unbekannten Österreicherin, die in den USA lebte, geschickt und du hast es gelesen und warst begeistert. Ich weiß nicht, an wie viele Agenturen das Manuskript vorher bereits geschickt worden war, und gewiss war es für mich wie ein Wunder. Aber hätte nicht jede Agentin in ein Manuskript hineingelesen und weitergelesen, wenn es sie gepackt hätte? Mein New Yorker Freund schärfte mir absolute Loyalität und blindes Vertrauen meiner Agentin gegenüber ein. Den Verlag kannst du wechseln, sagte er, die Agentin nie. Sie ist auf deiner Seite. Wenn du verdienst, verdient sie auch. Du hast das Manuskript meinem späteren Lektor zu lesen gegeben und er wollte es haben, was sich als Glück erwies, weil ich dadurch einen Freund gewann, der mir treu blieb, als alles andere sich auflöste. Doch damals war ich enttäuscht. Warum nur Claassen, warum nicht Suhrkamp, Rowohlt, Fischer? Unsere Beziehung stand von Anfang an unter dem Zeichen der Dankbarkeit einer Geretteten, denn wie sehr ich vor dem Abgrund gestanden war, konntest du nicht ermessen. Du hättest meine Dankbarkeit nicht einklagen müssen, sie war dir gewiss. Aber später, als du mich bei jedem vorsichtigen Einwand zur Dankbarkeit ermahntest, begann ich aufzubegehren.

Vielleicht war mein Kind der Auslöser unserer Entfremdung, noch vor meinem dritten Roman. Du drängtest mich, ihn in ein Heim zu geben. Nach jedem Zusammenstoß mit Menschen, die sein Anderssein nicht ertrugen und mir ihren Hass auf jede Abweichung vor Augen führten, rief ich dich fassungslos, oft weinend an, und jedesmal pochtest du darauf, dass er in einem Heim besser aufgehoben wäre. Vielleicht war er dir ein wenig unheimlich, auch du glaubtest ja an eine seelische Störung. Wenn ich mich über seine Schule beklagte, entgegnetest du in einem Tonfall, der mich befremdete, wie viel wichtiger es sei, die Hochbegabten, wie Elias Canettis Tochter, zu fördern. Du merktest es nicht, wenn du Schmerz zufügtest. Unten, in eurem Garten gab es eine Mauer, auf der mein fünfjähriger Sohn gern balancierte. Er wog keine zehn Kilogramm. Die Mauer steht bis heute, aber sein obsessiver Wiederholungszwang irritierte dich. Du bestimmtest, er müsse sofort von der Mauer herunter, er beschädige sie. Er schrie und ließ sich nicht mehr beruhigen, er hatte einen seiner Anfälle, nach denen die meisten Menschen vor uns Reißaus nahmen. Nein, vernünftiges Verhalten konnte man von ihm nicht erwarten und gutes

Zureden half ebenso wenig, wie deinen Rat zu befolgen und Deckel von Kochtöpfen neben seinem Ohr aufeinanderzuschlagen. Später wiederholtest du, er müsse so schnell wie möglich in ein Heim. Du hättest doch gesehen, dass ich ganz weiß im Gesicht geworden sei, als er sich gegen die Mauer warf.

Mein zweites Buch wolltest du nicht, es sei schwer verkäuflich. Man solle warten, bis ein besseres Manuskript käme, eines im Ton der *Züchtigung*. Natürlich hattest du recht, doch der Lektor meinte, man müsse eine Autorin aufbauen und auch Bücher veröffentlichen, die keine literarische Sensation zu werden versprachen. Deine Ablehnung der *Ausgrenzung* traf mich unvorbereitet. So ginge es nicht, sagtest du, als du mich auf dem Bahnsteig empfingst. Es war ein kalter Wintertag. Du hattest das Manuskript voll Unmut gelesen. Ich müsse doch einsehen, dass nicht die anderen an der Behinderung meines Kindes schuld seien, sagtest du. Ich müsse mich doch endlich mit dem Gedanken anfreunden, dass andere besser für ihn sorgen könnten, weil sie weniger ratlos seien als ich. Bei jener Fahrt auf den Zürichberg zur Agentur sagtest du alles, was später in den gnadenlosesten Verrissen stand. Ich setzte das Buch durch, du opponiertest bis zum Schluss. Vielleicht war es ein Zufall, dass eine Journalistin, der du mich bei deiner Geburtstagsfeier vorstelltest, das Buch in einem Live-Interview im WDR öffentlich vernichtete. Das Erscheinen der *Ausgrenzung* fiel mit deinem achtzigsten Geburtstag zusammen. Ich war zur Feier eingeladen. Eine großzügige Geste angesichts deiner Verstimmung. In einem freien Augenblick, als die Tischgesellschaft sich aufzulösen begann, erzähltest du mir, der Sohn deiner Freundin, ein Psychoanalytiker, teile deine Meinung, wie genial Bruno Bettelheim doch gewesen sei, wie sehr mein Fall seine Theorie bestätige: die gezüchtigte Tochter, die nicht anders kann als ihr Kind zu zerstören, ein klassischer Fall eines Autisten, einer *leeren Festung*. Und warum ich nicht endlich Vernunft annähme und das Kind weggäbe, wo ich ihm doch nur schaden könne. Konntest du nicht ermessen, wie tief du mich mit dieser Verurteilung trafst, dass es nichts gab, das mich mehr hätte vernichten können? Ausgerechnet du, gegen die ich keine Abwehrkräfte besaß. Würdest du jetzt, nachdem die Irrlehre der vierziger Jahre revidiert und Bettelheim als Scharlatan entlarvt ist, noch immer auf deinem Urteil beharren?

Danach kühlte die frühere Zuneigung zwischen uns wie auf Verabredung ab, ohne Streit, ohne Auseinandersetzung. Noch immer rief ich dich an, wenn meinem Kind Unrecht geschah, in der Erwartung, du würdest mich wieder aufrichten, aber du wolltest meine Sorgen nicht mehr hören. Hattest du mir nicht schon unzählige Male gesagt, was zu tun sei? Ich hatte deine Geduld zu sehr strapaziert, ich hatte mich dir als Tochter aufgedrängt und du musstest mich in die Schranken weisen und unsere ursprüngliche Arbeitsbeziehung wiederherstellen: Du warst weder meine Mutter noch meine Großmutter. Du warst meine

Agentin, und ich war eine Autorin mit einem einzigen Roman, der dich bewogen hatte, mich unter Vertrag zu nehmen. Alle anderen Manuskripte hatten deine Erwartungen nicht erfüllt und ich war obendrein noch uneinsichtig. Mich aber trafen die subtilen Zurückweisungen in den letzten beiden Jahren, in denen du noch gesund warst, wie eine unverdiente Strafe, gegen die ich mich nicht zu wehren wusste. Vielleicht waren sie nicht beabsichtigt, nur das Alltagsgeschäft in einer großen Agentur, in der man es nicht jeder empfindlichen Autorin immer recht machen kann. Aber sie trafen mich wie die Ungerechtigkeit einer geliebten Lehrerin. Ich hatte dich in ein Idol verwandelt, dem man blind vertraut, dem man dankbar ergeben ist, ohne sich aufzulehnen. Auf einmal war ich nicht mehr das dankbare, gezüchtigte Mädchen vom Land. Ich hatte ein uneinsichtiges, zorniges Buch geschrieben und mich nicht belehren lassen, dass es ganz anders war, als ich es sah.

Wir sind beide an den Grenzen der anderen gescheitert, und dass ich eine unbedeutende Autorin bin und du eine der bedeutenden Frauen in der Geschichte des zwanzigsten Jahrhunderts bleiben wirst, ändert nichts daran. Du konntest dir mein Leben nicht vorstellen. Deine Zuneigung hatte der Autorin der *Züchtigung* gegolten, nicht dieser zornigen, unversöhnlichen jungen Frau, die in deinen Augen an ihrem Unglück selber schuld war und es nicht einsehen wollte. Aber warum hatte ich erwartet, dass du alles verstehen und dich in alles einfühlen würdest? Ich wagte es lange nicht, deine Vollkommenheit auch nur in Gedanken anzuzweifeln. Steht eine Frau, die so viel Schreckliches erlebt und so viel Gutes getan hat, eine Heldin mit der Kraft und Zähigkeit, die wir Nachgeborenen uns nicht einmal vorstellen können, für alle Zeiten außerhalb jeder Kritik? Aber du warst keine aufopfernde Heilige, du warst eine tatkräftige, dem Leben zugewandte Frau. Du hattest eine Vorstellung von Gesellschaft und Zusammenleben, die in deine Jugend zurückreichte, auch du warst ein Kind deiner Zeit. Ich erinnere mich, wie zornig du warst, als deine Haushälterin dich verließ, weil sie anderswo besser bezahlt wurde und ein eigenes Bad zur Verfügung hatte. Das konntest du nicht verstehen, dass jemand dich nach so vielen gemeinsamen Jahren verlassen konnte, um seine Situation zu verbessern. Aber gleichzeitig war da deine Großzügigkeit, deine Lebensfreude, die Wärme und Gastlichkeit, das Zusammensitzen nach dem Essen. Du warst Herz und Zentrum der Agentur.

Liebste Ruth, ich war dir zu unglücklich, zu beladen, ich hatte Probleme, die du nicht verstehen konntest. Du warst ein Kind der Sonne. Trotz deiner Jahre auf der Flucht vor den Nazis und im Untergrund war deine spätere Welt eine sorgenfreie, erfüllt von der Liebe unter freien hochherzigen Menschen. Mein Unglück ist, dass diese Welt mir fremd ist, ich habe sie nie gekannt. Du dagegen warst eine Bewohnerin jener utopischen Provinz, in der es nur Wohlbefinden und Gleichheit geben darf, das messianische Zeitalter eines kapitalistisch gewandelten Kommunismus, in dem Glück eben kein Zufall ist, sondern ein Verdienst.

Diva

~

Vor acht Jahren bei einem Konzert sah ich dich aus den Augenwinkeln auf dem Gang im Gespräch. Du hattest dich nicht verändert, klein, zierlich, ganz in Schwarz, die langen offenen, noch immer schwarzen Haare streng aus der Stirn gestrafft. Zehn Jahre lang hatte ich dich nicht gesehen, was erstaunlich ist in einer Kleinstadt, wo du vermutlich noch immer um die Ecke zum großen Wochenmarkt wohnst. In der Pause blieb ich im fast leeren Saal sitzen und plötzlich legtest du mir aus der Reihe hinter mir den Arm um die Schulter, zärtlich und leicht. Reden wir wieder, fragtest du unvermittelt, und ich drehte mich erfreut zu dir um, schon in diesem Augenblick bereit, alles zu verzeihen und zu vergessen, und sagte, ich war es nicht, die aufgehört hat. Ja, ja, beschwichtigtest du, wir haben beide gleichzeitig aufgehört. Um nicht nachtragend oder rechthaberisch zu erscheinen, schwieg ich. Du erzähltest von einem Rückschlag in deiner Arbeit, du hättest jahrelang recherchiert und jemand sei dir zuvorgekommen. Dann läutete die Pausenglocke, und am Ende des Konzerts konnte ich dich in der Menge nicht mehr finden.

Es hätte ein Neuanfang sein können, ein solches Glücks-

gefühl hatte mich bei deiner sanften Umarmung durch-
strömt, deine warme Stimme dicht an meinem Ohr. Danach kamen zwei Postkarten ohne Absenderadresse, in
denen du mich vertröstetest, du seist noch mit einer un-
angenehmen Sache beschäftigt, sobald das alles vorbei
sei, würdest du dich jedoch melden. Acht Jahre sind vergangen. Du wirst dich nicht melden. Es war deine luf-
tige und zugleich innige Umarmung, die mich damals im
Konzert verzauberte, als hätte ich sie nicht gekannt, deine
Bühnenpräsenz, halb empfunden und halb gespielt, selbst
die kleinste Geste noch vollendete schauspielerische Leistung. Und wie es gutem Theater eben stets gelingt, rief
deine Umarmung ein starkes, echtes Gefühl der Freude
und unreflektierter Zuneigung hervor. Du bist eine Meisterin der liebevollen kleinen Gesten ohne Pathos, die du
beiläufig wie Gunstbeweise verteilst. Jedesmal, wenn ich
von einer Reise zurückkam, übernächtigt, in das kalte
Haus, das sich abweisend gegen meine Inbesitznahme
sträubte, wartete ein Gruß von dir auf meinem Küchentisch, eine Rose in der Vase, eine kleine Schachtel Nougat,
eine Karte mit einem Satz, der mich willkommen hieß.
Du warst großzügig mit den kleinen und auch mit den
großen Gesten, mit einfühlsam auf den Empfänger abge-
stimmten Geschenken, mit Einladungen in teure Lokale,
um den Erlös einer schlecht besuchten Theateraufführung
mit mir zu teilen. Ich versuchte, es dir gleichzutun, und
entkam doch nie deinem Urteil, dass ich knausrig sei und
lieber spare als zu genießen.

Neunzehn Jahre sind vergangen, doch an langen Sommerabenden sehne ich mich noch immer danach, mit dir bis in die Nacht auf der Terrasse zu sitzen, zuzusehen, wie die tiefstehende Sonne ins Weinlaub greift und das letzte Rot des Sonnenuntergangs die Stämme der Birken färbt, zu schweigen, wenn die Vögel in der einbrechenden Dunkelheit verstummen, und im gemeinsamen Schweigen eine solche Nähe zu spüren, dass man glaubt, die Seele der anderen zu berühren und sie zu verstehen. Oft saßen wir draußen bis spät, ohne Licht zu machen, beobachteten die Bahnen der Glühwürmchen und redeten, redeten schon seit den frühen Nachmittagsstunden, und es erschien mir, als ginge es stets um lebenswichtige Dinge, um das, was im Leben zählte, und um das Dunkel, das uns umgibt, und vor dessen Schrecken unsere Nähe und unsere Gespräche uns beschützten.

Damals dachte ich, dass nichts zwischen uns kommen könne und dass wir über alles würden reden, jedes Missverständnis würden klären können, dass wir immer füreinander erreichbar sein würden und Verstehen nicht erst eingefordert werden musste. Ich bewunderte deine geradlinige, fast asketische Verweigerung jeden Zwangs, deinen Mut zu unabhängigem Handeln, der keine Rücksicht kennt und keine Richtlinien braucht, weder Religion noch Ideologie. Du nahmst dir diese Freiheit mit der gleichen Leichtigkeit, mit der du Menschen an dich ziehen konntest, großzügig, ohne mehr in Aussicht zu stellen als deine Zuneigung. Wie herzlich du dich einem Gegenüber zuwenden konntest, als würdest du ihn mit deiner Aufmerksamkeit auszeichnen.

Vier Jahre lang pflegtest du deine kranke Mutter bis zu ihrem Tod, Tag und Nacht, ohne einen einzigen freien Tag, ohne je zu überlegen, welchen Preis du dafür bezahlen musstest, ohne Klagen und ohne je eine andere Möglichkeit zu erwägen. Es war nicht die heroisch ertragene Pflichterfüllung einer Tochter, es war genau das, was du ohne Zwang gewählt hattest. Du trafst deine Entscheidungen ohne Rücksicht auf Verluste, und wenn es genug war, zogst du weiter. Und so hast du am Ende auch mich fallenlassen, mit einer Handvoll Sätze, schneidend wie Peitschenhiebe, und einem verächtlichen Lachen.

Wie du mit mir abgerechnet hast, mit falschen Prämissen, aus denen du falsche Schlüsse zogst, blieb kein Platz für eine Rechtfertigung. Ich hörte zu mit dem sinkenden Gefühl, das mich jedesmal lähmt, wenn etwas zu Ende geht, eine Freundschaft, eine Liebe, ein Leben. Ich spürte dieses Sinken so überwältigend, als fiele mein Kopf, der ganze Inhalt meines Körpers, an mir vorbei in einen Abgrund. Da war nichts mehr zu retten, es ging nicht mehr um Missverständnisse, Erklärungen waren sinnlos, in deiner ruhigen, kühlen Stimme war nur mehr Verachtung. Dein harter Ton, der sich anmaßte, endlich die ganze Wahrheit über mich auszusprechen, ließ keinen Einspruch zu und verbat sich jedes Einlenken. Wie lange hatte sich, ohne dass ich es bemerkte, dieser Widerwille angesammelt und sich zu einem Gift destilliert, das du mir jetzt am Telefon so formvollendet präsentiertest? Und weil du in jeder deiner Rollen dein Publikum überzeugen konntest, sah ich mich plötzlich mit deinen Augen und verabscheute mich, ich verstand, dass du mich aus deinem Leben entfernen musstest, mit meinen haltlosen Klagen über berufliche Geringschätzung, die angesichts meiner unbedeutenden Leistungen mehr als angemessen sei, meinem Selbstmitleid, meiner kleinbürgerlichen Sparsamkeit, meiner Selbstbezogenheit. So, nun war die Wahrheit endlich ausgesprochen.

Ich wünschte dir noch einen schönen Tag und ein gutes Leben, weil mir sonst nichts einfiel. Es war ein wolkenloser, kalter Morgen Anfang Januar. In der Nacht hatte es geschneit und der unberührte Schnee glitzerte auf den Wiesen. Ich hatte dich angerufen, weil ich dachte, es wäre ein guter Tag für eine Wanderung auf dem Land. Stattdessen beendete er unsere Freundschaft.

Doch wie hat sie begonnen? Und wann? Wir kannten uns fast so lange wie Menschen, die nicht miteinander verwandt sind, einander kennen können, und doch wussten wir wenig voneinander. Acht Jahre lang gingen wir in dieselbe Klasse. Ich weiß noch, wo du gesessen bist. Du warst eine grazile Schönheit, du gehörtest zur Clique der höheren Töchter, ich zählte für euch nicht, außer als Streberin, wenn ihr vor acht Uhr morgens die Hausaufgaben von mir abschreiben wolltet. Ich erinnere mich nicht, dass du jemals von mir abgeschrieben hast, solche Schwindeleien waren unter deiner Würde. Jede hatte ihre Rolle und du warst die Diva. Vielleicht ist es dir nie wirklich aufgefallen, dass es mich gab, sicherlich nahm ich dich bewusster wahr, aber ich weiß nicht mehr, ob ich dich mochte. Du warst der Liebling der Lehrerin, die mich ihre Abneigung spüren ließ, wann immer sich die Gelegenheit bot. Sie hatte die Aristokratin in dir erkannt, die Herkunft, auf die sie stolz war, auch als Klosterschwester. Die Feinstofflichkeit einer seit Generationen gepflegten gesellschaftlichen Gewandtheit zeigte sich in eurer heiteren, leicht überheblichen Selbstgewissheit, einer Furchtlosigkeit, die sich den Überlebenskampf und die Abhängigkeit der Armut nicht vorstellen kann. Deshalb konntest du auch ganze Wochen fehlen und im Winter auf Schiurlaub fahren, und niemand stieß sich daran. Du warst anders, attraktiver, reifer, gewandter, du warst die Einzige, die sich schminkte, eine junge Erwachsene unter provinziellen Teenagern. Ich erinnere mich nicht, ob du dich in der Schule hervorgetan hast, an schulischen Leistungen lag dir nicht viel. Wenn es die Renaissancetugend der Sprezzatura als Unterrichtsfach gegeben hätte, dann hättest du uns alle überflügelt.

Selbst für uns Schülerinnen war von Anfang an deine schauspielerische Begabung offensichtlich. Ich erinnere mich an deine Pantomimen beim Schikurs. Ganz ohne Requisiten, ruhig, mit sparsamen Gesten warst du die Näherin, die mit ganzer Aufmerksamkeit die Nadel einfädelt und sorgfältig Stich für Stich das unsichtbare Tuch säumt. Du warst der Pierrot, der etwas Immaterielles sucht, es findet, in die Luft wirft und auffängt, sich auf Zehenspitzen um die eigene Achse dreht, mit einem Luftsprung landet, verdutzt um sich blickt und nicht mehr weiß, wo er sich befindet. Deine Grazie verließ dich selbst dann nicht, wenn du vor der Tafel standst und keine Ahnung hattest, wie die Aufgabe zu lösen war. Du warst nie aus der Fassung zu bringen, als sei das ganze Leben eine Komödie, im schlimmsten Fall eine Farce. Schon früh hattest du eine genaue Vorstellung von deiner Zukunft und setztest ehrgeizig und eigenwillig deine Pläne durch, alles andere hast du mit ironischem Gleichmut an dir vorüberziehen lassen. Mit sechzehn fuhrst du nach Paris, allein, und verbrachtest dort deine Ferien. Mit achtzehn machtest du den Führerschein. Damals lebtest du in einer mir fremden Welt, zu glamourös, um von ihr zu träumen. Ich glaube nicht, dass wir in diesen Jahren auch nur ein einziges Mal miteinander geredet haben.

Und ausgerechnet du bist fünfundzwanzig Jahre später völlig unerwartet in mein Leben zurückgekehrt und bist geblieben, bis dein abruptes Weggehen eine Lücke riss, die sich nicht mehr schließt. Du hattest all die Jahre meine Bücher gelesen und auf den Roman gewartet, den du dir anverwandeln konntest. So begann unsere Freundschaft, mit unserer Leidenschaft für Sprache, für Literatur, für Menschen, die am Leben leiden und an ihm scheitern. Wir waren beide freischaffend, einzig von unseren Ideen angetrieben und unabhängig. Du hattest dir mit deinen One-Woman-Performances einen Namen gemacht. Hie und da las ich hymnische Besprechungen in den Zeitungen, und du hattest kühne Visionen. Ein Gesamtkunstwerk wolltest du schaffen, das Literatur, Theater, bildende Kunst und Musik zu einem einzigartigen Werk verbinden sollte. Noch gelang es dir, deine Ideen auf die Bühne zu bringen, Komponisten, Musiker von Rang zu engagieren, und dabei gut zu verdienen. Bedeutende Frauen und ihre Schicksale faszinierten dich, Lebensentwürfe, zu groß, zu neu, um zu siegen, Frauen, die ihrer Berufung folgten, Erfolge feierten und an privaten Niederlagen zerbrachen, Größe, die mit einem Fanal zugrunde geht. Wir hielten beide nicht viel vom Typ der starken Frauen, wie sie der Feminismus forderte. Doch mehr noch liebten wir die Sprache, ihre Musik und ihre Schönheit, die das Scheitern zur Apotheose werden lässt. Das war der Kitt unserer Freundschaft, das Kunstwerk, das jede von uns im Sinn hatte, und das wir zusammenführten durch mein Schreiben, durch deine dramaturgische und schauspielerische Umsetzung, leuchtende Bilder, in denen Musik, Kunst und Sprache sich vereinten. Und immer warst du allein auf der Bühne, schmal, mit zurückgekämmtem, langem schwarzem Haar, schwarz gekleidet, mit fast bewegungsloser Miene, lakonisch, unterkühlt, ohne große Gestik, ohne Emphase, jedoch mit einer Suggestivkraft, der sich niemand entziehen konnte. Während du vortrugst, eine Stunde, zwei Stunden, in äußerster Reduktion der Mittel, verharrte das Publikum in gebannter Stille.

Diese zehn Jahre waren die besten unserer Freundschaft, diese unbeschränkte Zeit der Kreativität und der berechtigten Erwartung, dass wir noch fest an die Früchte unserer Unternehmungen glauben durften. Noch bekamen wir Anerkennung. Deshalb konnten wir sie großzügig mit der anderen teilen, keine kam zu kurz. In der Öffentlichkeit waren wir ein Team, wir ergänzten einander. Wir begleiteten einander zu unseren Auftritten, ich war deine Autorin, du warst meine Dramaturgin, wir waren unzertrennliche Freundinnen.

Im Sommer ludst du mich oft ein in die Villa in den Bergen mit den hundertjährigen Eichen am Tor und dem Blick über das Tal, den Gebirgszug vor uns, wenn wir auf der Terrasse unsere Mahlzeiten einnahmen. Das Haus deiner Großmutter, eine Sommerresidenz, die dein rechtmäßiges Erbe hätte sein sollen. Aber du warst nur Gast zu den Zeiten, wenn es still war im Tal, außerhalb der Festspielsaison, dann lebtest du dort in der Erinnerung glücklicher, vergangener Tage. Alles war so sehr Teil von dir, die vertrauten Gegenstände, die geschnitzten alten Barocksessel, die eleganten schwarzen Figurinen aus Onyx, die du schon als Kind geliebt hattest. Aber sie waren nicht dein Besitz und es passte zu dem Bild, das du von dir geschaffen hattest, zur Strenge deiner Beherrschtheit und deinen vollendeten Manieren, dich nicht zu beklagen, die Dinge anzunehmen, wie sie eben waren, oder sie wortlos hinter dir zu lassen.

An diesen ruhigen Sommertagen, an denen nur wir

beide in der Villa mit dem weitläufigen Garten wohnten, erzähltest du öfter von deiner Kindheit, von einer frühen Spielgefährtin, von der Fürsorge deiner Großmutter. Wir wanderten durch die Schluchten der Berghänge, aßen in Almwirtschaften, und aus den Fragmenten deiner Erzählungen unterwegs setzte sich das Bild zusammen, das du von dir vermitteln wolltest, ob es nun stimmte oder nicht, danach habe ich nie gefragt. Es klang wie das Leben einer verwunschenen Prinzessin, ein Leben, das von der Vergangenheit verzaubert wird, von einem Erbe, das von Triest bis nach Böhmen reichte, K.-u.-k.-Beamte, Reeder und Baronessen, Besitz, der durch Kriege und Grenzverschiebungen verlorengegangen war. Was blieb, war der Adel, der dazu verpflichtete, Contenance zu wahren, die Schönheit der Dinge zu erkennen und zu bewahren, die anerzogene Leichtigkeit und Würde, mit der das Leben ertragen werden musste. Immer schon hatte dich eine warme Melancholie umgeben, die sich über die Jahre verdichtete.

Du liebtest die Vergangenheit und ihre Mythen. Wenn wir an den Rändern der Ortschaft spazieren gingen, erzähltest du mir die Geschichte der alten Villen, die Tragödien und Lebensläufe ihrer ehemaligen Besitzer, Schauspieler, Künstler, jüdische Industrielle, deren letzte Spuren diese Häuser waren. Auch das war deine Stärke, die Begeisterung für alles Erlesene, Außergewöhnliche, sei es in der Kunst, in der Musik, seien es Menschen und ihre Biographien, die du bewundertest. Wenn wir zusammen Ausstellungen besuchten, sprachen die Bilder schneller und stärker zu dir, sie erzählten dir Geschichten über die Verfasstheit des Künstlers, die du mir weitererzähltest. Du hast dich auf sie eingelassen, dich berühren lassen, und konntest deine Eindrücke auf eine Weise mitteilen, dass sie durch deine Worte lebendig wurden. Aber du bliebst nicht bloß der Vergangenheit verhaftet. Es erstaunte mich immer wieder, wie du die Avantgarde, neue Musik, abstrakte Kunst mit klassischer Literatur versöhnen konntest, wenn du Stifter mit Klangexperimenten, Alfred Kubin mit Lichtinstallationen auf die Bühne brachtest. An deiner Begeisterung für Schönheit war nichts Verstaubtes, sie umfasste die kühnste Modernität. Jedoch bei aller Offenheit für neue Strömungen und Experimente in der Kunst, Klangfiguren und Lichtinstallationen, Dramatisierungen von Lyrikerinnen wie Christine Lavant und Ingeborg Bachmann, hast du dich der Digitalisierung verweigert. Der Computer, den du erwarbst, als längst niemand mehr eine Schreibmaschine benützte, stand in seine Teile zerlegt in deiner Wohnung, während du weiter auf der elektrischen Schreibmaschine deine Texte tipptest.

Bei aller Liebe zur Avantgarde war und blieb deine Epoche der Jugendstil, diese letzte goldene Zeit gleichermaßen emanzipierter wie traditionsbewusster Frauen, als deren Erbin du dich sahst. Du hattest seltsame Freundinnen, großbürgerliche Damen, die sich zum Jour fixe im Kaffeehaus trafen, selbsternannte Künstlerinnen, die sich von Flohsamen ernährten und bedeutungsschwere Kunstwerke aus Industrieabfall herstellten, Künstlergattinnen und Witwen, die den Ruf ihrer berühmten, verstorbenen Männer vor dem Verblassen zu bewahren suchten.

Nach dem Tod deiner Mutter hast du zwei Jahre für die Renovierung der Wohnung verwendet, in der du aufgewachsen bist. Nichts war zu teuer und nichts zu schwierig zu beschaffen. Ich weiß nicht, wie die Wohnung früher ausgesehen hatte, du hast mich erst eingeladen, als sie fertig war, ein echtes Jugendstiljuwel. Die Renovierung der Wohnung war deine Trauerarbeit, eine Hommage, wie du es nanntest, ein Gesamtkunstwerk, in dem jeder Türknauf, jedes Möbelstück, jedes kleinste Detail auf das Gesamtkonzept abgestimmt war. Unentwegt warst du auf der Jagd nach dem Erlesensten, gabst schöne Dinge weg, um noch wertvollere zu erwerben, den ovalen, intarsierten Esstisch an der Wand unter einem großen Spiegel, veredelt durch ein Arrangement von Schalen und Vasen, zwei Lederfauteuils, ein passendes cognacfarbenes Ledersofa. In der Zeit, in der ich dich oft besuchte, gelang es dir nicht, die Bücherwand, das einzige neutrale Möbelstück einzuräumen. Eine einzige Wand für ein ganzes mit Denken, Kreativität und intellektueller Arbeit verbrachtes Leben, und du hast es nicht geschafft, die Manuskripte und Bücher zu ordnen und einzustellen, es schien, als seist du an einem Punkt, an dem das Leben in unbrauchbare Stücke zerfällt, du warst ständig auf der Flucht, in der Villa in den Bergen, bei Freunden, in Italien, in deiner Wohnung in Wien. Als gebe es keinen Platz zum Bleiben mehr für dich, reistest du an Orte, an denen du mit deiner Mutter glücklich gewesen warst. Du wurdest zu einer jener Frauengestalten, die dich faszinierten: sehnsüchtig, rastlos, modern und mutig in der Ablehnung aller Konventionen, einzelgängerisch und melancholisch.

Ich brauchte lange, um meine plötzliche, grundlose Verstimmung zu verstehen, wenn ich dich besuchte. Eben noch war ich in freudiger Erwartung die Treppen zu deiner Dachwohnung hinaufgestiegen, ein kleines Gastgeschenk in der Tasche, etwas, das erlesen genug war, um vor dir zu bestehen. Ich kostete noch kurz das stolze Glück aus, wenn es dir gefiel, und dann, während ich in der Tür zur Küche stand und dir zusah, wie du das Essen zubereitetest, während ich mich nach deinen Neuerwerbungen umsah, senkte sich eine Verdüsterung, eine Art bleierner Unlust vermischt mit leichtem Verdruss über mich, die mir jeden Versuch eines sorglos leichten Gesprächstons unmöglich machten. Ich wunderte mich jedesmal, woher so unvermittelt diese tiefe Verstimmung kam und mich mit einer solchen Vergeblichkeit erfüllte, dass mir kein brauchbarer Satz mehr einfiel, und um mein Schweigen zu erklären, sagte ich etwas wie: Mir geht es heute nicht so gut. Gegen meine Absicht, fast gegen meinen Willen begann ich dann, mich über kleine berufliche Demütigungen zu beklagen, darüber, wieder einmal irgendwo übergangen worden zu sein. Später, nach dem Essen, redetest du belehrend auf mich ein, auf eine Art, die mir das Gefühl vermittelte, unwissend und zu stumpf zu sein, um Anregungen aufzunehmen. Du redetest wie eine, die es auf sich genommen hat, ihr Wissen und ihre Begeisterung für das, was sie gelesen oder im Fernsehen gehört hat, mitzuteilen, damit ich davon profitiere. Du machtest forcierte Konversation, aber es war etwas Beschämendes in deinem Ton. Von Claudio Magris und seiner frühverstorbenen Frau erzähltest du in diesem ungeduldigen Lehrerton, von einem Interview mit Daniel Barenboim, und in allem schwang ein Vorwurf mit, der mir sagte: Nimm dir ein Beispiel, das sind die bedeutenden Menschen unserer Zeit, wer bist du im Vergleich zu ihnen, und du wagst es, dich zu beklagen. Lange nach dem Ende unserer Freundschaft begann ich zu begreifen, dass das dichte Fluidum deiner Trauer deine schöne Jugendstilwohnung so vollständig erfüllte, dass sie mich jedesmal sofort mit unerklärlicher Hoffnungslosigkeit durchtränkte.

Die Irritationen begannen sich zu häufen, anfangs noch unmerklich, doch irgendwann konnte ich es nicht mehr als Laune oder als freundschaftliche Aufrichtigkeit abtun, dass du deiner Ungeduld und deiner Geringschätzung keine Zügel mehr anlegtest, weil du meiner überdrüssig geworden warst. Deine schroffe Kritik duldete keine Entgegnung, aus meinen Manuskripten konntest du nur mehr Unvermögen und Selbstmitleid lesen, und immer öfter warst du unerreichbar. Aber mehr noch als das Gesagte zählt das Schweigen, das sich ausbreitete und allmählich jedes Gespräch unmöglich machte. Ein

Schweigen, das nur mehr das Gerede zulässt, wie geht es dir, danke gut und dir, was machst du gerade, ich lese ein interessantes Buch, das unerträgliche Dies und Das, das Motorengeräusch des Alltags, das jede Verständigung untergräbt, und das Gerede rieselt darüber hinweg wie Rinnsale über eine gepanzerte Oberfläche. Gegen das Verstummen kommen Worte nicht mehr an, und man geht schließlich auseinander, weil Reden und Schweigen austauschbar geworden sind. Hat dieses Schweigen bei unserer gemeinsamen Reise nach Israel begonnen?

Für Israel warst du nicht vorbereitet, das überraschte mich. In Tel Aviv fühltest du dich wohl, das Mittelmeer, das Tempo einer jungen Großstadt, die langen Abende am Strand, an einem Tisch im Manta Rey, die Wanderungen am Meer entlang nach Jaffa, der Hafen und die Gassen der Altstadt, das kleine Geschäft mit jemenitischem Schmuck, das war die zivilisierte Welt deiner Reisen, die du kanntest. Aber Jerusalem war anders, Ostjerusalem, wo man uns untergebracht hatte, die Altstadt, die aufdringlichen Blicke der arabischen Männer, ihre Geringschätzung, ihre dreisten Lügen und Betrügereien, du hattest keine anderen Maßstäbe als deine mitgebrachten und reagiertest mit Empörung. Gleich am Damaskustor hast du dich von den erfundenen Geschichten eines Händlers einspinnen lassen, trankst seinen Kaffee aus einem schmutzigen Glas, warst anfangs bereit, seine Teller und Schalen zu einem Phantasiepreis zu kaufen, wovon ich dich abhalten konnte. Später sahen wir nicht nur, dass du ihm den Tinnef abgekauft hattest, den es im Hotel zu Schleuderpreisen gab, sondern, dass er dir nur die Hälfte des Erstandenen eingepackt hatte. Dem arabischen Taxichauffeur stecktest du das Trinkgeld in die Brusttasche mit der liebenswürdig intimen Geste, die du so meisterhaft beherrscht. Ich stand dabei und sah, dass er die Geste nicht verstand.

In Ostjerusalem gefiel dir das American Colony Hotel, es war Tausendundeine Nacht, der Orient, den du erwartet hattest. Ich wollte dir das Jerusalem zeigen, das ich liebe, aber es gelang mir nicht, deshalb wurde ich kühner, ich wollte mit dir die magische Stunde erleben, wenn die Altstadt mit ihren Türmen und ihren dem Tal zugewandten Steinhäusern taubengrau in der Dämmerung versinkt und die untergehende Sonne ihr gleißendes Leuchten über das weiße Gräberfeld des Ölbergs verströmt. Ich hätte nicht mit dir dorthin gehen dürfen, ich wusste, es war gefährlich, am Abend auf dem verlassenen Friedhof herumzugehen. Es war sehr still in der steinernen Totenstadt, als der junge Araber auftauchte, und du ihm lächelnd die Fingerspitzen zum Handkuss darbotst. Ein Handkuss, wie im Rosenkavalier? In Ostjerusalem, Frau Gräfin? Eine Geste, dort so unbekannt, dass sie nur falsch verstanden werden konnte. Er riss die Hand an sich, ließ sie nicht mehr los und war im nächsten Augenblick dabei, dich mit gurgelnden Kehllauten zu einer Grabkammer in einiger Entfernung zu zerren. Ich habe mit meiner ganzen Kraft versucht, ihn von dir loszureißen, aber gegen seine Körperkraft kam ich nicht an. Es war der junge Tourist mit seiner Kamera, der ihn dazu bewog, von dir abzulassen.

Schweigend gingen wir den Berg hinunter. Ohne ein Wort zu wechseln, stiegen wir in ein Taxi, das uns nach Westjerusalem brachte. Es war Erev Schabbat, ich wusste, dass alle Restaurants schließen würden, sobald die Sirenen den Schabbat-Eingang verkündeten. Ich spürte, dass du mir die Schuld gabst, und ich spürte deine fassungslose Wut, deinen Ekel. Ich hatte dich in diese Situation gebracht mit meinem Eifer, meiner Liebe zu dieser Stadt, die du nicht teilen und nicht verstehen konntest. Auf einmal warst du in deinem abweisenden Schweigen nicht mehr erreichbar. Du wichst mir aus, ich konnte dir nicht erklären, warum ich das Taxi im Hinnom-Tal angehalten und bezahlt hatte, um dem Verkehrsstau zu entfliehen und auf Abkürzungen zur Fußgängerzone zu gelangen, damit wir rechtzeitig vor Schabbat-Eingang noch etwas zu essen bekämen. Auch das empfandst du als Anschlag auf deine Integrität. Im Hotel erklärtest du mir, du müsstest jetzt allein sein, und batst mich, unser gemeinsames Zimmer zu verlassen. Inzwischen war es Nacht geworden. Ich saß bei einem Glas Wein als einziger, unwillkommener Gast im Innenhof des American Colony Hotels, trank Alkohol und trug ein ärmelloses, dekolletiertes Sommerkleid. Der arabische Kellner betrachtete mich als verkommene, schamlose Europäerin und trug seine Verachtung deutlich zur Schau. Ich hatte keine andere Wahl, als in unser Zimmer zurückzukehren, du sahst mich nicht an und gingst wortlos zu Bett.

Der Haarriss, entlang dessen Bruchlinie unsere Freundschaft entzweigehen würde, war zu einem sichtbaren Spalt geworden, ich spürte, wie du dich von mir entferntest. Danach hattest du keine Geduld mehr mit mir, du wurdest ohne Anlass sarkastisch, manchmal verächtlich, und ich war verunsichert und versuchte, es dir recht zu machen. Ich schämte mich, weil ich dich in diese Lage gebracht hatte, und mehr noch, weil der Angreifer offensichtlich geistig behindert gewesen war, mit seinem unkoordinierten Gang und seinen unartikulierten Lauten. Ich schämte mich und konnte nichts ungeschehen machen, es gab nicht einmal eine Entschuldigung, du hast es nicht zugelassen, dass wir darüber sprachen.

Oder zerbrach unsere Freundschaft an etwas anderem? Du hattest eine Bühnenfassung aus meinen Arbeiten zusammengestellt, über viele Monate akribisch am Text gearbeitet, eine Hommage an unsere Freundschaft sollte es werden, sagtest du, und dann kamen zur Premiere nicht einmal zwei Dutzend Menschen, die Hälfte davon deine Freunde und Verwandten. Es gab keine zweite Vorstellung, und vom Erlös gingen wir essen. Ich fühlte mich schuldig, mein Werk war deiner Hingabe nicht würdig gewesen, und ich hatte nichts, um meine Dankbarkeit zu zeigen.

Jahrelang hatten wir jeden Silvesterabend zusammen verbracht, ich kaufte das Essen, du besorgtest den Champagner. Du würdest gegen sieben Uhr zu mir kommen, so war es ausgemacht. Aber du kamst nicht, nicht um acht und auch später nicht, gingst nicht ans Telefon, weder ans Mobiltelefon noch ans Festnetz. Ich rief deine Bekannten an. Du seist um halb acht weggegangen, um zu mir zu fahren, sagten sie. In meiner Angst um dich rief ich die Notaufnahmen der Spitäler an, danach die Polizei. Dass du auf diese Weise unsere Freundschaft beenden würdest, kam mir nicht in den Sinn.

Ich kenne den Überdruss einer Beziehung, die sich überlebt hat, diesen an Ekel grenzenden Widerwillen, wenn jeder Satz und jede Geste des anderen unseren Widerspruch hervorruft. Wenn das Alleinsein glückliche Befreiung verspricht. So wird es wohl gewesen sein. Bis Mittag warst du erreichbar, aber wie hätte ich wissen sollen, dass ich um dich werben musste. Dann schaltetest du das Mobiltelefon aus und machtest dich auf zu einem Spaziergang entlang der Uferpromenade, bis die Sonne unterging. Für ein paar Stunden besuchtest du alte Freundinnen deiner Mutter, dann gingst du nach Hause. Vielleicht warst du glücklich.

Um Mitternacht läuteten zwei Polizisten an deiner Tür, du seist bei deiner Freundin nicht erschienen, sie mache sich Sorgen, erklärten sie. Wütend riefst du mich an, was mir eingefallen sei? Sie hätten Sturm geläutet und du im Morgenmantel, ahnungslos, mitten in der Nacht mit zwei Polizisten an der Tür.

Ich hab mir Sorgen gemacht, verteidigte ich mich. Es

war doch ausgemacht, dass du um sieben Uhr kommst. Ich wusste nicht, dass ich nochmals hätte anrufen sollen.

Wie auch immer, es sei dann eben zu spät gewesen. Mehr sei dazu nicht zu sagen.

Wenn Freunde fortgehen, abrupt und ohne ausreichende Erklärung, bleibt immer eine Frage offen. Sie bohrt, mitunter obsessiv, im Bewusstsein weiter, wühlt in Erinnerungen, wann das Zerwürfnis angefangen und was die Freunde vertrieben haben könnte, bis sie uns irgendwann gleichgültig werden. Aber selbst dann noch geht für eine Weile der stumme Dialog weiter, sie sind immer da, wenn auch nicht für uns. Das bloße Faktum, dass sie am Leben sind, hält die Erwartung aufrecht, dass sie wiederkommen. Und wenn man sich mit der Endgültigkeit abgefunden hat, ist es ein wenig, als sei ein Stück der eigenen Vergangenheit gestorben. So fällt der Schrecken der Ewigkeit auf jenen Teil des Lebens, der aus so vielen kostbaren Augenblicken bestanden hatte.

Das lautlose Ende einer Freundschaft

Logik war deine Stärke. Du warst ja Philosophin. Und schließlich, als du dich dem Pensionsalter nähertest, verbrachtest du deine Tage über den Schriften Spinozas, um auf logischem Weg deinen Atheismus zu begründen. So war es nur folgerichtig, dass du unsere Freundschaft beendet hast, indem du ihren Anfang annulliertest.

Man glaubt, da ist etwas, sagtest du am Ende an meinem Küchentisch, und man wartet und wartet, aber da ist nichts.

Du sagtest es so beiläufig, dass ich nicht gleich begriff, dass du damit unsere Freundschaft für beendet erklärtest. Weil ich so begriffsstutzig war und nicht losließ, dich weiterhin anrief und mich bei dir einlud, musstest du deutlichere Maßnahmen ergreifen. Aber dieser Satz war der Schlussstrich vor dem endgültigen Ende.

Wenn der logische Schluss, den du zogst, besagte, dass da nichts sei, was es an mir zu ergründen gäbe, dann musste die Prämisse eine andere gewesen sein, die Erwartung, dass ich dir etwas zu sagen, zu geben hätte, dass es etwas zu bergen gab, das der Mühe lohnte. Am Gimpo-Airport trafen sich unsere Blicke über die Schleife des Koffer-Karussells hinweg. Ich sehe dich noch dort stehen und spüre deinen Blick, neugierig, herausfordernd, einladend. Er sagte: Ich habe dich erkannt, ich habe dich erwählt. So warst du. Geheimnisvoll, unnahbar. Du sagtest, du seist Schauspielerin gewesen und man glaubte es zu erkennen an der Art, wie du aus einem blassen, ungeschminkten und durchschnittlichen Gesicht mit deinem verschwiegenen Mona-Lisa-Lächeln eine Frau machen konntest, die man kennenlernen musste, um ihr Rätsel zu lösen und von ihr wohlwollend wahrgenommen zu werden. Auch Männer ließen sich von deinem irisierenden Lockruf faszinieren.

In Seoul verbrachten wir die ganze Zeit zusammen, die uns zwischen deinen Unterrichtsstunden und meinen Pflichten als Tagungsteilnehmerin blieb. Ich kannte ein anderes Seoul, das Seoul der siebziger Jahre, fremdenfeindlich, in sich geschlossen, streng hierarchisch und patriarchalisch. Das Seoul, das du mir zeigtest, war modern, kosmopolitisch, mit Hochhäusern wie in Downtown Houston, mit U-Bahn und Rolltreppen, Supermärkten, in denen man alles kaufen konnte, auch westliche Lebensmittel, mit Frauen, die am Berufsleben teilhatten, wenn auch noch längst nicht gleichberechtigt. Wir wanderten durch Incheon, wo die kleinen chinesischen Spelunken sauberen Häuschen im traditionellen Baustil gewichen waren, wir gingen shoppen im Army District von Yongsan, saßen im Teehaus im Touristenviertel und kauften Pflaumentee im Mega-Markt des Lotte Hotels. Es waren die bekannten Straßen und doch ganz anders, modern, ortlos, und du kanntest dich aus, fühltest dich in diesem verwandelten Seoul zu Hause und warst doch auch fremd mit deinem weißblonden Haar, deiner Körpergröße und deinem skeptischen Blick von außen. Ich fühlte mich glücklich und auserwählt an deiner Seite, du hattest diese Aura eines Solitärs: Seht mich an, ich bin etwas Besonderes. Überall wurdest du mit Respekt behandelt, den eine, die über der Masse steht, für sich beanspruchen darf, und das will etwas heißen in einem Land wie Südkorea. Mir gelang es auch dieses zweite Mal nicht, mir Respekt zu verschaffen. Selbst koreanische Männer achteten dich in deiner Androgynität, die zwischen geheimnisvoller Frau und kühler Intellektueller changierte, die verunsichert, weil sie nie sagt, was sie denkt. Aber dass sie alles durchschaut und viel verschweigt, verrät ihr enigmatisches Lächeln und ihr ironisch wissender Blick.

Das war deine Maske. Die Frau hinter der Sphinx zeigte sich jedoch auch später bei deinen Besuchen, bei unseren Gesprächen, nur für Augenblicke. Das erste Mal kamst du zu den Weihnachtsfeiertagen, es war ein aufregendes Kennenlernen, aber nie erfuhr ich Genaueres über dich. Es war die Rede vom Rundfunk, vielleicht als Sprecherin, deine Freunde kamen aus der Theaterwelt. Wir besuchten einander, blieben stets mehrere Tage und achteten gleichzeitig auf Distanz, siezten uns fast ein Jahr lang, während ich versuchte, dein Bild aus den wenigen Puzzlestücken zusammenzusetzen, die du mir wie nebenbei hinwarfst. Das einzig Verbürgte war dein Doktorat in Philosophie und dass du trotz deines Atheismus offenbar schon lange auf der Suche nach Transzendenz warst, einer Transzendenz, die jeden Glauben überspringen und dich in eine andere, existenziellere Wirklichkeit schleudern sollte. Solipsistisch, egozentrisch wie viele lebenslängliche Singles warst du auf den besonderen Kick aus, der spirituellen Erfahrung einer umwälzenden Ich-Begegnung. Alles Mögliche hattest du auf deinem Trip der Eigentlichkeit schon versucht. Den fundamentalistischen Katholizismus, die Marianische Bewegung mit Rosenkranzbeten und nächtlichen Kerzenprozessionen, Stigmatisierte hattest du aufgesucht, du praktiziertest Yoga und tantrische Mystik. Als ich dich kennenlernte, hast du die *Upanischaden* gelesen und einen indischen Guru verehrt, der dir als der Gipfel der Geistigkeit erschien. Im Lauf unserer Freundschaft begannst du dich in Spinoza zu vertiefen, verbrachtest jeden Tag, Winter und Sommer, über seinen Schriften, schwiegst dich jedoch zu deinen Ergebnissen aus. Deine stereotype Antwort auf meine Fragen war, du seist dabei, noch einige deiner Positionen mit seiner Philosophie abzugleichen. Nach deiner Rückkehr in den Fernen Osten versenktest du dich erneut in den Buddhismus, der dir auch deine Kleidung diktierte. Am Ende kamst du wie ein Bettelmönch daher, mit weiten Hosen und formlosen Überwürfen aus gebleichtem Leinen, das blonde Haar so streng zurückgestrafft und zu einem dünnen Schwänzchen im Nacken gebunden, dass man dich für kahlköpfig halten konnte. Du warst noch nicht sechzig und nicht mehr androgyn, sondern geschlechtslos. Aber immer umgab dich diese Aura bewusst gewählter Einsamkeit, dieses Für-sich-Sein, das sich nicht durch allzu große Nähe kontaminieren möchte.

Dich zu besuchen war immer ein Fest. Du holtest mich am Bahnhof ab, hattest ein einfaches köstliches Mahl gekocht, wir saßen in deiner großen, spärlich möblierten Altbauwohnung, die hohen Wände in düsterem Moosgrün und Weinrot, der große, runde Tisch, über dem die unförmige Lampe wie ein Trichter hing. Die Wohnung wirkte unbewohnt, ein Übergangsort, du warst ja auch selten dort. Der Höhepunkt waren die Tarot-Karten, die du jedesmal legtest. Es war unheimlich, aber sie stimmten immer. Für mich waren die Karten ein prickelndes Spiel mit dem Unbekannten, etwas wie der Zufall, wenn er sich als Schicksal ausgibt, aber als schlechtes Omen machten sie mir Angst. Warum war mir nie der Widerspruch aufgefallen, dass ausgerechnet du, die in der Logik geschult war und ausschließlich auf die Vernunft setzte, den Karten so viel Macht zutrautest?

Vier Jahre Freundschaft sind vielleicht nicht genug Zeit, um alles über die andere zu erfahren, aber viel Zeit für gemeinsame Erlebnisse. Ich frage mich, ob du dich an unsere besten Zeiten erinnerst, diese verzauberten Wochen damals im April in Venedig, an die Gespräche über Kunst, den Vormittag im Guggenheim-Museum in dieser schwebenden Heiterkeit, beflügelt vom verwegenen Esprit seiner Mäzenin, wie wir Caravaggio für uns entdeckten, diesen wilden Hund, wie du ihn nanntest, der alle Formen sprengt. Die Wohnung zwischen Rialto und Fischmarkt, die täglichen Spaziergänge kreuz und quer über Plätze, Brücken, an Kanälen entlang, stets abseits der Touristen, die dunklen kleinen Läden bis zur Decke mit Masken, Kopfschmuck, Kostümen, Sonnen, exotischen Tiermasken, glitzernd, schillernd, wie funkelnde Märchenhöhlen, wie verschüttete Kindheitsträume, als sei alles ein beunruhigendes Zeichen, ein Symbol, aber wofür? Transzendenz zu suchen war hier fehl am Platz, denn alles wies in dieser Stadt auf sich selbst zurück, eine sehr irdische Stadt, aber sie ging in ihrer Ästhetik bis an die Grenzen, fast schon schrill, aber nie geschmacklos, eine Prachtentfaltung bis zum Äußersten, wo sie in Morbidität umschlägt. Über allem lag für uns spürbar dieser Blauschleier der Trauer, einer Todessehnsucht, die den Prunk zurücknimmt in die Vergänglichkeit, in die Todesnähe. Jedoch alles, der vollendete Geschmack, mit dem die Venezianerinnen sich kleideten, die exquisiten Papierhandlungen, die prächtigen Brokat- und Seidenstoffe, als würden sie noch heute an die Palazzi geliefert, gipfelte in der allgegenwärtigen Kunst. Tintoretto, dieser Menschenkenner, glaubte wohl kaum an das Jenseits, sagtest du, so wie er das Leben und die Schönheit mit einer für seine Zeit ketzerischen Lust an der Gegenwart feierte. Kain und Abel in der Accademia, wie Tintoretto den Hass gekannt haben musste, um ihn so zu malen, wie er sich in Kain verwandelte, um ihn darzustellen.

Die geniale Verteilung des Lichts im ekstatischen Gesamtkunstwerk der Scuola Grande di San Rocco. Und immer
wieder der Canale Grande mit seinen Fassaden, die uns
an die Spitzen von Burano erinnerten, die kleinen Plätze
zwischen gewölbten Brücken, der Campo Santa Mar-
gherita, fast dörflich, mit einem kleinen Markt, wo die
Studenten sich kurz an den Tischen in der Sonne trafen,
sich austauschten und zwanglos auseinandergingen, und
auf der anderen Seite der Campo San Zanipolo mit seinen kleinen Läden wie aus den fünfziger Jahren, zu Füßen des Colleoni, wo Donna Leon angeblich regelmäßig
ihr Stammlokal besuchte. Wir gingen durch die Stadt wie
durch eine Galerie unübertroffener Kunstwerke, lebten
zwei Wochen lang in Venedig wie in einem schönen ge-
heimnisvollen Traum, vertieft in Gespräche, begleitet von
deinen Beobachtungen, der Klarheit deiner Reflexionen,
saßen zu Mittag am Rand kleiner Piazzi, wohin keine
Touristen sich verirrten, und tranken Campari Soda, das
Salzgebäck und die Oliven, die es gratis dazu gab, reichten uns als Mahlzeit.

Nur an eine Verstimmung erinnere ich mich. Wir gingen fast täglich auf den Gemüsemarkt, es war Artischo-
cken- und Spargelzeit, neben dem Ca' d'Oro, dem Fischmarkt mit seinen roten Wachstuchvorhängen, nahmen
uns Zeit in den großen düsteren Hallen zwischen den Tischen und Bottichen mit den Aalen, die sich wie Schlan-
gen krümmten. Du wolltest Calamari kaufen, ich mag
Calamari nicht, ich bestand auf Seeteufel und du beob-

achtetest amüsiert aus der Ferne, wie ich versuchte, auf Italienisch zu kommunizieren.

Zu anderen Zeiten gab es Frühlingsspaziergänge in den Donauauen, die ersten weißen Blüten der Schneeglöckchen im Unterholz, die Wanderungen an der tschechischen Grenze mit ihrer verwilderten Landschaft saurer Wiesen, mit Frühsommerblumen, Birken, unregulierten Bächen wie in Zeiten der Kindheit, Kuhherden, und kein Fahrzeug, nicht einmal Bauern, als seien die Menschen ausgestorben. Und in dieser Einsamkeit fanden wir die restaurierte Kirche von Glöckelberg, den kleinen Friedhof mit den zum Teil unleserlichen Grabsteinen, lauter deutsche Namen. Die Ortschaft war nach 1945 dem Erdboden gleichgemacht worden. Damals erwähntest du wie nebenbei, dass deine Familie aus Mähren vertrieben worden war.

Wenn man nicht entlang ideologischer Argumente denkt, sagtest du, gibt es dazu sehr wenig zu sagen. Die Leute in Glöckelberg waren bestimmt nicht alle Nazis, nicht mehr als auf der anderen Seite der Grenze. Aber der Hass war so groß, dass er keinen Stein auf dem anderen ließ.

Wir gingen schweigend den Weg zurück, stumm vom Anblick der Zerstörung und der Leere nach vollzogener Rache. Später saßen wir lang auf einer Wirtshausterrasse in Schöneben, es war sonnig und still und friedlich, aber wir konnten uns der Niedergeschlagenheit nicht entziehen, egal, wo jede von uns ideologisch stand. Ich habe dich nie nach deiner politischen Meinung gefragt.

Meinen fünfundfünfzigsten Geburtstag verbrachte ich mit dir und ich erinnere mich an das Glücksgefühl, mit dem ich dir im Zug entgegenfuhr. Zu Silvester kamst du mich öfter besuchen und wir wanderten am Morgen des ersten Tages im Jahr durch knirschenden unberührten Schnee, geblendet von seinem Funkeln. In Krumau streifte ich mit meinem Mantel in einem Souvenirgeschäft ein Mobile aus Ton auf den Boden, es zerbrach und wir verließen den Laden. Jahre später warfst du es mir vor: Du zerbrichst eine handgefertigte Keramik und gehst einfach, ohne zu bezahlen, sagtest du. Damals aber hattest du geschwiegen. Trotz allen Vertrauens in deine Freundschaft fiel mir auf, dass sich immer mehr Schweigen in unsere Gespräche einschlich. Das Reden war schwieriger geworden, aber so unbemerkt, dass es mir erst auffiel, als wir einander nur mehr Anekdoten erzählten und uns gegenseitig zu langweilen begannen.

Das Ende unserer Freundschaft vollzog sich in Etappen. Irgendwann musstest du wohl beschlossen haben, dass ich nicht mehr gut genug für dich war. Diesem Moment, wenn der Haarriss einer kaum wahrgenommenen Verstimmung den Bruch in Gang setzt, muss ein unergründliches Gesetz zugrunde liegen. Du kochtest Calamari zu meinem Empfang und sagtest mit boshaftem Grinsen, die magst du doch so. Dein Gästebett hatte eine neue Matratze, sie war aus Schaumstoff. Ich lag die ganze Nacht wach, erstickte beinah an meiner Schadstoffallergie, von vier Uhr früh an saß ich an deinem Wohnzimmertisch, ich fuhr noch vor dem Frühstück heim. Das war deine Art, mir die Tür zu weisen. Und trotzdem hielt ich an unserer Freundschaft fest, auch wenn du schriebst, du würdest nun doch die Reise nach Indonesien nicht mit mir, sondern mit deiner Freundin machen. Ich stellte mich taub, obwohl du bei jedem Anruf sagtest, du könntest mich auf lange Sicht weder treffen noch einladen, du bekämst Besuch. Ich erzählte von den Plänen meines Mannes, die mich ausschlossen, und von meiner Panik, mein Kind nicht mehr besuchen zu dürfen, von meiner Sehnsucht nach dem Meer, das ich vielleicht nie wieder sehen würde.

Dann siehst du dein Kind eben nicht mehr, sagtest du, was ist das schon angesichts des Todes.

Das Kind, das Meer, der größte Teil meines Lebens. Was ist das schon, dann siehst du das alles halt nicht mehr. Das sagtest du mir bei deinem letzten Besuch auf der Fahrt im Auto, als ich dich zum Bahnhof brachte. Ich schwieg wie betäubt, während du weiterredetest, mir alles vorwarfst, was sich im Lauf deiner wachsenden Feindschaft angestaut hatte, Beobachtungen, die weit zurücklagen, und jedes Detail Indiz meiner inneren Leere. Ich schwieg, während du mir die Fetzen unserer zerstörten Freundschaft um die Ohren schlugst, und dachte, es ließe sich vielleicht noch etwas retten, wenn ich schwiege. Doch nichts ließ sich retten. Noch nie hatte sich in diesem Stadium mutwillig zerschlagener Freundschaften etwas wiedergutmachen lassen.

Manchmal riefen wir einander an Wochenenden noch an, aber du hattest keine Geduld mehr mit mir. Am Ende reagiertest du auf alles, was ich sagte, nur mehr mit einem einsilbigen Nicht-gut. Nach einer schlaflosen Nacht brachte ich endlich den Mut auf, dir die Ungeheuerlichkeit deiner Sätze vorzuhalten, *dann siehst du eben dein Kind nicht mehr, was ist das schon.* Ja, ich verlor die Beherrschung, die dir so wichtig war.

So möchte ich nicht mit dir reden, sagtest du betont ruhig.

Vielleicht sollten wir eine Weile überhaupt nicht reden, erwiderte ich, ohne zu überlegen.

Ich spürte deine Erleichterung, als du antwortest: Ja, lassen wir es sein.

Auf Wiedersehen, sagte ich in der Hoffnung, du würdest noch etwas hinzufügen, etwas, das dem Abschied seine Endgültigkeit nahm.

Auf Wiedersehen, wiederholte ich in dein Schweigen hinein, fragend, ungläubig, dass du im Begriff warst, dich endgültig abzuwenden.

Du legtest grußlos, lautlos den Hörer auf.

Manchmal möchte ich denen, die mir nah gewesen sind und sich zurückziehen, nachrufen, ich brauche dich, ich liebe dich, verlass mich nicht. Aber das sage ich nicht, es würde sie befremden und mich bloßstellen, ich sage bloß etwas Abgeschwächtes wie, du bist meine beste Freundin, etwas, das euch zeigen soll, dass ich noch nicht bereit bin für das Ende, dass ihr für mich noch immer klug und liebenswert seid. Etwas, das ich selber gern von euch gehört hätte. Ihr betrachtet es als Schmeichelei und sagt, das ist lieb von dir, aber es bewegt euch nicht dazu zurückzukehren.

Ich hatte dir ein Jahr davor meinen eben erschienenen Essayband geschenkt, mit einer Widmung: Bleib mir gewogen, hatte ich geschrieben, weil ich bereits spürte, dass es zu spät war und dass du meine Bitte als leere Floskel wegschieben würdest.

So vieles hat sich verändert. Ich frage mich manchmal, ob du meine Bücher liest, ob du im Nachhinein manches verstanden hast, das du nicht wissen wolltest oder das ich dir nicht erklären konnte. Ob du dich an unsere Zeit in Venedig erinnerst? Ich habe noch oft um diese verlorene Freundschaft getrauert. Ich finde keine Spur von dir. Du stehst in keinem Telefonbuch. Du bist nur zwei Jahre älter als ich. Lebst du noch?

Precious Monster

~

So nanntest du mich in deinen überhitzten, ekstatischen Briefen, die du mir aus Indien schriebst, fast wöchentlich, und immer warst du schon eine Stadt weiter, bevor dich mein nächster Brief erreichte. Wer waren wir damals? Ich kann dieses wilde, anarchische Wesen nicht mehr finden. Bist du noch immer so, ungestüm und atemlos wie der Chamsin im Spätsommer? So kann man auf Dauer nicht leben, unter Hochspannung, unter seelischen Konvulsionen. Aber einmal haben wir so gelebt, und einander sofort erkannt in unserer Sucht nach Extremen, dem schlafwandlerischen tollkühnen Grenzgang auf glühendem Boden, der von Zeit zu Zeit dazu zwingt, abzuheben zu einem großen Sprung.

In meinem Gedächtnis wirst du immer so aussehen, wie ich dich zum ersten Mal sah, eine persische Schönheit, Königin Esther, im Foyer des Eyal Hotels, das deinen Eltern gehörte, ganz in schwarzer Seide, wadenlang, bis zu den Handgelenken, wie eine Fromme, mitten im Sommer in der Mittagszeit eines glühenden Chamsin-Tages, das lange gelockte Haar so schwarz wie dein Kleid, majestätisch und hoheitsvoll. Es war, als wären wir verabredet gewesen, wir gingen aufeinander zu und hörten von da an nicht mehr auf zu reden. Später hast du den Anfang unserer Freundschaft immer wieder in deinen Briefen beschworen, diesen unerklärlichen Zwang einer unausweichlichen Begegnung, weil man spürt, man kann ohne Floskeln und ohne Umschweife über alles reden, wofür es sonst keine Worte gibt, ein Wunder hast du es genannt, jemanden zu finden, der nicht nur zuhört, der hört und versteht, auch das Ungesagte. Von Anfang an war eine Nähe zwischen uns, die uns atemlos zu immer neuen Geständnissen und Übereinstimmungen hinriss, dabei wussten wir so wenig über die andere. Wir vermaßen zuerst die Innenwelten, in denen wir lebten, die Landschaften der Seele, die sich strecken und ausdehnen möchte vor Lust an der Welt, und dabei überall an Begrenzungen stößt, sich wundstößt an der Enge, und diese Enge macht sie manchmal störrisch und zornig, manchmal übermütig und euphorisch, wenn sie an irgendeiner Stelle ein Schlupfloch gefunden hat. Dein Käfig war Israel, die Erwartungen deiner Umgebung, und gerade hier war für mich der Ort, wo ich Freiheit spürte. Aber das machte keinen Unterschied, solange wir beide wussten, wie es ist, wenn man sich eingeschnürt und bevormundet fühlt.

Aber vor allem warst du für mich Jerusalem in seiner Schönheit, seiner Intensität, seiner Ambivalenz, seiner latenten Gewaltbereitschaft und seinen schroffen Gegensätzen. Wo soll ich anfangen, wie soll ich dich einfangen, du Verwandlungskünstlerin, Freundin meiner reichsten Lebensjahre, als sich noch täglich neue Abenteuer anboten und ich den Mut hatte, es mit ihnen aufzunehmen. Vielleicht würden wir uns heute höflich begrüßen, einige unverbindliche Worte wechseln, um einander mit all den anderen flüchtigen Eindrücken des Tages bereits am Abend zu vergessen. Vielleicht stürzten wir damals nur aufeinander zu, weil wir in der anderen den gleichen Hunger nach Leben spürten und, wie wir es einander als Code über die Kontinente hinweg zuriefen, bereit waren, barfuß bis zum Nordpol zu gehen um der Liebe willen. Barfuß bist du damals oft gegangen, aber nur auf den Straßen Jerusalems und einmal, daran erinnere ich mich, als du ein Zimmer in einem Moschaw mieten wolltest, und die Sekretärin des Moschaws einen angewiderten Blick auf deine nackten Füße warf und sagte, dir hätte sie nichts zu vermieten. Du warst widerspenstig, eine Provokation, und du hattest deine Freude daran, auf Widerstand zu stoßen, und fühltest dich gleichzeitig misshandelt und verstoßen, du warst ein Feuerball aus heftigen, widersprüchlichen Emotionen.

Doch es gab auch die andere Seite. Sei vorsichtig, sagtest du, wenn ich mich in Gegenden Jerusalems wagte, die ich besser mied. Du hattest ein Gespür für Gefahr, deine Gedanken waren gewandt und schnell wie die Flugbahn der Vögel über den Mauern der Altstadt. Dein erster Brief war eine luzide soziologische Abhandlung, in der du mir in deiner harmonischen Schrift und in fehlerlosem elegantem Englisch darlegtest, was eine Alija für mich be-

deuten würde, die Enge der Gesellschaft, die sich unge-
niert in dein Privatleben einmischt, Menschen, die dich
im Bus fragen, warum du nicht verheiratet bist, Fromme,
die an deiner Kleidung Anstoß nehmen, und dein Gefühl
fremd zu sein in deinem eigenen Land, in deiner Stadt.
Und gleichzeitig sprichst du von Jerusalem mit einer lei-
denschaftlichen Liebe. *Ich werde diese Stadt nie verlassen, sie entschädigt mich für alles, sie ist so voller Spiritualität, sie hat eine Tiefe, die unvergleichlich ist und das
zu haben, ist den Schmerz wert.* Du sprichst vom Winter, der sich Ende Oktober ankündigt, wenn der Wind
das Versprechen von Regentagen mit sich trägt und du
ungeduldig auf den ersten Regen wartest. *Glaub mir,*
schreibst du, *es gibt nichts, was dem Geruch und der
Wonne eines Regentages in Jerusalem gleichkommt, es
erfüllt dich mit einer so herzzerreißenden süßen Trauer.*
Ja, komm, schreibst du am Ende, du wirst alles aufgeben müssen, was du bisher warst und erreicht hast, aber
du wirst reich belohnt werden. Zum Abschied hattest
du mir ein Kinderbuch geschenkt, *Pu, haDov*, weil ich
Hebräisch nur mit Vokalisierung lesen konnte. Du dagegen warst belesen in mehreren Sprachen und Schriften der
Weltliteratur, deine Briefe waren voller leicht hingestreu-
ter Zitate und Anspielungen, als legtest du keinen Wert
darauf, dass man sie verstünde. In das Buch schriebst du
mir eine Widmung, *I wish you all the sunshine and love
that can be wished.*

Liebe, das war das große, manische Thema, das dich

besetzt hielt, solange ich dich kannte. Von Jahr zu Jahr wurde deine wilde, unbezähmbare Sehnsucht nach Liebe lauter und die Großbuchstaben, mit denen du sie beschworst, LOVE, drei Zeilen hoch in roter Tinte, *much love*, in jedem Brief, ein beinahe unpersönliches Verlangen, religiös, zwischenmenschlich, freundschaftlich, und mitunter gab es eine verschwommene Gestalt, einen Mann, flüchtig, schattenhaft, angesichts deiner verschlingenden Liebessehnsucht unfähig, auch unwillig, deinem Liebesverlangen standzuhalten. *Ich fühle mich so verloren und verlassen,* klagst du in einem Brief aus Jerusalem, *warum sind wir so unbeschreiblich einsam auf dieser Welt.* Die Vertreibung aus dem Garten Eden ist für dich der Verlust der Liebe. Das sei die größte Strafe, sagtest du, ohne Liebe leben zu müssen. Liebe, das war für dich vor allem seelische Nähe, verstehen und die Gewissheit verstanden zu werden, Gleichklang ohne vergebliche Erklärungsversuche, weil der andere aus dem gleichen Brunnen schöpft. *Ich wünschte mir so sehr, du wärst hier und sagtest, ich weiß, und es wäre so.* So groß war unser gegenseitiges Vertrauen damals.

Doch als ich das nächste Mal nach Jerusalem kam, warst du bereits in Indien. Es war nicht deine erste Indienreise, immer wieder kehrtest du nach Indien zurück, viele Jahre lang, und jedesmal fiel das Land über dich her wie eine Naturgewalt, bezwang dich, verwundete dich, streckte dich mit Krankheiten nieder und richtete dich auf mit seiner Schönheit, seiner Wildheit und Maßlosigkeit, die wie ein Echo in dir nachklingen musste. So wie viele Israelis warst du nach dem Militärdienst nach Indien aufgebrochen, in die vermeintlich grenzenlose Freiheit, in der keine Beschränkungen und keine Regeln galten. Doch für dich war Indien nicht bloß eine Reise, um danach ins echte Leben zurückzukehren. Indien war das einzig mögliche Leben. *In diesen vergangenen Monaten hat mir dieses Land so viel Schmerz zugefügt und so viel Glück und wertvolle Erkenntnisse beschert, so viele Geschenke, so viele wunderbare Menschen, es hat meine Sinne schmerzhaft geschärft und mir die Liebe zu meinem Körper zurückgegeben.* Liebe und Schmerz waren für dich ein unzertrennliches Paar, auch wenn du behauptetest, Liebe und Freiheit seien Synonyma. Doch was du in Indien suchtest, war nicht in erster Linie die Fülle des Lebens, sondern die Kargheit des Überlebens, der Schmerz und die Ekstase der völligen, rückhaltlosen Beraubung jeder Sicherheit, der Marterpfahl der Selbstentäußerung. Komm, reise mit mir, erlebe dieses gewalttätige, schöne, überwältigende Land mit mir, schriebst du mir immer wieder, aus Dharamsala in den Bergen, wo du mit einem Gefühl der Leere für einen Augenblick zur Ruhe kamst, in Bhubaneswar, wo du dich in tantrische Mystik vertieftest, dich in einem Delirium totaler Erschöpfung und Überwältigung aller Sinne verlorst. In Nepal, das dich mit einem subtileren mongolischen Lächeln empfängt und dir die Sehnsucht nach einem Ort eingibt, an dem du verweilen könntest. *Indien dagegen ist weiblich, wild, erotisch,* schreibst du. Und am Ende jeden Briefes, *ich hoffe und bete, dass es dir gut geht. Kisses and hugs. I have no more words but love.* Komm, und koste die Extreme aus, die nur dieses Land zu bieten hat, drängtest du mich in fast jedem Brief, denn dass ich Expertin für Extreme sei, das hättest du bei unserer ersten Begegnung gespürt.

Eigentlich wussten wir wenig voneinander, ich wusste nur, dass deine Eltern zwei Hotels besaßen, eines der exklusivsten, zentralsten, am Kikar Zion, und das Eyal, das nach deinem Bruder benannt war, der mit acht Jahren gestorben war. Du, die Tochter, seist in den Augen der Eltern kein würdiger Ersatz gewesen, ihre Trauer war überwältigend und du warst ihnen kein Trost. Auch dreißig Jahre später schrie das ungeliebte Kind in dir nach der verweigerten Liebe. Deine Eltern hatten hart gearbeitet und waren dabei hart geworden, zwei Vertriebene, Einwandererkinder aus dem Iran und aus dem Kurdengebiet zwischen Iran und Irak, Misrachim, die in Zelten aufwuchsen und sich als Bürger zweiter Klasse fühlten. Ich habe sie kennengelernt, deine Mutter war eine schweigsame, verbrauchte Frau und dein Vater ein lauter, raumgreifender Mann voll Spott, einer schärferen Version des sarkastischen Humors, den ich an dir so sehr mochte. Erst spät in unserer Freundschaft fragte ich mich, woher wohl das Geld für deine jahrelangen Reisen kam, wie du es dir leisten konntest, nicht zu arbeiten, von Zeit zu Zeit ein wenig zu studieren, dann wieder monatelang unterwegs zu sein, und immer Zeit zu haben, wenn wir zufällig gleichzeitig in Jerusalem waren. Das war wohl ihre Strafe: dich zu verweigern, deine Kindheit hinauszuzögern und auf Zuwendung zu bestehen.

Ich erinnere mich an den Abend, als du mich in deine elterliche Wohnung mitnahmst. Schon an der Tür empfing uns die fröhliche Meute deiner Cousins und ihrer Freunde, sie umringten uns, schoben uns weiter, ins Wohnzimmer, durch die offene Tür ins Freie, junge Männer, sie redeten alle gleichzeitig, riefen mir Fragen zu, neckten dich zärtlich wie Brüder. Wir saßen dicht aneinandergedrängt auf einem schmalen Balkon, Lärm drang von der Straße herauf, sie redeten, lachten, schrien durcheinander und vertilgten dabei große Mengen von Pita und Salat, warfen einander Cola-Dosen über unsere Köpfe hinweg zu, ich hörte auf, ihre Stimmen und Rufe unterscheiden zu wollen, sah nur ihre lachenden Augen und Münder, genoss ihre Kameradschaft, die Wärme der Großfamilie, die mich so selbstverständlich einschloss. Da warst du ganz und gar nicht das einsame, ungeliebte Mädchen, das zu fernen Ländern aufbrechen muss, um Liebe zu finden, du warst von so viel Wärme umgeben, wie ich sie nie gekannt hatte. Aber dein Hunger war nicht zu sättigen, nicht von deiner Familie, die dich spürbar und sichtbar liebte, und manchmal, in ungeduldigen Augenblicken hielt ich dich für verwöhnt und undankbar. Wie viel Liebe erwartetest du? War es jemals genug? Oder warst du eine der Hungerkünstler, die im Überfluss nicht die richtige Nahrung finden?

Und weil es nie genug war und deine Unruhe übermächtig wurde, musstest du immer von neuem aufbrechen, ins Ungewisse, ohne nach Hause zu schreiben, ohne eine Adresse zu hinterlassen. Du suchtest deine Familie vergeblich unter den Unsteten, Entwurzelten. An einem Kaffeehaustisch in der Fußgängerzone der Jehuda-Straße sprangst du begeistert auf, als du Rucksacktouristen vorbeitrotten sahst, *travelers*, riefst du sehnsüchtig, bereit, ihnen nachzulaufen.

Ich habe so vielen Leuten versprochen zu schreiben, aber eigentlich habe ich nur Lust dir zu schreiben. Dieser Brief kam aus Nepal, wieder einmal warst du auf einem psychedelischen Trip, konfus verliebt in einen Mann namens Tashi, die große Liebe, schön und jung, ein verspielter Welpe, der sich entzog, wie sich noch jedes deiner Liebesobjekte entzogen hatte.

Dann kam der Brief aus Deutschland, ich dachte, es sei ein Scherz, aus Linz am Rhein, nachdem dein Geld verbraucht und dein Visum für Indien abgelaufen war, und du nicht wusstest, wohin, jedoch nicht nach Israel, noch nicht, davor musstest du noch die schreckliche Erfahrung Deutschland machen. Mit einem abgewrackten deutschen Althippie kamst du nach Köln, um für Kost und Logis Plakate für Vorträge über Däniken und UFOS an Wände zu kleben. Und vom ersten Augenblick an musst du das Land gehasst haben. Mit deiner schnellen Auffassung eignetest du dir rasch ein wenig Sprache an, genug, um dich an ihren Kanten zu stoßen, die Kälte zu spüren, die Unbeugsamkeit der Regeln und Verbote. Deine Suche nach orientalischer Spiritualität und einem kosmischen Wir-Gefühl war hier fehl am Platz. *Bitte, bitte, schreib mir, ich habe deine Telefonnummer verloren, I miss you, please, please.* Nach all den Jahren in Indien jagte Deutschland dir Angst ein. *Du bist immer bei mir, in schwierigen Zeiten denke ich immer an dich, denn ich spüre, dass du im Geist meine Hand hältst.* Ich antwortete sofort auf deinen Hilferuf, ich rief die Nummer an, die du mir gegeben hattest, aber du warst nicht mehr dort, du warst bereits in München, ohne den Althippie, vor dem dir graute. In München war Oktoberfest und du nahmst einen Job im Gastgewerbe an, die Königin von Saba im Bierzelt. *Deutschland ist einer der schrecklichsten Orte, die ich kenne,* schreibst du, Männer machten dir eindeutige Angebote, du ertrugst die vielen Regeln und unsinnigen Verbote nicht. Du verlorst die Orientierung und deinen Instinkt für Gefahr und Betrug. Eine Streunerin machte dir weis, sie brauche nur ein paar Mark, genug Geld um nach Hause zu fahren, du gabst ihr das Geld und hieltst ihre Hand, du dachtest, sie bräuchte dazu noch ein wenig Liebe in diesem kalten Land, und als sie weg war, hatte sie deine Geldtasche, dein Adressbuch, sogar deinen Kugelschreiber gestohlen. Du schriebst mit rotem Buntstift weiter: *Ich erfriere hier, ich brauche Berührung, danke, Liebes, dass du ein Anker für mein Liebesbedürfnis bist.* Damals lud ich dich ein, zu mir zu kommen, sofort, mit dem nächsten Zug, in das andere Linz, an der

Donau. Aber nun wolltest du nach Hause, diesmal warst du bereit für Israel. Nur nach Dachau wolltest du noch, um dieses Land zu verstehen, wie du schriebst. *Ich spüre, wie ich in dieser Gegend der Welt bitter, aggressiv, ja gewaltbereit werde.* Du träumtest bereits von einem Haus auf dem Land in Israel, einem Job, der mit Kindern zu tun hätte, denn Kinder verstündest du besser als Erwachsene.

Es gelingt mir nicht, eine Chronologie in den Verlauf unserer Freundschaft zu bringen, es kommt mir vor, als sei alles gleichzeitig geschehen, die vielen Male, als wir uns in einem Hotelfoyer umarmten, in dem ich gerade angekommen war. Wie tief, fast unheimlich unsere Verbindung war, erlebte ich in jenem Sommer, als ich sicher war, du seist noch in Nepal, aber wie unter einem Zwang, der jeder Logik widersprach, trat ich ins Eyal und fragte nach dir. Yaël ist letzte Nacht zurückgekommen, ganz unerwartet, berichtete das Mädchen an der Rezeption. Das Glück, einander wiederzusehen, machte uns sprachlos, wir saßen den ganzen Nachmittag bis in die Nacht in meinem Zimmer und versuchten unsere Gedanken und Sätze in einen verständlichen Zusammenhang zu bringen. War es davor oder danach, als du in einer Souterrainwohnung neben einer Hühnerfarm lebtest und mir ein Festbankett bereitet hast, aus allem, was die arabische und israelische Küche an Köstlichkeiten bietet, doch alles war durchtränkt vom beißenden Geruch der Legebatterien nebenan?

So oft wir uns trafen, so viele Stunden wir auch miteinander verbrachten, auf der Haas-Promenade oder in dem kleinen Garten des Cafés an der Rehov Shlomzion, auf der Terrasse des Ticho-Hauses oder an der Mauer eines Olivenhains in Ein Kerem, immer waren unsere Gespräche von einer Dringlichkeit grundiert, als bliebe uns nicht viel Zeit, alles zu sagen. Es waren immer letzte Sätze, letzte Worte, schnell, bevor die Zeit um war. Am Abend saßen wir oft im Café der Cinematheque, schauten über den Graben des Hinnom-Tales zu den beleuchteten Zinnen der Stadtmauer und der David-Zitadelle hinüber. Nie hast du die Grenze zwischen Ost- und Westjerusalem überschritten. In die Altstadt gehe ich erst, wenn sie ihnen gehört, sagtest du und meintest die Araber, du hattest auch arabische Freunde. Über Politik redeten wir selten, deine Haltung war klar, sie hatte dich schon lange deiner Familie entfremdet. Das jüdische Viertel, die Altstadt waren ein Stadtteil, ohne den du gut leben konntest. Ich hörte eine Bitterkeit aus deinen Sätzen und einen Schmerz, der einen tieferen, persönlichen Grund hatte als die Politik, es war die gleiche Bitterkeit, die dich immer wieder von zu Hause forttrieb. Sie machte dich ungerecht und blind. Sie erschien mir wie das zornige Aufbegehren eines eigensinnigen Kindes. Deshalb schwieg ich. Es war dein Land, ich war nur ein Gast. Mit welcher Wärme und Begeisterung du dagegen von indischen Mythen sprachst, mit welcher Heftigkeit du darauf beharrtest, Israel sei kein westliches, sondern ein zutiefst orientalisches Land, in dem es kein Entweder-Oder gab, keine Dichotomien, sondern nur die Gleichzeitigkeit des Disparaten, die Aufhebung der Gegensätze.

Ich weiß noch immer nicht, warum in jenem letzten Frühjahr, in dem wir zusammen waren, unsere Freundschaft zu Ende ging, ohne dass es uns damals bewusst wurde, oder vielleicht wollten wir es einfach nicht wahrhaben. Ich spürte damals, wie mir ein Abschnitt meines Lebens entglitt, wie er sich entleerte. Ich sprach davon, von diesem bangen Gefühl, dass etwas unbewohnbar wurde und ich nicht weiterwüsste, dass etwas Neues käme und ich könne es noch nicht sehen. Du dagegen warst voll ungewohnter Zuversicht, so kannte ich dich nicht. So hatte ich dich noch nie erlebt, wie selbstgewiss du auf alle unlösbaren Fragen eine Antwort wusstest. Wir führten ein Streitgespräch, ich weiß nicht einmal mehr worüber, nur dass es mich nicht berührte, ich fand es nur anstrengend zuzuhören, während wir mit anderen Besuchern vor einer Eintrittskassa in der Schlange standen. Wir saßen nicht mehr ganze Nachmittage und Abende an einem unserer abgeschiedenen Orte, sondern fuhren zu Touristenplätzen und diskutierten, als müssten wir einander etwas beweisen. Werde endlich erwachsen, hätte ich gern gesagt, und hör auf, dir leidzutun und deinen Eltern auf der Tasche zu liegen. Ich habe es nicht gesagt, aber du hast meine Ungeduld wohl gespürt. Und überall, im Radio, in jedem Lokal, war in diesem Sommer der eine Schlager allgegenwärtig, es war ein junger, unbekannter Sänger mit leiser, ein wenig belegter Stimme, er sang ein trauriges Lied vom Ende einer Liebe, das immer von neuem in eine trostlos dissonante Hoffnungslosigkeit hinabstieg.

Dein letzter Brief, den ich aufgehoben habe, klingt so fern, so anders als alle anderen davor. Immer noch bist du von deinen Gefühlen und Befindlichkeiten erfüllt, die keine Außenwelt zulassen, Wut, Fremdheit, Unglück und dem Wunsch, von allem wegzulaufen. Du fragtest, ob du mich besuchen könntest, für den Rest des Sommers bis zum Herbst, bis zum ersten Regen in Israel. Und ich stellte mir vor, wie du auch in meinem Haus unglücklich und unzufrieden sein, wie du Unterhaltung fordern würdest, Ausflüge, Einladungen, wie dein eigensinniger Anarchismus keine Grenzen und keine Bitte um Rücksicht dulden würde, ich sah mich Geld ausgeben, das ich nicht hatte, ich hörte dich meinen Ordnungswahn verhöhnen, wenn ich versuchte, die Wohnung sauber zu halten. Ich antwortete, nein, ich hätte keine Zeit, nicht jetzt, nicht in diesem Sommer. Ich schämte mich. Du hast nicht geantwortet. Es war das Ende unserer Freundschaft. Wenn ich deine Briefe wieder lese, ihre übrschwängliche Zuneigung spüre, schäme ich mich noch immer.

Würdest du jetzt, nach all den Jahren, fragen, würde ich sagen, ja, komm, so lange du möchtest, ich freue mich auf dich. Aber als ich dich noch hätte erreichen können, schwieg ich. Ich habe keine Adresse mehr, weder von deinen Eltern noch von dir. Jahre später bekam ich eine Mail durch meine Agentur, du seist in Europa, in den Niederlanden auf Hochzeitsreise, dein Vater sei gestorben und habe einen Berg Schulden hinterlassen. Ich war überglücklich. Hallo, Monster, schrieb ich in Erinnerung an unsere besten Zeiten. Und du schriebst kühl zurück: Ich melde mich, wenn ich wieder in Israel bin. Mein nächster Versuch, dich zu erreichen, misslang, du hattest mir eine temporäre Mailadresse geschickt. Ich suche dich im Internet, vergeblich. Ich finde eine Frau deines Namens, die in einer Westbank-Siedlung lebt. Sie hat das gleiche offene Lächeln wie du, aber sie ist dunkelblond und jünger. Wer bist du geworden?

Und wer bin ich geworden? Bin ich eine der mitteleuropäischen Kleinbürgerinnen geworden, die du in Deutschland so sehr verachtet hast, dass du an ihrer Kälte zu erfrieren glaubtest?

American Gigolo

An einem dieser unwirklichen Oktobertage in Boston, in denen das kalte Licht des nahenden Winters die letzten Blätter wie goldene Splitter in den tiefblauen Himmel taucht, trafen wir uns in Cambridge: Du hättest eine Überraschung für mich. Es war ein frisch renoviertes Haus in einer stillen Seitenstraße, du hattest es günstig gekauft und nun war es fertig und ich wusste nicht, wolltest du es mir verkaufen, zur Miete anbieten oder schenken. Als ich die wenigen Stufen hinaufstieg, standst du in der Tür, bereit, mich einzulassen in diese heitere weiße Leere. An jedes Detail hattest du gedacht: das glatte, matt glänzende Geländer aus dunklem Holz mit runden, gedrechselten Knäufen, das vom Flur in das Obergeschoss führte, rechter Hand ein großer heller Raum, eigentlich ein kleiner Saal mit einem Kamin, die Simse und Dekorationen, die Leisten und Kapitelle, alles streng weiß auf weiß. Die zarten Blätter aus weißem Stuck entfalteten sich an der Decke zu Ornamenten, und oben hing ein Kronleuchter aus der Mitte einer Rosette wie ein umgedrehtes Diadem. Dem großen *bay window* genau gegenüber lag ein strenges hohes Fenster, umrahmt von weißen Paneelen, als gäbe es einen Blick frei auf etwas Erhabenes, fast Jenseitiges, es schien mehr als ein bloßes Fenster, eher wie das Versprechen einer Offenbarung.

Den Garten da draußen musst du dir vorerst noch vorstellen, sagtest du.

Doch jetzt schon gab die von einer alten Ziegelmauer umgebene Wildnis mit einer Zwergtrauerweide und Kletterrosen der Phantasie genug Spielraum. Die Küche mit graugrünen Terrakottafliesen getäfelt war schmal, die Küchentür führte ebenerdig ins Freie und neben der Küchentür gab ein hohes Fenster den Blick auf einen Ahornbaum in seiner letzten Prachtentfaltung frei, eine goldene Wand spielender Schatten, ein unruhiges Flirren aus rot und gelb glühenden Fäden und Flecken, während unentwegt einzelne Blätter zu Boden schwebten.

Ich drehte mich verwundert zu dir um. Wie konntest du meine alten Träume erraten?, fragte ich.

Wir sind noch nicht fertig, erwidertest du, und führtest mich ins Badezimmer mit nachgedunkelten Spiegeln in schweren Rahmen, Luxus in jedem Detail, die Holztreppe hinauf in den ersten Stock, wo zwei leere, weiße Zimmer einluden, längst abgelegte Wünsche zu neuem Leben zu erwecken.

Würdest du meinen Antrag annehmen, wenn ich unverheiratet wäre?, fragtest du.

Ich beantworte keine hypothetischen Fragen, entgegnete ich.

Mit diesem Haus als Morgengabe, dachte ich, ja, gewiss.

Aber du warst verheiratet und ohne deine Frau hättest du dir dein luxuriöses Hobby, alte Häuser zu kaufen und sie in kleine Palais zu verwandeln, niemals leisten können. Du warst nicht nur verheiratet wie andere Männer und Frauen es sind, du warst der Butler deiner Frau, ihr Diener, ihr Chauffeur, ihr Gigolo. Sie verachtete dich, quälte dich, behandelte dich wie Abschaum, und du machtest dir keine Illusionen über eure Beziehung. Du hingst an einem alten Schreibtisch, so wie nur du an schönen Dingen hängen konntest, mit einer inbrünstigen Leidenschaft, als wären sie geliebte Wesen. Sie verkaufte ihn ohne Not unter deinen Händen, einfach, weil er zu gut für dich war. Du widersetztest dich nie. Du sprachst davon, als würdest du von einer Gesetzmäßigkeit berichten, gegen die es keinen Einspruch geben konnte. Sie war die einzige Erbin eines internationalen Import-Export-Konzerns, ihr Vermögen ging in die Millionen.

Lucy hat hohe Prinzipien, erklärtest du. Nein, nein, sie hat immer recht. Sie ist intelligent, prinzipientreu, politisch weit links, sie unterhält Suppenküchen für die Armen und ist Vorsitzende einiger Charity-Organisationen.

Zu der Zeit, als du mir das Haus in Cambridge zeigtest, warst du in eurer Villa in Charlestown nicht erwünscht. Du hattest temporär deine Hälfte des Ehebetts räumen müssen, denn Lucys Freundin Lynn war zu Besuch. Zur Entschädigung würde Lynn dir zum anstehenden Geburtstag ein neues Auto kaufen. Auch deine erste

Frau sei bisexuell gewesen und Lucy war ihre Freundin, dann zogst du mit Lucy aus und lebtest mit ihr zusammen, und nun überließ sie dir ihrerseits ihre abgelegten Gefährtinnen.

Wenn Lucy anderweitig beschäftigt war und deine Dienste gerade nicht benötigte, ludst du gern Freunde in eure Villa in Charlestown. Das Grundstück war so groß, dass man den Eindruck gewann, man lebe auf dem Land und nicht mitten in einem dichtbesiedelten Stadtteil, selbst der Wintergarten, ein Glaspavillon mit tropischen Pflanzen, war größer als die meisten Häuser. Das Interieur war eine geschmackvolle Symbiose aus Art déco und viktorianischen Kunstgegenständen, das Haus eines Ästheten, in dem kein Möbelstück, kein einziger Gegenstand dem Zufall überlassen blieb. Das Hors d'œuvre war auf einem tischgroßen silbernen Tablett angerichtet. Du hattest es aus dem besten Deli von Boston kommen lassen. Diesmal hattest du Kollegen aus dem College eingeladen, an dem du ein paar Kurse Dramaturgie unterrichtetest.

So hatten wir dich kennengelernt, als mein Mann Vorsitzender des Einstellungskomitees gewesen war: Neben den vielen jungen Bewerbern mit einigen Einaktern auf Studentenbühnen, oder Sketches in Anthologien in ihren Curricula Vitae, fiel dein Resümee auf, nicht nur durch dein Alter, sondern auch durch die Nonchalance, mit der du dich vorstelltest, mit einem Studium an der Yale School of Drama, Assistent von Edward Albee, Regie im

Yale Repertory Theatre, ein Theaterstück in einem Off-Broadway-Theater, das alles sehr früh in deinem Leben, bevor für die meisten die Karriere erst anfängt, und als Schlusssatz des abrupt abgebrochenen Höhenflugs: *gave it all up to write*. Das beeindruckte uns. War das nicht die Zusammenfassung eines jeden kreativen Wunschtraums, alles aufzugeben, um zu schreiben?

Aber du warst nicht der Gigant der Literatur, den wir erwartet hatten, du warst ein Spieler, ein Genießer, ein Ästhet, ein Verächter kleinbürgerlicher Werte, ein Gentleman der Halbwelt, der das Leben nicht ernst genug nimmt, um in eine Karriere zu investieren.

Es war nicht das einzige Mal, dass du uns in dein Haus in Charlestown einludst, aber das einzige Mal, dass wir Lucy zu Gesicht bekamen. Wir waren eine kuriose Versammlung von Gästen: der runde, joviale Psychologe Jeffrey und seine Frau Jill, die an einer Fazial-Lähmung litt, stets bemüht, uns ihre gesunde Gesichtshälfte zuzuwenden, unser alter Freund Steve mit seiner übergewichtigen Braut, der CEO eines Südstaaten-Konzerns, und an deiner Seite eine knabenhafte, junge Frau mit einem makellos schönen Körper, dessen erotische Ausstrahlung sie unter den schlichten Kleidern nackt erscheinen ließ. Im Lauf des Abends wurde klar, dass sie deine Geliebte war. Für mich hattest du als Tischpartner einen steifen älteren Herrn namens Gordy mit auffallend niederer Stirn unter der weißen Haarbürste eingeladen, dessen anfängliches Interesse rasch erlosch und in ablehnende Einsilbigkeit umschlug.

Wir saßen an der langen Tafel in dem prächtigen Esszimmer, dessen kunstvolle Stuckornamente Möbel überflüssig machten, aßen zur Perfektion gebratenes Roastbeef mit Pasta und tranken schweren, mürben Burgunder. Die vegane Freundin unseres Sohnes hatte gleich zu Beginn verkündet, sie wolle sofort essen und zwar nur Salat, doch nun metzelte sie an einem besonders zarten Stück Roastbeef herum und ließ es anschließend stehen. Während des Essens huschte deine sechzehnjährige Nichte, eine Eurasierin mit der Schönheit eines frühreifen, verdorbenen Kindes bei der Tür herein, und unsere Veganerin fragte, ob sie denn viel chinesisch esse, was die betretene Tischrunde in einem politisch korrekten Schock erstarren ließ.

Als hättest du es mit diabolischer Vorfreude auf ein Experiment abgesehen, saß auch der Pastor des Colleges und der schweigsame Philosoph mit seiner redseligen Frau am Tisch, die dafür bekannt war, dass sie jedes öffentliche Erscheinen dazu benutzte, durch ihre Borniertheit zu glänzen und sich ihrer Vorurteile zu brüsten. Um die Wahrscheinlichkeit eines Eklats zu erhöhen, hattest du sie neben den Spötter Joe gesetzt, dem sie sich mit einer lehrhaften Predigt über Optimismus zuwandte. Er hatte jedoch wenig Lust, sich mit ihr zu duellieren und verzog sich in die Küche. So wandte sie sich anschließend an dich, um dich vor dem verderblichen Einfluss des Sozialismus zu warnen. Gesellig wie sie war, wollte sie auch die junge Frau an deiner Seite einbeziehen, wie sollte sie sie nennen? Donna? Sie war wohl deine Nichte?

Nein, sagtest du, sie ist meine Geliebte.

Und Ihre Frau?, fragte sie entgeistert, ihr Mienenspiel ein Kriegsschauplatz zwischen Horror und dem Versuch, Contenance zu wahren.

Die ist bei ihrer Geliebten und kommt erst später nach Hause, erklärtest du unbefangen, und während sie nach Atem und Worten rang, fügtest du hinzu: Nach vier Ehen habe ich beschlossen, nur noch reiche Frauen zu heiraten.

Die Frau des Philosophen hielt sich tapfer, verbarg ihr Entsetzen und belehrte dich verständnisvoll, über all diese Greuel hinweg, über wahre Liebe und Treue und vor allem, *to always look on the bright side of life*.

Das Mahl zog sich hin, erlesen und schleppend, bis Lucy die Szene betrat. Bereits an der Tür war klar, sie hatte nicht mit Gästen gerechnet, die Begrüßung war eisig. Du warst aufgesprungen und zu ihr geeilt. Joe begriff nicht und wollte noch bleiben, während sie darauf wartete, dass alle sofort aufstünden und rasch, ohne viel Umstände und Verabschiedungen verschwänden. Wie eine erzürnte, jedoch beherrschte Göttin stand sie da, während du vor Scham und Angst unfähig warst, deine Rolle als Gastgeber zu Ende zu spielen, und uns hinausscheuchtest wie ein Pack ungeladener Schnorrer. Auch Donna musste gehen.

In den nächsten Tagen musstest du deine Frau zu buddhistischen Exerzitien auf Cape Cod fahren und auf dem Weg zurück kamst du zum Mittagessen bei uns vorbei. Du redetest viel von deinen reichen Freunden, Menschen mit berühmten Namen, Edward Albee, Geoffrey Hartman, du sprachst von ihnen wie von deinesgleichen, aber im Grund warst du nichts als der Lakai deiner Frau und deines reichen Schwiegervaters, die dich verachteten. Du sprachst von den Millionen, die zu einem standesgemäßen Leben nicht auslangten, von der Armut der Reichen, und merktest bei all deiner Intelligenz nicht, dass du von nackter, obszöner Gier redetest.

Du weißt, dass du dir keine Kiste Wein leisten kannst, wenn deine Frau es nicht erlaubt, sagte ich.

Du übergingst meinen Einwand, wie du es immer tust, und erklärtest, wenn Lucy dich verließe, dann würdest du nur noch zu Prostituierten gehen, die seien genügsamer.

Bildung ist für dich kein Wert?, fragte ich.

Dein Begehren ginge allein von den Augen aus, sagtest du.

Sie mögen ungebildet sein, schon möglich, aber sie sind die einzige Spezies Frau, bei der ich mich entspannen kann.

Ich weiß bis heute nicht, ob diese abgebrühte Frauenverachtung eine Maske ist, eine deiner vielen Rollen, die dich zu nichts verpflichten. Deine Angst, Lucy könnte dich verlassen und du säßest mit dem mickrigen Gehalt eines Teilzeitlektors ohne ihre Millionen auf dem Trockenen, ist jedoch nicht gespielt, sie sitzt dir als echte Bedrohung im Nacken. Aber du bist auch intelligent und klug, du verstehst menschliche Niedertracht und Scheinheiligkeit und machst dir keine Illusionen darüber, dass es nichts gibt, wozu Menschen nicht imstande wären. Trotzdem hast du immer wieder bewiesen, dass du zu Mitgefühl und Hilfsbereitschaft fähig bist. Du unterstützt heimlich eine frühere Freundin mit einer chronischen Behinderung, die ohne dich längst tot wäre, du machst mittellosen Menschen, von denen du nichts zu erwarten hast, aufmerksame Geschenke und fährst regelmäßig nach New York, um einen sterbenden Freund aus Kindheitstagen zu besuchen, einen Auftragskiller der italienischen Mafia, den alle außer dir verlassen haben. Selten hat mich ein Mensch so sehr fasziniert wie du, ja, auch angezogen, sodass ich versucht war, dir zu gefallen, was wahrscheinlich am schnellsten dazu führte, dein Interesse zu verspielen. Und deshalb traf ich mich mit dir, wann immer du mich sehen wolltest.

Der sicherste Weg, deinen Unmut zu erregen oder dich zumindest zutiefst zu langweilen, war die Zurschaustellung jeden Anflugs von weiblichem Intellekt oder gar beruflichem Erfolg. Ein einziges Mal machte ich den Fehler, dich zu einer meiner Vorlesungen einzuladen. Ich dachte, du schätztest Kafka, aber eine Frau, die über Kafka doziert, war dir eindeutig zuwider. Du setztest dich direkt vor mich hin in die erste Reihe und nach zehn Minuten warst du eingeschlafen, ein alter, unproportionierter Mann, dachte ich, und dann begannst du auch noch leise zu schnarchen und das Kinn fiel dir auf die Brust.

Nach der Vorlesung ludst du mich zum Essen ein, doch vorher wolltest du mir ein neues Apartment zeigen, das du renoviert hattest. In unserer Begeisterung für Schönheit und Harmonie kamen wir uns nach jeder Unstimmigkeit wieder näher. Du parktest an der Commonwealth Avenue, Bostons Champs-Élyseés, unweit des Eingangs zum Public Garden, es war ein warmer Vorfrühlingstag, die Magnolien in den Vorgärten hatten schon pralle Knospen angesetzt, kurz vor dem Aufspringen, und an manchen Eingängen der aristokratischen *Brownstone*-Häuser mit den schmiedeeisernen Geländern, den Säulen und Portalen, den *bay-windows* und efeuumwucherten Erkern stand das Schild: *Luxury Apartments to let.* Mit nichts Geringerem warst du bereit, dich abzugeben. Unterwegs redetest du davon, dass Lucy sich von dir trennen wolle, dass sie in ein Apartment ziehen wolle, eines von diesen an der Commonwealth Avenue. Sie ist eine sehr unabhängige Frau, sagtest du bewundernd, aber deiner bekümmerten Miene war anzusehen, dass du um deine Apanage bangtest. Wir gingen sehr schnell und du hängtest dich bei mir ein und pfiffst leise alte, schmachtende Schlager, was mich verwirrte.

Wir aßen in *Beefsteak Charlie's*, das heißt, ich aß, während du einen Manhattan nach dem anderen trankst, danach den teuersten Brandy, den das Lokal führte, darauf ein Glas alten Jahrgangs Burgunder, und schließlich leertest du auch noch den Rest meines Drinks in dein Glas. Dazwischen schlangst du geräuschvoll Grünzeug in dich hinein, bestelltest danach Spargel und ließt ihn stehen, bestelltest eine Käseplatte und rührtest sie nicht an, und erklärtest mir, du seist bloß Vegetarier, weil deine Frau es so wollte. Die Kellnerin hatte die Manieren einer Dame, räumte auf deinen Wink hin den vollen Teller ab und brachte das neue Gericht. Das Lokal hatte das Ambiente einer eleganten Bostoner Downtown Bar, prätentiös, verchromt und sehr britisch, genau, was du bewunderst, weil es dir immer fremd geblieben ist und dich einschüchtert, obwohl du es dir leisten kannst, in ausgeleierten Strickjacken und einer Baseballkappe auf der weißen Mähne einen Drink zu bestellen und protzige Trinkgelder zu verteilen.

Ich kann nicht so viel trinken, sagte ich, als du mir den zweiten Drink aufnötigtest, ich werde schnell beschwipst.

Das ist doch gut, meintest du.

Nein, sagte ich, ich werde bloß müde und langweilig und stolpere über die Wörter.

Ausgezeichnet, riefst du, ich will zur Abwechslung eine langweilige Frau, ich bin immer nur mit hochintelligenten Frauen zusammen.

Du erzähltest von Pamela, einer Luxusfrau aus der Theaterwelt, für die du dabei seist, ein Apartment einzurichten, und wie die meisten Männer, wenn sie getrunken haben, begannst du mir von den Frauen zu erzählen, die du geliebt und die dich verlassen hatten, angefangen bei deiner Mutter. Sie hatte dich allerdings nicht freiwillig verlassen, sie war gestorben, in demselben Elend, in dem du aufgewachsen bist und das du seither nicht aufhören kannst, hinter dir zu lassen. Aber wenn du von Frauen redetest, erfuhr man weder ihre Berufe, noch was sie geleistet hatten, nur was sie an finanziellem und emotionalem Aufwand gekostet hatten. Du sagtest, einen Monat lang gäbst du in einer neuen Affäre alles, dann bekämst du Angst um deine Unabhängigkeit und zögst dich zurück.

Was du sagtest, war voller Widersprüche, als wolltest du mich mit Absicht verwirren oder abschrecken, aber vor allem eines wolltest du mir klarmachen: Ich bin einer, auf den kannst du nicht zählen. Ich bin völlig amoralisch und stolz darauf.

Ich will eine Frau, die ganz für mich da ist, erklärtest du mir, an mich gekettet und mir bedingungslos, willenlos zu Diensten.

Ich sagte nicht: Und wie vereinbarst du das mit deiner Ehe, deiner Frau, die ihre Liebhaberinnen in dein Bett bringt, und du musst gehen, die dich hält wie einen furchtsamen Haushund und dir den Geldhahn zudreht, wann es ihr beliebt?

Ich sagte stattdessen, du bist frauenfeindlich, und redete Unsinn von geistig-seelischer Intimität. Das fandst du echt zum Kotzen.

Eine Frau ist für mich ihr Äußeres, visuelles Ergötzen, Glamour, sonst nichts.

Vielleicht zeigte meine Miene mehr, als ich sagen wollte. Ich spürte, du wolltest mir wehtun. Ich spürte auch, dass du dich gedemütigt fühltest, und wusste nicht, wodurch. Wir saßen einander quälend lang in dem Restaurant gegenüber, der Tisch war abgeräumt, wir waren die letzten Gäste. Die Klimaanlage war unerträglich kalt und wehte in unsere Richtung, sie wurde von Minute zu Minute kälter. So bedeutete man uns, dass es Zeit war zu gehen. Die Kellnerin reagierte nicht mehr auf deine Bestellung weiterer Cognacs, sie hielt sich im Hintergrund. Du warst nun vollends betrunken und erklärtest mir wortreich deine sexuellen Interessen.

Schließlich, nachdem ich mich von dir abgewandt hatte und beharrlich schwieg, warst du bereit aufzubrechen.

Du fuhrst mich nach Hause, so konzentriert und sicher, als wärst du nüchtern. Unterwegs, auf dem Highway entlud sich ein Wolkenbruch, der noch andauerte, als ich aus dem Auto stieg. Du hattest Rachmaninoffs zweites Klavierkonzert eingelegt, es war unsere Musik, die du zum ersten Mal auf einem Parkplatz in Newton gespielt hattest, während du mir von deiner Kindheit in der Bronx erzähltest, vom lauten, ungehobelten Lumpenproletariat, und wie du dir schon als Kind eine Gegenwelt erträumt hattest, großzügig, glamourös, eine Theaterwelt voll schöner faszinierender Frauen. Danach hatten wir uns einen Schwarzweißfilm angesehen, in dem es um eine Leidenschaft geht, der nicht mehr Raum gegönnt ist als der Wartesaal einer Bahnstation in der Provinz und nicht mehr Zeit als die halbe Stunde, bevor der Zug abfährt.

Ich legte zum Abschied kurz meine Hand auf deine und bereute es.

Jedesmal, wenn Lucy von Unzufriedenheit ergriffen

wurde, schlugst du ihr vor, ein Haus für sie einzurichten, und manchmal ließ sie sich von einem neuen Projekt begeistern, wenn es nur ausgefallen genug war. Das brachte dich auf die Idee mit der Kirche mitten in einer heruntergekommenen Gegend von Watertown. Sie war groß wie eine Kathedrale, seit Jahren ungenutzt und begann zu verfallen. Erst wolltest du sie in mehrere Stockwerke mit Mietwohnungen parzellieren, aber die Vorstellung kommunalen Wohnens behagte deiner prinzipientreuen, ultralinken Ehefrau nicht, also bautest du ihr ein Schloss, einen Palazzo, wie ihn Isabella Stewart Gardner aus Venedig importiert hatte, Stein für Stein. So weit musstest du nicht gehen, die Steine waren vorhanden, schöner Backstein aus dem neunzehnten Jahrhundert und die Außenmauern waren solid. Du brauchtest nur zwei Jahre, um dein Projekt zu verwirklichen, einen Monumentalbau mit breiten Auffahrten und den alten eisenbeschlagenen Kirchentoren, auch die Türme hattest du belassen, wenn auch abgeflacht. Das Innere muss eine Herausforderung gewesen sein, eine Wohnung riesigen Ausmaßes ohne Zwischendecken, das, was üblicherweise als Wohnraum gilt, kuschelte sich wie Nester an die Wände und war durch Wendeltreppen, manchmal auch breite Marmortreppen, durch Altane und Plattformen zu einem komplizierten Gebilde einzelner nach zwei oder drei Seiten offener Räume verbunden und durch verschieden starke Lichtquellen unterteilt. Manches war ausgeleuchtet wie ein Konzertsaal, manches erschien wie von Kerzenlicht erhellt. So stieg man von einer angedeuteten Etage zur nächsten, überquerte Brücken und betrat schließlich die Turmgemächer, Klausen äußerster Einsamkeit und Askese, ein Schreibtisch aus einem Kloster des sechzehnten Jahrhunderts, ein mit rotem Samt bezogener, aus Akazienholz geschnitzter Stuhl mit steifer, hoher Lehne, ein Halbkreis von Bücherregalen bis zur fernen Decke, das rötliche Licht aus einer tropfenförmigen Ampel erhellte gerade den Umkreis des Tisches und ließ den Rest der Klause im Zwielicht. Das war keine Studierstube, auch wenn ich mir weder dich noch Lucy in mönchischer Gelehrsamkeit versunken vorstellen konnte, diese unheimliche Kammer war eher dem Ort nachempfunden, an dem Torquemada Todesurteile unterschrieben haben mochte. Doch dieser Teil war erst der freundliche Wohnbereich.

Es gab auch noch einen rückwärtigen Teil der Kathedrale, über dessen Verwendung und Beschaffenheit du noch unschlüssig warst. Nach der Besichtigung nannten wir ihn *Bluebeard's Castle*. Hier gab es keine Fußböden und keine Decken, aber es gab auch keinen Ort in diesem piranesischen Labyrinth, an dem man verweilen konnte, nur schmale, oft schräg verlaufende Gänge entlang der Mauern, Stufen und Bögen, kurze Tunnelgänge und gewölbte Brücken, man stieg aufwärts oder abwärts und kam nicht an, und fast immer blickte man in den Abgrund der steinernen Apsis, auf deren Boden man bei jedem falschen Tritt zerschellen konnte. Es gab keinen

Platz für Möbel, es gab auch keine Farben, nur Backstein und grauen Mörtel.

Vielleicht vermieten wir diesen Teil, sagtest du.

Möchtest *du* denn hier wohnen?, fragte ich.

Vielleicht als Filmset, schlug mein Mann vor, für einen Horrorkrimi.

Ich sehe schon, ihr seid nicht begeistert, sagtest du verstimmt.

Wir waren froh, als wir festen Boden unter den Füßen hatten und ins Freie traten. Auch dich und Lucy hielt es nicht lange in Blaubarts Schloss. Die Heizkosten, klagtest du, seien unerschwinglich, die Beleuchtung, die Wasserleitungen funktionierten schlecht, es sei eben schwierig, eine Kathedrale bewohnbar zu machen.

Vielleicht war deine Idee mit dem Theaterstück ein letzter Versuch, dich aus dem Sumpf deiner Abhängigkeit vom Reichtum des Millionärsclans zu befreien, etwas zu leisten, wofür die Welt dich respektieren würde. Ich habe es nie gelesen, aber ich nahm an, es müsse gut sein, du hattest die Erfahrung, du konntest an deine Glanzzeit in Manhattan anknüpfen, und du stelltest tatsächlich in kurzer Zeit ein Ensemble mit ein paar bekannten Schauspielern zusammen, die angeblich von ihren Rollen begeistert waren. Die schöne Pamela hattest du als Produzentin angeworben, es würde, es musste ein großer Erfolg werden. Zunächst hattest du an die Off-Broadway-Bühne im Village gedacht, wo vor Jahrzehnten dein erstes Stück aufgeführt worden war, doch dann erschien es dir zu klein, du wolltest ein Theater für vierhundert Zuschauer mieten statt für hundertneunzig. Wenn das Stück ein Jahr lang liefe, rechnetest du mir vor, dann habe es sich amortisiert. Gleichzeitig wolltest du einen Film daraus machen, auch da hattest du noch Beziehungen von früher. Du redetest von den Menschen, die dir behilflich sein sollten, allen, die zur Verwirklichung deines Traums von Ruhm und Glamour von Nutzen waren, den Schauspielern, den Laien und Statisten, den Bühnenarbeitern, die es als Ehre betrachten mussten, dabei zu sein. Du redetest von ihnen wie von Schachfiguren, die du auswechseln konntest. Auch ich sollte eine Nebenrolle bekommen, zu deinen Bedingungen, ich sollte froh sein und dankbar die Chance ergreifen.

Ich müsste mein Leben umkrempeln, sagte ich.

Dann tu es, riefst du.

Es ist die falsche Zeit, ich kann mein Kind nicht im Stich lassen.

Die falsche Zeit? Es ist nie die falsche Zeit für den großen Wurf. Du müsstest dein Kind im Stich lassen? Dann gib es in ein Internat, wo liegt das Problem?

Es gab kein Halten und keine Grenzen für die Verwirklichung deiner Wahnvorstellungen, deines Vergnügens, deiner schrankenlosen Freiheit, die du dir anmaßtest, sinnlos, um Rücksicht zu bitten, sinnlos, einzulenken.

Das große Broadway-Stück, das dich berühmt machen würde, blieb ein Traum, ein letzter Rundumschlag, der dich aus der Knechtschaft befreien sollte. Zu viele Hindernisse waren aufgetaucht, es gab Gewerkschaftsregeln, wer als Schauspieler auftreten durfte, und die vielen Zwangsrekrutierten sprangen einer nach dem anderen ab.

Einmal noch haben wir uns getroffen, nach dem Tod meines Mannes. Du hattest immer davon geredet, dass du mir einen Antrag machen würdest, sobald ich frei sei, und ich hatte darüber gelacht. Du ludst mich zum Brunch in ein rustikales Vorstadtlokal, in dem Handwerker und Arbeiter ein schnelles Frühstück nach der ersten Schicht zu sich nahmen, Speck und Toast, *Hash fries* und eine graue Brühe sogenannten Kaffees in dickwandigen *Mugs*, weit entfernt von den Nobelrestaurants früherer Zeiten, dem Parker House im alten Stadtkern, dem Harvard Club oder Locke-Ober mitten im Business District. Du warst kurz angebunden und unnahbar wie nie zuvor und gabst mir Ratschläge für die Zukunft als alleinstehende Witwe.

Du musst dich bewegen wie eine Frau, die Luxus wert ist, sagtest du.

Und nun, da mich der Tod meines Besitzers entwertet hatte, sei es an der Zeit, mich nach einem neuen Beschützer umzusehen.

Keinen, der nach einer Glamourfrau sucht, rietst du mir, das bringst du nicht mehr. Wer viel Geld einsetzt, fordert auch viel. Besser einen aus der Mittelschicht, einen Lehrer oder einen Ingenieur. Leg einen knalligen, roten Lippenstift auf und sei ein wenig weiblicher, nachgiebiger, streich nicht die Emanze heraus, das verschreckt jeden Mann.

Du brachtest mich zum Flughafen, aber du stelltest den Motor nicht ab und du fuhrst an, bevor ich noch beide Füße auf den Gehsteig gesetzt hatte.

Ich höre, du hast einen Gnadenhof für alte Tiere gegründet, Haustiere, die von ihren Besitzern weggegeben wurden, weil sie alt und krank sind, Greyhounds, die für die Hunderennen nicht mehr taugen, Rennpferde auf dem Altenteil. Das ist die andere, deine weiche Seite, dein Mitleid mit der verwundbaren, hilflosen Kreatur, das immer wieder durchbrach, das du verstohlen, fast hinter deinem Rücken lebtest, und vor dem du solche Angst hattest, es könnte dich mit sich hinunterziehen in die Armut und ihre Hässlichkeit, aus der du kamst.

Suburban Housewife

Du warst die bizarrste Person, die ich gekannt habe. Wenn ich einer wie dir begegne, habe ich jedesmal das Gefühl, ich hätte eine Seelenschwester entdeckt, wie ein Déjà-vu, ein Wiedererkennen aus einem anderen Leben, von dem wir zwar keine Erinnerung besäßen, von dem du jedoch überzeugt warst, dass es unser Schicksal präge. Es war tatsächlich so, als hätten wir uns gefunden wie zwei Verwandte, die sich nie gesehen haben und einander sofort erkennen und die sich unendlich viel zu berichten hätten, was für sie selber von großer Bedeutung sei.

Ich erinnere mich an den Samstagvormittag im überfüllten Café Glockenspiel, wo wir einander an einem winzigen Marmortischchen gegenübersaßen und wie in Trance aufeinander einredeten, unsere Gedanken und Erfahrungen in atemloser Übereinstimmung verglichen. Wir hatten unsere Kinder mit uns am Tisch, sie waren mit ihren Tortenstücken beschäftigt. Du warst wie ein flüchtiger Gast, bereits im Aufbruch und plötzlich von verzweifelter Wichtigkeit für mich. Dein Mann hatte eine Gastprofessur gehabt, ihr wart Freitagabend öfter zum Kabbalat Schabbat gekommen, zu dritt, mit eurer hübschen, ein wenig pummeligen Tochter, die meinem zwölfjährigen Sohn so gut gefiel, dass er dir gestand, er habe angefangen sich für Mädchen zu interessieren. Wir waren gleich alt, Mitte vierzig, du warst eine aristokratische Schönheit mit spaniolen Gesichtszügen. Ein ganzes Jahr hatten wir uns freundlich begrüßt, die Begrüßungsformeln ausgetauscht, die zum jeweiligen Fest gehörten, vielleicht in größerem Kreis ein wenig Belangloses geredet, und jetzt auf einmal, als eure Rückreise nach Ohio bevorstand, stürzten wir atemlos in einem Drang nach Nähe und mystischer Erkenntnis aufeinander zu. Jetzt verloren wir keine Zeit mehr mit Small Talk, wir redeten rückhaltlos über unser Leben, unsere Vergangenheit, unsere Geheimnisse, als stünden wir schon auf dem Bahnsteig und der Zug sei eben eingefahren und nähme unsere Geständnisse auf Nimmerwiedersehen mit, zusammen mit der gerade gewonnenen Freundin.

Du sagtest viele kluge Dinge, jedenfalls schien es mir so, und ich hatte das beseligende Gefühl, dass du meiner Seele auf den Grund blicktest und alles guthießt, was du sahst. Wir hatten einander in unserer Auserwähltheit erkannt und ich glaubte dir blind, ein Wissen um Dinge zu besitzen, für das es eines sechsten Sinns bedurfte. Es war kein gewöhnliches Treffen zweier Mütter im Kaffeehaus an einem Samstagvormittag im Spätherbst, es war eine Séance. Allein deine Lebensgeschichte, die du mir damals erzähltest, egal, ob wahr oder erfunden, war ein Roman. Eine kinderreiche sephardische Familie mit reinem Stammbaum bis ins Spanien des elften Jahrhunderts,

der an deinen feinen Gesichtszügen abzulesen war, und
du als das jüngste, behütete und frühreife Wunderkind.
Schon bevor du lesen und schreiben lerntest, spieltest du
Geige wie Menuhin, wie Heifetz. Mit acht Jahren setztest
du mit deiner Stradivari die größten Geiger Russlands in
Erstaunen. Dann, so erzähltest du, starb deine Mutter, die
größeren Brüder nahmen sich deiner an, aber schließlich
kamst du in ein Kinderheim, wurdest gequält, deine Stradivari wurde zerbrochen, du wurdest nachts mit einem
Kissen, das man dir aufs Gesicht presste, fast erstickt,
hattest einen Zusammenbruch und verlorst deine Begabung. Als Pianistin, die du später wurdest, brachtest du es
nie wieder zu Glanzleistungen wie auf der Geige. Zahllos
waren die Teufeleien, die man dir antat, elternlos warst du
der Sündenbock für jede Schlechtigkeit, und bei diesem
unvorstellbaren Leidensweg musstest du jene besondere
Sicht auf die Welt entwickeln, die durch die Oberfläche
hindurch geradewegs auf den Grund der Dinge blickt
und Menschen durchschaut, als wären sie aus Glas. Von
deiner Erzählung aufgewühlt glaubte ich dir jedes Wort
und fühlte mich geschmeichelt, denn was du mit deinem
Röntgenblick festgestellt hattest, war meine Seele in ihrer
spirituellen Vollendung. Die Augen sind dein Pass, sagtest
du, die kannst du nicht verleugnen und nicht verbergen.
Ich fühlte mich geadelt.

In der Zeit, die uns noch blieb, trafen wir uns fast jeden
Tag und ich spürte bald deine manische Energie, die mich
nach kurzer Zeit erschöpfte, und die Dringlichkeit, mit

der du mir ein alternatives Gebräu mit geheimen, vedischen Kräften einzureden versuchtest. Ich solle in Österreich einen Vertrieb für diesen vedischen Tee aufbauen, schlugst du vor, die Kosten waren gigantisch und ich drückte mich vor einer Zusage. Vor eurer Abreise hast du mir ein Säckchen dieses Wundertees als Abschiedsgeschenk zurückgelassen, er würde mir Erleuchtung und Heilung bringen, versprachst du. Mir blieb die Erinnerung an dich wie eine mystische Erfahrung, erhebend, unerklärlich, geheimnisvoll. Meine Briefe stießen auf dein unergründliches Schweigen.

Sechs Jahre später lebten wir beide in Ohio und waren nicht einmal zwei Autostunden voneinander entfernt. Und wieder trafen wir uns in einem Kaffeehaus, in der *Java Zone*, dem libanesischen Deli-Coffeeshop in Oberlin. Dieses Mal war Natan dabei, dein kühler, skeptischer Ehemann, den du seit langem mit deinem spiritistischen Wahn zur Verzweiflung triebst. Natans verärgerte Ungeduld verhinderte eine spontane Séance zwischen uns beiden. Du warst überdreht und kamst mit deiner neuen Heilslehre direkt zur Sache, diesmal war es kein vedischer Tee, sondern Reiki. Deine Friseurin habe dich in Reiki eingeweiht. Früher sei sie Alkoholikerin gewesen, doch seit sie wusste, dass sie die Gabe zur Heilerin besitze und mit ihren Händen kosmische Energien freisetzen könne, lege sie Hände auf. Wir alle seien Teil der kosmischen Energie, erklärtest du mir, nur seien die meisten Menschen blockiert und diese Blockierung verursache alle Krankheiten. Es gebe vier Stufen auf dem Weg zur Heilerin und du stündest bereits auf der dritten Stufe. Erwartungsvoll ließt du deine Hände über meinen Handflächen schweben und suggeriertest heilende Wärme. Ich spürte nichts außer dem knisternden, zornigen Schweigen deines Ehemannes.

Das folgende Wochenende verbrachte ich als euer Gast in einer Suburb von Cleveland, in der identische Einfamilienhäuser in schnurgeraden Straßenzeilen standen, alle im gleichen Abstand zur Straße und zueinander, unterschieden nur durch irgendwelchen Zierrat in den Vorgärten. Es war ein trüber, kühler Tag im Vorfrühling und der Wind fegte unbarmherzig über die baumlose Ödnis. Dieses Wochenende in eurem mit Plunder vollgestopften Haus ist mir in Erinnerung geblieben, als hätte ich drei Tage in einer Sektenklause auf Exerzitien mit einer Wahnsinnigen gelebt. Zwischen den engen Wänden und dem niedrigen Plafond lagerte alles, was man im verzweifelten Kaufrausch nach Hause schleppen konnte, Laptops und Computerzubehör, Notebooks, Elektronik in jeder Größe und Funktion, dazwischen eingeklemmt ein weißes Pianino, ein Flachbildschirm im Kino-Format, Tischchen in allen Größen, Plüschtiere auf Sofas und Betten, Dosen, Vasen, Kunstblumen, Nippes auf jeder Oberfläche, und Bücher über Spiritismus, Geistheilung, Sekten und Geheimlehren in Regalen bis zur Decke. In eurem Schlafzimmer hingen Meditationsbilder in regenbogenfarbenem Pastell mit gelben Strahlen wie auf psychede-

266

lischen Jesus-Ikonen. In zwei Jahren wolltest du so weit sein, alle Krankheiten zu heilen, wenn du Reiki-Meisterin sein würdest. Noch hielt der Guru das kleine Foto von dir, das du ihm geschickt hattest, nicht für reif. Noch viertausend Dollar, dann wärst du Meisterin, versprach er.

Zusammen mit Natan hattest du Geistheiler in Cleveland aufgesucht, Supersense nanntest du sie. Ein Monat Supersense kostete tausend Dollar, aber das sei es wert, denn es war die Alternative zu Prosac, das du auf Rezept bekommen hättest. Natans harmlosen Geist, der ihm keinen Ärger machte, trieben sie ihm für tausend Dollar aus. Du aber warst von einem mächtigen Geist besessen, der dich nicht freigeben wollte. Seine Austreibung kostete zweitausend Dollar und immer noch schickte er seine Kobolde, diese übermütigen Geister, die dein Haus besetzten. Mehrmals schon hatten die Geistheiler versucht, sie aus dem Haus zu werfen, mit Räucherstäbchen und glosenden Lorbeerzweigen, denn Lorbeer mögen die toten Seelen nicht. Geh, flieg hinaus ins Licht, hätten die Supersense gerufen und die Geister zum Fenster hinausgescheucht. Natürlich kostete auch dieser Exorzismus vor Ort eine Menge Geld. Aber nun hattest du die Incubi wenigstens im Griff. Mehrmals an jenem Wochenende, beim Essen, mitten im Gespräch, sprangst du auf, wedeltest mit den Händen gegen mich an, als wolltest du mich verscheuchen, und riefst: *Out, out, go out, out into the light!* Siehst du, sagtest du dann erleichtert, sie sind nicht böse, sie blockieren mich nur, aber sie folgen schon. Wichtig sei es, sich häufig mit Tee und Klistieren zu reinigen.

Kurz zuvor, erwähntest du nebenbei, hättest du einen hormonell bedingten Zusammenbruch gehabt, in der Menopause werden Frauen ja bekanntlich verrückt, und Natan, dieser Mörder, habe versucht, dich zu einem Psychiater zu schleppen. Doch dieses Unheil hättest du abwenden können, denn dort wärst du vergiftet worden. Dein ganzes Leben hättest du unvorstellbar gelitten und jetzt seist du dabei, deine Leiden für andere fruchtbar zu machen. Noch eine kurze Lehrzeit und viertausend Dollar, dann würdest du Kranken mit deinen heilenden Händen helfen können. Auch meinen Sohn würdest du dann heilen, aber am besten sei es, ich brächte ihn jetzt schon zu Mönchen in Tibet. Auch mit Jesus kämpftest du dich ab, weil du messianischen Sektenmitgliedern in die Hände gefallen warst, die dich erbarmungslos mit Broschüren über Jesus-Mystik überhäuften. Auch Jesus sei ein Supersense gewesen, erklärtest du mir, eine Inkarnation von Buddha und ein ausgezeichneter Arzt. Du wurdest zornig, als ich dich warnte, das seien geschäftstüchtige Scharlatane, die deine Unwissenheit ausnützten. Drei Tage lang versuchtest du verbissen, mich zu bekehren und mir deinen unverdauten spiritistischen Unsinn zu verkaufen, eine Hautcreme gegen Wechselbeschwerden, Kräutertabletten zur Entgiftung, drei Küchenschränke voller alternativer Medizin.

Zum Glück kanntest du inzwischen Menschen, die dir Tipps über verborgene Machenschaften gäben. So wüsstest du, dass Neo-Nazis an der Grenze von Nevada ihre Truppen zusammenzögen, im ganzen Mittelwesten seien sie bereit loszuschlagen, zusammen mit den Kommunisten, die ebenfalls an den Grenzen auf das Zeichen zum Angriff warteten, und die U.S.-Regierung ließe es zu und unterdrücke die Berichterstattung, dass ein Armageddon bevorstünde. Die christlich-psychedelischen Bilder an den Wänden würden dich jedoch beschützen. Ein zusammenhängendes Gespräch war an diesem Wochenende nicht möglich, nicht einmal eine unserer aufregenden Séancen, bei denen wir uns vor Jahren so nahegekommen waren. Ohne mich richtig wahrzunehmen, sprangst du hektisch von einem Thema zum nächsten, doch sie liefen alle auf Magie, Esoterik und Heilpraktiken hinaus.

Wenn Natan mit am Tisch saß, beklagtest du dich bitter über ihn. Du könntest dein Leben nicht mehr ertragen, du wolltest nur mehr weg.

Wohin?, fragte er geduldig.

Das wusstest du nicht, aber das sei kein Leben, es zerstöre dich.

Dann geh, sagte er, nur werde endlich gesund, tu, was du brauchst, um gesund zu werden.

Du fingst an zu weinen: Er liebt mich nicht!

Ich liebe dich nicht?, rief er und riss die vielen Türen und Fächer deiner Küchenschränke auf. Sie waren mit Vitaminpräparaten gefüllt, mit Energiekapseln, Krafttränken, Pillenbehältern in allen Größen, es gab sonst nichts in diesen Schränken, keine Lebensmittel, keine Gewürze.

Weißt du, wie viele Tausende von Dollar mich das kostet?!, rief er. Die Geistheiler? Du hast kleines Gespenst, sagen sie, kostet tausend Dollar, du hast großes Gespenst, kostet zweitausend. Ich liebe dich nicht? Ich arbeite Tag und Nacht, damit du das Geld für diesen Unsinn hinauswerfen kannst!

Danach herrschte Stille. Ich versuchte zu vermitteln, vergeblich, dir war das, was ich sagte, zu wenig, ihm war es zu viel. Du hieltst daran fest wie an einem Dogma: Was auch immer passierte, du warst das Opfer, schon seit deinem vorletzten Leben zum Opfer ausersehen, behaftet mit dem Karma des Opfers, das für alle anderen büßen musste, eine Erlösergestalt. In deinem vorletzten Leben hattest du als einziges Familienmitglied einen Raubüberfall überlebt, hattest zusehen müssen, wie sie hingemetzelt wurden, und wurdest selber durch einen Speer an der Schulter verwundet. Auch das hatten dir die Geistheiler in Cleveland mitgeteilt. Endlich wüsstest du jetzt, woher die Schmerzen in deiner linken Schulter kämen, du seist von Kindheit an verhext, von diesem Speer in einem früheren Leben. Daher kämen auch deine ständige Angst und deine Schuldgefühle.

Nach zwei Tagen fühlte sich mein Kopf an wie nach einer langen Karussellfahrt. Ich hatte Angst um dich und deine unglückliche Familie in eurer kleinen, armen Vorstadtwelt, Natan, geduldig und verzweifelt, zu jedem Opfer bereit, das dich zur Vernunft brächte, eure Tochter, ein verzogener, übergewichtiger Teenager, ausschließlich damit beschäftigt, zu quengeln und ihre Eltern zu manipulieren. Aber ich hatte bald aufgegeben, deiner rechthaberischen Verbohrtheit zu widersprechen. Lebten wir nicht alle in unseren geschlossenen Universen, in unserer verbogenen Weltsicht mit eigenen bizarren Zwängen und Ängsten? Trotzdem war am Ende meines Besuchs die stetig fallende Kurve unserer Freundschaft und unserer Geduld füreinander auf den Nullpunkt gesunken. Auf der Rückfahrt nach Oberlin redeten wir kaum mehr, wir waren beide erschöpft und enttäuscht. Der große, randvoll mit Chlorophyll gefüllte Becher unterhalb des Armaturenbretts schwappte bei jeder Kurve und jedem Bremsmanöver über den Rand, auf meinen Schuh, denn Supersense hatte dir eingeredet, Chlorophyll sei die einzige, dem Körper zuträgliche Flüssigkeit. Der Abschied war kurz und kühl. Es war erst vier Uhr nachmittags, aber ich ging sofort zu Bett und schlief bis zum nächsten Morgen, als hättest du dich zwei Tage lang von meinem Mark genährt, mir die letzte Lebenskraft ausgesaugt.

Einmal noch trafen wir uns in Cleveland nach einer deiner Geisterstunden. Im Café schüttetest du dir brühheißen Kaffee auf das Handgelenk. Der besorgte Kellner war ein hünenhafter Native American. Du sahst zu ihm auf wie zu einem Heiland. Native Americans sind von Natur aus Heiler, flüstertest du mir zu. Er legte Eiswürfel auf dein verbrühtes Handgelenk, wir schwiegen feierlich, als wohnten wir einer heiligen Handlung bei. In einem Discountladen überredetest du mich, ein alternatives Gesundheitsbuch zu kaufen, einen dicken Schmöker, in dem stand, welchen Krankheiten mit welchen Kräutern und Heilpraktiken beizukommen sei.

Wir verabredeten uns für irgendwann später, ohne genaues Datum und ohne ernste Absicht, ich begann mir eine Ausrede zurechtzulegen. Nach einigen Wochen riefst du an und hattest deine Ausrede schon parat. Du wolltest deine freie Mitarbeit bei einem Immobilienmakler wieder aufnehmen, die dein Zusammenbruch unterbrochen hatte. Du hättest nun keine Zeit mehr, mich zu sehen. Wir bemühten uns nicht mehr, den Eindruck zu verwischen, dass wir miteinander fertig waren. Damals sah ich in dir eine verwöhnte Hausfrau, die ihre eigene Familie in diesem Reihenhaus in der endlosen Ödnis Ohios als Geisel ihres Wahnsinns hielt, und die ohne den Schutz eines Ehemanns, der sie liebte, ohne dafür allzu viel Dank zu ernten, längst im Irrenhaus gelandet wäre. Euer Haus war von unten bis oben mit der Ausbeute deiner Verzweiflungskäufe angefüllt, sinnloses, hässliches Zeug, wie die von ihrer Langeweile in den Wahnsinn getriebenen Vorstadthausfrauen Amerikas sie auf ihren ziellosen Jagden durch Strip Malls kaufen, um für ein paar Minuten eine Art Glück zu empfinden.

Doch welche Wahl hattest du denn, ohne brauchbare Ausbildung, ohne Beruf, in einem fremden Land, dessen Sprache du nur mangelhaft beherrschtest, mit einem Naturwissenschaftler verheiratet, der dein Bedürfnis nach Phantasie und Spiritualität nicht verstehen konnte, in einer Siedlung aus hässlichen, grauen Betonhäusern, einer Mondlandschaft mit einem winzigen Vorgarten, in dem die Sommerhitze des Mittelwestens unbarmherzig brannte und alles Grünzeug versengte, und im arktischen Winter jeder Strauch erfror. Mit all dem Geld, das Natan nach Hause brachte, konntest du doch nur in Shopping Malls sinnloses Zeug einkaufen. Dagegen waren die Geistheiler ein Abenteuer, ein Aufbruch in ein Reich, zu dem du Nähe spürtest. In dieser Wüste, in der du leben musstest, war Okkultismus wie eine Oase, Nahrung für die ausgehungerte Phantasie.

Ich wüsste gern, warum du dich am Ende so schroff von mir abgewendet hast. Wir schafften es nicht mehr, zu diesem geschwisterlichen Gleichklang zu gelangen, der sich mit wenigen geraunten Andeutungen verständigt. Ich dachte, du seist zutiefst verstört und wollte dich in deinem Wahn nicht bestärken. Du glaubtest, ich sei von meiner Lebensquelle getrennt, mein Geist sei von meiner Spiritualität abgeschnitten und wolltest mich gegen meinen Willen heilen. Wie seltsam, dieses plötzliche Abreißen einer starken, fast mystischen Verbindung, die für uns beide einmal spürbar und ganz real gewesen war.

Meine Freundin, meine Rivalin

Um wenige Frauen habe ich so hartnäckig geworben wie um dich. Du warst die einzige unter den Freundinnen meines geschiedenen Mannes, die ich von Anfang an in meinem Haus aufnahm, an meinem Tisch bewirtete und der ich mein Bett überließ. Aber ich erinnere mich nur noch selten an den Anfang. Die Bitterkeit seither hat ihn überdeckt. Wie hatten wir nur glauben können, dass wir denselben Mann lieben und Freundinnen sein konnten.

Ich lese deinen ersten Brief vor fünfunddreißig Jahren, den du mit *sincerely Gloria,* unterschriebst, ein Brief voll Erwartung und gutem Willen, voller Einladungen und Versprechen. Alles stelltest du mir in Aussicht, was in deiner Reichweite lag, du schriebst von *deinem* Verlag, *deiner* Buchmesse, *deinen* Autoren. Eine Frau in der Buchbranche an leitender Stelle, dachte ich, die mir Türen öffnen konnte. Wahrscheinlich wäre es dir nicht möglich gewesen, selbst wenn du es gewollt hättest. Du arbeitetest in der PR-Abteilung eines kleinen Verlags, der akademische Publikationen über Psychologie, Religion und Philosophie herausgab. Und du hattest sehr klare Vorstellungen darüber, was gut und publikationswürdig war. Schon damals warst du viel unterwegs, bevor du diesen

Job aufgabst und für eine NGO Sponsoren anwarbst, dich in prominenten Kreisen bewegtest, zu Empfängen gingst, auf Reisen in den besten Hotels residiertest und dennoch immer einsamer wurdest.

Damals, als ich euch zum ersten Mal in Salzburg traf, warst du zweiundvierzig und eine attraktive Frau, stattlich, ein wenig behäbig, mit einer Fülle dunkler Locken und spottbereiten, lebhaften Augen. Ich beobachtete euch beim Flanieren durch die Stadt zur Festspielzeit, beim Essen im Restaurant, im Gespräch zu dritt, und als ihr von mir weg zum Festspielhaus gegangen seid, so fremd und unverbunden nebeneinander, wusste ich es lange vor dir: Er liebte dich nicht. Er hatte dich bei Tisch kaum beachtet, die kleinen, zärtlichen Gesten fehlten und auch der Blick, der auf der geliebten Frau verweilt und sie erwählt, mit Staunen, weil sie zu ihm gehört, ich spürte nichts von dieser unsichtbaren Verbundenheit, die Liebespaare dem aufmerksamen Betrachter kenntlich macht. Er mochte dich auf eine kumpelhafte Art und manchmal gingst du ihm auf die Nerven, wenn du für etwas zu lange brauchtest, oder wenn du zu pedantisch auf einem Gedankengang beharrtest, den er bereits abgehakt hatte. Er bewunderte deine scharfsinnigen Beobachtungen und deine Schlagfertigkeit, er fühlte sich wohl in deiner Nähe, aber er liebte dich nicht. Vermutlich, dachte ich, würde er dich nie lieben.

Siebzehn Jahre später hieltst du die Rede bei seiner Trauerfeier. Vor seinen Freunden, seinen Kollegen, seiner

Familie warst du die trauernde Beinahe-Witwe. Du verwiest mich auf den Platz, der einer vor langer Zeit geschiedenen Ex-Ehefrau zukommt, die nur mehr Mutter seines Sohnes ist. So stimmte es für die Trauergemeinde. Es waren mehr als hundert Trauergäste gekommen und du warst es nicht gewohnt, vor so vielen Leuten frei zu sprechen. Du suchtest unsicher im Publikum nach einem freundlichen Gesicht und redetest dich in einen kopflosen Wirbel, behauptetest Unwahrheiten, sagtest, er hätte einen Prozess wegen sexueller Belästigung am Hals gehabt, wo es doch nur um den Protest einer prüden Studentin gegangen war, die einen seiner deftigen Witze nicht goutiert hatte. Ich erhob Einspruch und wurde nicht gehört. Es konnte ihm nun nicht mehr schaden. Und du erzähltest von eurer Beziehung, von jenem Anfang in Salzburg, aus deiner Sicht. Du hättest ihn durch einen Dating-Service kennengelernt und ohne Umschweife deine Bedingungen auf den Tisch gelegt: keine nostalgischen Erinnerungen an die Ex-Ehefrau, keine Reliquien im Schlafzimmer, kein Trennungsschmerz, sie musste so gründlich aus seinem Herzen und seinem Gedächtnis getilgt sein, dass es nur noch dich gab. Natürlich sei die Ex längst Schnee von gestern, beruhigte er dich, sie lebe zurzeit in Europa. Sei das nicht weit genug entfernt?

Was er dir verschwieg, war, dass unsere Scheidung ein erbittertes Ringen um den Fortbestand der Ehe gewesen war, bei dem jeder vergeblich versucht hatte, seine Bedingungen durchzusetzen. Es ging nicht um die Frage, ob wir einander noch liebten, sondern darum, wessen Karriere nach der Geburt des Kindes geopfert werden musste, es ging um getrennte Schlafzimmer und um die Aufteilung der Haushaltspflichten. Während eines heftigen Streits schrie ich ihm entgegen, liebst du mich? Und er schrie zurück, ohne einen Augenblick zu zögern, ja, verdammt, ich liebe dich! Aber den Alltag konnten wir nicht gemeinsam durchstehen. Nach dem Gerichtstermin gingen wir mit unseren Anwälten essen, und dann begann der zweite, harmonischere Teil unserer Beziehung, in dem die Streitfragen geklärt waren und alles Weitere auf Freiwilligkeit beruhte.

Wenige Monate, nachdem ihr euch kennengelernt hattet, wart ihr unterwegs zu mir, und ich empfing dich freundlich als meinen Gast. Ich habe für euch gekocht, ihr seid bei Tisch gesessen, habt mir die Arbeit überlassen und euch über mich lustig gemacht.

Das kam in deiner Trauerrede nicht vor. Ich saß in der ersten Reihe direkt vor deinem Pult und kämpfte mit den Tränen.

Alles in Ordnung?, fragtest du, als du dich neben mich setztest.

Ich antwortete nicht.

Aber am Grab, am Tag davor, hatte der Rabbiner den Kragen meiner Bluse eingerissen, zum Zeichen für den Verlust und den Schmerz um den nächsten Menschen.

Aber sie waren doch geschieden!, riefst du dazwischen.

Gibt es einen *Get*?, fragte der Rabbiner.

Ich verneinte. Nach jüdischem Gesetz war ich noch immer seine Frau.

Du bekommst doch immer recht, sagtest du beim Weggehen.

Am Anfang war ich froh gewesen, dass er dich gefunden hatte. Du warst so viel emanzipierter und intelligenter als die anderen vor dir, eine unabhängige Frau, erfolgreich in einem Beruf, der dich erfüllte, so jedenfalls erschienst du mir bei deinem ersten Besuch. Ich mochte dich, ich warb um deine Freundschaft. Wir fuhren in die Berge, ich wollte dir das Salzkammergut zeigen, wir fuhren den Traunsee entlang nach Ischl, und unterwegs hörte ich mir deine Klagen an, denn immer, wenn wir allein waren, auch später, all die Jahre, redeten wir vor allem über ihn. Du hättest ihm einen Artikel von dir über einen deiner Autoren zu lesen gegeben, erzähltest du damals. Recht nett, habe er gesagt, aber weißt du, meine Frau hat vier Bücher publiziert und eine ganze Reihe Preise dafür bekommen.

Ich lese deine Briefe wieder, in denen alles steht, was ich damals auf der Suche nach jedem noch so zufälligen Hinweis auf eure Beziehung überlesen hatte. Deine Ambivalenz mir gegenüber ist von Anfang an spürbar, diese Mischung aus echter Herzlichkeit und versteckter Bosheit, deine Unsicherheit, die Angst, unterlegen zu sein und dir eine Blöße zu geben, und immer gegen Ende der Briefe eine zärtliche Sehnsucht nach einer Freundin, der du dein Leid über deinen Liebhaber klagen kannst, weil

278

sie ihn, den Mann, der dich gernhat, aber nicht liebt, besser kennt als irgendjemand sonst, und auch deine Bitterkeit darüber. Manche Widersprüche lassen sich nicht auflösen und nicht erklären.

Er liebt dich noch immer, wir reden mehr über dich als über uns, schreibst du in diesem ersten Herbst eurer Beziehung, *er lernt jetzt Hebräisch, nur um dich zu beeindrucken.*

Aber du kauftest ihm die Bücher und Kassetten, mit denen er vor mir angeben wollte.

Zum Dank könnte er mir wenigstens einen Kaffee spendieren, beklagtest du dich, *aber er denkt nicht daran.*

Dass ihr sorgfältig getrennte Kassen hättet, warf er mir jedesmal vor, wenn er mich zum Essen einlud. Meine Freundin, sagte er, ist emanzipiert genug, sich nicht einmal eine Tasse Kaffee von mir bezahlen zu lassen, und du hältst es für selbstverständlich, dass ich dich immer ausführe.

Wovon er dir wahrscheinlich nicht erzählte, waren unsere Treffen an Orten, mit denen uns Erinnerungen an unsere Anfangszeit verbanden. Montreal, wo wir an kalten Wintermorgen unsere Hände an dickwandigen Tassen mit Café au lait wärmten, wie ein glückliches Paar durch kahle Parks und Galerien flanierten und abends ins Theater gingen. Ich dachte, der eisgekühlte Champagner sei ein Geschenk des Hotels, doch als er am Morgen unserer Abreise die Flasche mit einem wütenden Ruck aus dem Eiskübel riss, verstand ich, dass er sich mehr erwartet hatte, das, was er mitunter Versöhnung nannte, worauf ich stets erwiderte, wir sind nicht zerstritten, wir sind versöhnt.

Manchmal rede er vom Heiraten, schriebst du, dann wieder mache er langfristige Pläne ohne dich. Dabei vergisst du, bei wem du dich beklagst. Du suchtest eine Verbündete in mir, hattest Ideen, wie wir mit vereinten Kräften diesen Chaoten zu Ordnung, Pünktlichkeit und Sauberkeit erziehen könnten.

Er sehnte sich nach seinem Kind und besuchte uns, so oft es sein Beruf erlaubte, er wohnte in meinem Gästezimmer, solange er wollte, und wir lebten nicht anders als jede andere Familie, die zusammen frühstückt, die einkauft und kocht, an warmen Sommertagen Ausflüge macht, im Winter eislaufen geht und Schlitten fährt. Es waren glückliche Zeiten, ich erinnere mich an keinen Streit, auch nicht über ungewaschenes Geschirr und nasse Handtücher auf dem Badezimmerboden. Ich erinnere mich an die Spiele, die Vater und Sohn ausheckten, ihr lautes Singen, wenn sie durchs Haus tobten und Geisterstunde spielten. Diese Besuche hörten auf, als er dich kennenlernte. Doch ich dachte, in einer wohltemperierten Verbindung wie der euren würde es genug Raum geben für sein Kind, zumal die Zuneigung zwischen unserem Sohn und dir spontan und herzlich war. Daran änderte sich bis in sein Erwachsenenalter nichts, aber nie wolltest du auch nur einen Tag Verantwortung übernehmen. Durch deine Verbindungen hast du ihm Welten geöffnet,

Sommercamps und Sportgruppen, die wir, seine Eltern ihm nicht hätten bieten können, und bis heute hältst du den Kontakt zu ihm aufrecht. Deshalb erhoffte ich mir in den ersten schwierigen Jahren Erleichterungen durch dich und fragte, ob ihr unseren Sohn in den Ferienmonaten zu euch nehmen würdet, eine kleine Atempause, ein paar Wochen für mich allein. In meinem Leben gab es keinen Mann, jedenfalls keinen, an den ich mich erinnere.

Du bist die Mutter, schriebst du streng zurück, wir kommen gern auf unseren Reisen für zwei, drei Tage zu dir auf Besuch, aber das Kind musst du schon selber großziehen.

Haben zwei Frauen, die denselben Mann lieben, eine Chance zur Freundschaft? War ich eifersüchtig? Durfte ich das sein als seine geschiedene Frau? Doch, ein wenig, am Anfang, jedoch nie mit dem brennenden Verlangen nach Liebe, das *deine* Eifersucht vergiftete. Ich fühlte mich dir gegenüber im Vorteil in dem Wissen, dass er auf die Weise, die mir wichtig war, immer mein nächster Vertrauter bleiben würde, und dass eine so tiefe Verbindung nur einmal im Leben vorkommt und nicht mit einem Gerichtsbeschluss endet, auch wenn uns die Ehe aus anderen Gründen nicht gelungen war. Die Ehe, das war eine von Institutionen besiegelte Konvention, das Teilen von Tisch und Bett, wie es heißt, gelebter Alltag. Doch was wir hatten, die wortlose Übereinstimmung, Zusammengehörigkeit, die auch Fremde sofort spürten, lag jenseits gesellschaftlich fassbarer Normen. Ich weiß nicht, ob es die ganzen dreißig Jahre, die wir uns kannten, immer Liebe war, denn sie enthielt auch Bitterkeit und immer, bis heute, jäh aufflammende Wut, gerade wegen der Liebe. Es war vor allem eine durch nichts zerstörbare Verbundenheit.

Wenn wir zu dritt ausgingen und Bekannte trafen, schienen sie von dieser Ménage-à-trois verwirrt, niemand konnte sich einen Reim darauf machen. Sie sahen von einer zur anderen und kamen zu falschen Schlüssen, die uns belustigten. Du hättest mich loswerden können, es wäre nicht schwer gewesen. Aber es schien mir manchmal, als sei ich der Kitt eurer Beziehung, als liefe alles über mich, euer Geplänkel, euer ständiger halbernster Zank, als bräuchtet ihr mich, um einander etwas zu beweisen.

Wenn wir, unser Sohn und ich, für länger auf Besuch kamen, hattest du fertige Pläne, ein Konzert, eine Theateraufführung, ein paar Tage am Meer, du ludst Leute zu dir ein und schienst stolz darauf, sie mir vorzustellen. Du empfingst uns zum Dinner, so wie ich dich damals in Salzburg bewirtet hatte, aber wenn einer deiner Gäste zu großes Interesse an mir zeigte, mir gar seine Visitenkarte gab oder ein Wiedersehen vorschlug, warst du verstimmt. Aber meist dachten wir damals nicht viel über uns nach, wir waren bloß eine etwas ungewöhnliche Familie. Erst später erzähltest du mir, deine Einladungen und Unternehmungen seien seine Idee und an Bedingungen geknüpft gewesen, und mir wurde klar, dass wir

immer schon in einem komplizierten Netz von Vertrautheit und Misstrauen, von Verblendung und vorgetäusch-
ter Liebe gefangen gewesen waren, und zum Hass fehlte
nur ein kleiner Schritt.

Ich erinnere mich an einen heißen Tag im August. Wir
fuhren aufs Land zu einem Country- und Western-Kon-
zert mit den alten Sängern der zweiten Riege aus unserer
Generation. Wir nahmen die Route 128 die Küste entlang nach Norden, immer wieder lag das Meer zu unserer
Rechten, tiefblau und reglos, wir waren in Ferienstim-
mung, wir neckten einander, lachten viel, und sangen
Kinderlieder mit unserem Sohn. Du bist wie immer vorne
auf dem Beifahrersitz gesessen, und wir, das Kind und ich,
im geräumigen Fond unseres alten Lincoln Continental.
Unterwegs aßen wir an einem dieser *Seafood*-Stände, wie
sie an der ganzen Küste von New England entlang der
Landstraßen stehen, saßen an langen Tischen auf festge-
nagelten Bänken und holten uns frittierte Garnelen und
Pommes Frites mit *Coleslaw* und Ketchup an der Theke.

Was möchtest du trinken, Liebling, fragte dein Liebhaber, der mein Ex-Ehemann war.

Und du fragtest ironisch zurück: Welcher Liebling?

Wir lachten. Auch das verband uns, wir hatten Humor,
den gleichen trockenen, manchmal sarkastischen Humor,
der der Feindseligkeit die Spitze nimmt und einen winzigen Stachel zurücklässt. Du warst Meisterin darin, die
empfindlichsten Stellen zu treffen.

Wir kamen knapp vor Beginn des Konzerts und suchten uns einen Lagerplatz auf dem Rasen, denn die wenigen Bänke vor dem Podium waren bereits besetzt. Als die Dunkelheit einbrach, erhob sich ein kühler Wind vom Meer her und du hülltest dich in deine mitgebrachte Decke. Ich wickelte das Kind in unsere beiden Decken und es bedurfte keiner Worte, um zu unserer alten Gewohnheit zu finden, einander Rücken an Rücken in der Kühle der Nacht zu wärmen, seine Weste um unser beider Schultern. Früher, als unser Sohn noch klein war, hatten wir im Buzzard Bay auf Cape Cod einen Bungalow für den Sommer gemietet, und an den Abenden waren wir so bis spät am Strand gesessen und hatten dem einschläfernden Schlürfen der Wellen zugehört. Dann hatte er manchmal das Gedicht von Matthew Arnold zitiert, dessen Melancholie wir liebten, *The sea is calm tonight/ the tide is full, the moon lies fair/upon the straits,* und das mit den Zeilen endet, *Ah, love, let us be true to one another.* Ich weiß nicht, ob er sich an jenem Abend daran erinnerte, aber wir saßen für den Rest des Konzerts in diesem tiefen Frieden, aneinander gelehnt, mein Kopf an seiner Schulter, unser Kind schlief neben uns in seine Decken gewickelt. Erst, als das Konzert zu Ende war und wir unsere von der Kälte steif gewordenen Beine streckten, bemerkten wir, dass du nicht mehr da warst. Wir suchten dich, wir riefen nach dir, wir hatten beide ein schlechtes Gewissen, als hätten wir dich keinen Augenblick aus den Augen lassen dürfen. Schließlich fanden wir dich auf dem Rücksitz unseres Autos. Fahr mich nach

Hause, verlangtest du: Jetzt, sofort. Du bliebst auf dem Rücksitz und ich saß mit dem Kind auf dem Beifahrersitz, und ich muss zugeben, es war mit dem Gefühl, dass es so seine Richtigkeit hatte. Alle Bemühungen, dir den Vortritt zu lassen, mich im Hintergrund zu halten und zu signalisieren, dass ich gern der entbehrliche Gast war, hatten dich nicht versöhnt und mich trotzdem gekränkt, ohne dass ich es hatte wahrhaben wollen. Wie eine Rachegöttin bist du auf dem Rücksitz gesessen und hast verlangt, auf dem schnellsten Weg zu deiner Wohnung gebracht zu werden. Grußlos stiegst du aus, ohne zurückzuschauen nahmst du die paar Stufen zur Haustür. Ich weiß nicht, wie ihr beide diese Krise gelöst habt, es war nie wieder davon die Rede. Aber ich habe mich später oft gefragt, ob deine kaum verhohlene Feindschaft damals ihren Anfang genommen hatte oder bloß erkennbarer geworden war.

Ich habe viel über unsere Freundschaft nachgedacht. Sie war ein Geschenk, wie jede Freundschaft. Wenn wir zusammen waren, du und ich, ohne den Mann und unseren Sohn, waren wir anders, wir waren jünger, freier, sorgloser, als habe es nie Rivalität und Eifersucht zwischen uns gegeben. Allen Unstimmigkeiten und schweigend hingenommenen Kränkungen zum Trotz glaubten wir damals noch an die *Sisterhood* der *Women's Lib*, die unverbrüchliche weibliche Solidarität, die so mächtig sein musste, dass sich ihr kein Mann in den Weg stellen durfte. Sie war die Grundlage unseres Kampfes um Selbstbestimmung gewesen, und es gab noch so viel zu erkämpfen, für uns und eine freiere Generation nach uns. Sie leichtfertig und egoistisch aufs Spiel zu setzen wäre ein Rückfall ins Patriarchat gewesen. *Sisterhood is powerful*, das war ein unumstößlicher Glaubenssatz, dem wir verpflichtet waren durch unsere Communiqués in den Frauencafés, den Demonstrationen, dem Kampfgeist, mit dem wir alles ablehnten, was männlicher Dominanz verdächtig war.

Die Straßen und Lokale von Cambridge bewahren bis heute in meiner Erinnerung noch die übermütige Leichtigkeit jener Zeit, unsere Kühnheit, die bis dahin nie gekannte Selbstgewissheit weiblichen Machtanspruchs. Cambridge, vom Memorial Drive bis hinauf zur Beacon Street, von der Mt. Auburn Street mit Burdick's, deinem Lieblingscafé, dem Künstlerkollektiv mit seinem ausgefallenen Schmuck, dem Coop, in dem wir lesend ganze Tage verbrachten, der umfassenden Musiksammlung von Tower Records, bevor es verschwand, die Massachusetts Avenue hinauf bis zum Radcliffe College, die vielen ruhigen Seitenstraßen, das war dein Viertel. Dort, in einer platanenbestandenen Gasse lag deine Wohnung. Es war eine dörfliche Community, in der man schnell Stammkundin werden und einen Bekanntenkreis gewinnen kann. Du kanntest die Besitzer und Angestellten der Geschäfte, du warst mit der Geschäftsführerin vom *Harvard Bookstore* befreundet, sie kam jedesmal in den Verkaufsraum, um dich zu begrüßen, und hatte dir Bücher zur Seite gelegt, die dich interessieren würden. Du hattest Freude daran, Leute zusammenzubringen, und stelltest mich großzügig deinen Freunden vor, du nahmst mich überallhin mit. In deinen Kreisen war ich nicht die Ex-Ehefrau deines Freundes. Du stelltest mich mit meinem Namen als deine Freundin vor und freutest dich, wenn man mir mit Herzlichkeit entgegenkam. Viele von den Lokalen, in denen wir uns oft zum Lunch trafen, sind verschwunden, *Elsie's*, das Deli mit den üppigen Sandwiches aus gehackter Leber, Pickles und Pastrami, das *Magic Pan*, eine Crêperie mit einer köstlichen Auswahl stets frischer Crêpes. Du konntest dich mit solchem Genuss ins Essen vertiefen, es war ein Vergnügen, dir dabei zuzusehen.

Die Platanenallee in Cambridge war nicht der Stadtteil und die Straße, in der du aufgewachsen warst. Als Kind armer Eltern lebtest du fast bis ins Erwachsenenalter in Mattapan, zu einer Zeit, als alle Nachbarn bereits ausgezogen waren und kaum noch Weiße in der Gegend wohnten. Du und dein Bruder wart die einzigen noch verbliebenen weißen Kinder und wurdet von den schwarzen Jugendlichen auf dem Schulweg verprügelt. Blieben deine Eltern aus Unvermögen, aus Armut, oder weil sie nicht begriffen, dass sie in Mattapan nicht mehr erwünscht waren? Du hast mir erzählt, wie du in der Schulzeit hoch oben im zweiten Stock auf dem Absatz der Feuerleiter mit einem Buch gesessen bist, um ein wenig Raum und Stille für dich zu haben, so klein sei eure Wohnung gewesen. Dein Bruder war hochbegabt, ein Genie, der mit dreiundzwanzig an der Harvard Universität promovierte, die ganze Studienzeit als Stipendiat, denn das Studiengeld hätten eure Eltern sich nicht leisten können, euer Vater war ein schlecht bezahlter Postbeamter und eure Mutter Hausfrau. Die Promotion deines Bruders habt ihr mit einem Picknick am Charles River gefeiert und dazu seinen besten Freund eingeladen, ein Restaurant konntet ihr euch nicht einmal an einem solchen Tag leisten. Ich habe deine Eltern gekannt, deinen Vater, einen freundlichen kleinen Mann, den man leicht übersah. Er saß stets schweigend in seinem Lehnstuhl am Panoramafenster eurer Wohnung und redete nie von sich aus, man musste ihn fragen, dann erzählte er leise ohne Emphase, wie er als Sergeant der U.S. Armee 1945 bei der Befreiung des Konzentrationslagers Stutthof dabei gewesen war. Auch deine Mutter war eine stille, unscheinbare Frau. Es herrschte eine ruhige Harmonie in eurer Wohnung und selbst dein Bruder und seine junge Frau strahlten diese freundliche Gelassenheit aus. Er war nach dem Studium aus der elterlichen Wohnung ausgezogen, und du wohnst heute noch dort. Inzwischen lebst du allein in den vier großen Räumen, sie sind dein Besitz und ein Vermögen wert, und dennoch nagt an dir dieses permanente Ressentiment. Es scheint, als hättest du keine Kontrolle mehr darüber, als habe es sich selbständig gemacht.

Beim Ausräumen unserer Wohnung fand ich ein Foto von dir als junge Frau. Du warst damals noch schlank, du hattest glänzendes, gewelltes dunkles Haar, und mandelförmige Augen, die den Betrachter festhalten, veilchenblau, wehmütig, und einen schön geformten Mund, der ein Lächeln andeutet, ein enigmatisches, kühles Lächeln, es steigt nicht bis zu den Augen, nicht ganz ein Mona-Lisa-Lächeln, denn die Augen betteln, hab mich lieb, und der Anflug von Bitterkeit um die Mundwinkel weiß, die Bitte wird nicht erfüllt werden. Warst du denn kein geliebtes Kind in dieser sanften Familie?

Du erzähltest gern von deinen verflossenen Liebhabern. Einmal, vor einem Konzert, zeigtest du auf die Paare, die in Gruppen beisammenstanden, während wir beide uns abseits hielten. Alle Männer, die du mir verstohlen zeigtest, hatten ihre Ehefrauen dabei, gut situierte Paare, die einander kannten und begrüßten, und wir beide standen unbeachtet am Rand. Aber du warst weder verunsichert noch war dir die Situation peinlich, dass du sie von früher näher kanntest. Du schienst dein Wissen um die schmutzigen Geheimnisse, die dich mit ihnen verbanden, zu genießen. Dein ganzes Leben hast du dich nach dem Mann gesehnt, der dich erwählen würde, nur dich, als Einzige, Unvergleichliche, für den Rest seines Lebens. Das war dein größter, sehnlichster Wunsch bis ins Alter, wahrscheinlich bis heute. Du wolltest Kinder, eine eigene Familie, du wärst eine gute Mutter gewesen. Vielleicht hättest du deinen Wunsch genauer formulieren müssen, nicht *einen* Ehemann, sondern *deinen* Ehemann hättest du herbeisehnen müssen. Aber du nahmst dir immer die Männer anderer, dafür hattest du einen unfehlbaren Blick. Für sie warst du die Abwechslung, der Tapetenwechsel in der Tristesse ihres Alltags, bei dir luden sie ihren Ärger über die Ehefrauen ab, ihre Ängste vor der vergehenden Zeit, du warst die Florence Nightingale ihrer verwundeten Seelen, aber dann gingen sie zu ihren Frauen zurück und du warst allein. Vielleicht hast du jedesmal mit ganzem Einsatz geliebt und auf Gegenliebe gehofft, und dich selber zu wenig wertgeschätzt, um zu erkennen, wann man dich benutzte und wegwarf. Du erzähltest mir öfter die bittere Geschichte von Harry, den du einmal sehr geliebt hattest. Aber nicht ihn hast du später gehasst, sondern die Frau, um derentwillen er dich fallenließ, und die er heiratete. Du liebtest seine beiden Söhne aus erster Ehe, als wären sie deine eigenen Kinder, du verwöhntest sie, nahmst sie in den Ferien zu dir. Aber sie sind nicht deine Kinder, sie sind inzwischen erwachsen und führen ihr eigenes Leben, in dem du keinen Platz hast.

Ich erfuhr viel über dich, als mein geschiedener Mann noch dein Liebhaber war. Ich erfuhr, wie kapriziös du sein konntest, um seine ungeteilte Aufmerksamkeit zu erzwingen. Er sprach von dir oft mit Besorgnis und auch mit der Grausamkeit eines Mannes, der von unwillkommenen Avancen bedrängt wird.

Er hat Probleme, Nähe zu ertragen, sagtest du.

Nein, entgegnete er, nur deine Prinzessinnen-Allüren ertrage ich nicht.

Manchmal fragte ich mich, ob auch du alle meine Geheimnisse kanntest. Wir beschützten einander nicht, ich sagte nicht, ich will eure Intimitäten nicht hören. Und er verriet mir, dass du in meiner Abwesenheit nicht gut von mir sprachst. Wir waren in ein schmutziges Spiel verwickelt, als sei es von Nutzen, die verborgene Seite der anderen zu belauern und das Wissen gegen sie auszuspielen. Wie konnte ein Mann so leidenschaftslos, so ironisch von der Frau sprechen, die er liebte?

Über die Jahre waren die Grenzen zwischen uns Dreien unscharf geworden, doch keine von uns beiden wollte sich abgrenzen. Wir waren voneinander abhängig in einer Mischung aus der Gewohnheit alter Freundschaft, der Nachsicht für die Schwächen der anderen und Neugier, wie es weitergehen würde. Wir waren Verbündete, wenn es um Rivalinnen ging. Eine von ihnen schrieb dir einen bewegenden Brief, du mögest ihn freigeben, sie seien einander seelenverwandt. Wir saßen in deiner Wohnung und analysierten den Brief Satz für Satz, lachten und mokierten uns über die gezierte Wortwahl und kamen zu dem Schluss, es handle sich um eine vorübergehende Affäre, die nicht ernst zu nehmen sei. Seine gelegentlichen Affären weckten Komplizenschaft zwischen uns, waren wir doch beide verschmähte Frauen, und beide fürchteten wir einen noch größeren Verlust. Am Ende, versicherten wir einander, würde er verstehen, was er in uns hätte, denn unsere interesselose Zuneigung gelte ihm, wie ihn außer uns niemand kannte, sentimental, nach außen voll Charme und Humor, unsicher und leicht zu kränken, grüblerisch, ein Romantiker und tieftrauriger Komödiant. Er mochte Abenteuer haben, aber wir wussten auch, dass wir uns im Ernstfall auf ihn verlassen konnten. Er war trotz allem ein Familienmensch und seine Familie waren zweifellos wir.

Auch wenn du es niemals zugegeben hättest, war es dir lange Zeit unerträglich, ihn zu begehren und mit Freundschaft abgespeist zu werden. Immer noch hofftest du, er würde dich eines Tages mit einem Verlobungsring überraschen. Doch er hielt dich jahrelang im Ungewissen. Wenn er dich Freunden vorstellte, sagte er: eine gute Freundin. Bei mir sagte er das Gleiche, aber er fügte hinzu, die Mutter meines Sohnes, und beide empfanden wir es als Kränkung. Doch die größere Kränkung war es für jede von uns, auf die gleiche Stufe mit der anderen gestellt zu werden. Dass er dein Werben zurückwies und du dich mit seiner Freundschaft begnügen musstest, entfesselte deinen Hass, nicht auf ihn, sondern auf mich. Und es stimmte ja, er redete noch immer von Versöhnung, wenn auch ein wenig seltener, doch seine Bedingungen waren immer noch dieselben wie zur Zeit der Scheidung. Einmal, als wir auf seinem Bett saßen und uns einen Film ansahen, fragte er mich, ob ich es mir vorstellen könnte, dass wir noch ein Kind bekämen. Dafür sei ich zu alt, antwortete ich. Er sah mich überrascht an. In seinen Augen war Feindseligkeit, als hätte ich ihn verraten. Daran habe ich nicht gedacht, sagte er. Ich fühlte mich ihm auch damals noch oft nahe, aber wir waren scheu miteinander geworden, eine Hemmung, vielleicht war es Angst, hielt uns zurück.

Wir verbrachten kaum noch Zeit zu dritt, denn immer öfter kam es bei gemeinsamen Essen, bei Ausflügen, scheinbar grundlos zu verletzenden Worten und gekränktem Schweigen. Meist gingen wir im Zorn auseinander. Du stelltest deine Ansprüche nun auch an mich und ließt mir ausrichten, an welchem Tag, zu welcher Uhrzeit du mit einer Freundin zum Dinner eingeladen zu werden wünschtest. Gleichzeitig hattest du beschlossen, auf eine Weise um ihn zu kämpfen, die uns früher ganz und gar unwürdig erschienen wäre. Du erbotst dich, seine Wäsche zu waschen, du beschenktest ihn ohne Anlass mit kleinen Aufmerksamkeiten, du kochtest an Wochenenden für ihn und besorgtest jede Erledigung, die er dir auftrug. Ihr wurdet ein gut aufeinander eingespieltes Team, ein Freundespaar, das gemeinsam alt wird, im Gleichklang wachsender Eintracht. Unser Sohn wurde erwachsen, und ich begann, mich von euch zu entfernen.

Irgendwann gab es auch wieder Liebhaber in deinem Leben, von denen in Andeutungen die Rede war, doch so provokant, beinah verzweifelt, dass du statt Eifersucht nur Spott geerntet hast. Malcolm, der Professor, von dem du nicht aufhören konntest zu schwärmen, von seinem Geist, seinen wunderbaren, druckreifen Sätzen. Es gab Männer, über die du mir seitenlange Briefe schriebst, Eroberungen, die dich erst mit Versprechungen umwarben, dich in freudige Erwartung einer Reise nach Paris versetzten, dann doch die kurzfristig wieder versöhnte Geliebte vorzogen, dir jedoch nach ihrer Rückkehr versicherten, ihre nächste Urlaubsreise nach New Orleans gehöre dir, nur um dich schließlich per SMS wissen zu lassen, dass sie sich mit ihrer Frau versöhnt hätten. Bloß zu lesen, wie schutzlos du dich ausgeliefert hast, um dich demütigen lassen, war unerträglich.

Warum lässt du das alles mit dir geschehen?, fragte ich.

Ich erzählte ihm, dass ich Gedichte schreibe, sagtest du, das wissen nur wenige meiner Freunde. Und mitten im Entrée nahm er meine Hände ...

Und hinderte dich am Essen?

... und fixierte mich lange mit verzücktem Blick. Was soll das werden?, fragte ich. Und er: Du hast die schönsten Augen, in die ich je geblickt habe, und er hörte nicht auf mich anzustarren, bis ich meine Augen niederschlug.

Wir lachten. Zu diesem Zeitpunkt warst du eine Frau von vierundfünfzig Jahren mit beträchtlicher Erfahrung, doch du glaubtest jedem Mann, der dir sagte, du seist schön und begehrenswert, und keine Enttäuschung machte dich klüger.

Ich bin jetzt in dem Alter, sagtest du einmal unvermittelt, in dem ich die Hochzeit einer Tochter ausrichten sollte, noch könnte ich eine passable Brautmutter abgeben.

Deine zunehmende Verzweiflung und deine Bitterkeit waren immer gegenwärtig und prägten sich deinen Gesichtszügen auf. Du altertest schnell und die Sehnsüchte, die du nicht hattest einlösen können, verdichteten sich zu einem Bodensatz ständiger Missgunst und dem zornigen Anspruch, dass die Welt dir etwas schuldig geblieben sei, worauf du ein Anrecht hättest. Du zähltest die Jahre, die verstrichen und alle Hoffnungen mit sich forttrugen, eine um die andere, auf Kinder, auf die große Liebe, auf Reichtum, auf Erfolg. Es ist schwer genug, alt zu werden, wenn man auf ein gelebtes Leben zurückblicken kann, doch alt zu werden mit dem Gefühl, nicht gelebt zu haben, war eine unerträgliche Kränkung. Du wärst immer überzeugt gewesen, sagtest du einmal, auch für dich käme am Ende noch etwas Großes, Wunderbares, die große Liebe, eine Entschädigung, sodass auch du sagen könntest: *My cup floweth over.* Du hast dein Leben als Mangel begriffen, vielleicht bereits seit deiner Kindheit in Mattapan auf der Feuerleiter, als unendliche Durststrecke, für die du am Ende belohnt werden musstest, wenn es die Gerechtigkeit gab, an die du nicht aufhören konntest zu glauben.

Du lebtest zunehmend in einer Traumwelt, erzähltest von Blind Dates, die wohlmeinende Freundinnen für dich arrangierten, als seist du sechzehn und fiebertest deinem ersten Rendezvous entgegen. Erst hast du attraktive Blondinen gehasst, dann schlanke Frauen, bald überhaupt Frauen, solche, die es aus eigener Kraft zu Erfolg gebracht hatten und ganz besonders jene, die vom Geld ihrer Männer lebten. Jede Frau, die dir ihre Freundschaft anbot, wurde zur Rivalin, die sicherlich mehr besaß, als du ihr gönntest, und sei es nur einen Körper, der besser erhalten war als deiner. Und weil du deinen Hass nicht mehr bezähmen konntest, mieden deine Freundinnen dich. Die Männer mieden dich, weil sie deine Verzweiflung spürten, und weil du zu schamlos deine Bedürftigkeit zur Schau stelltest. Nicht einmal Malcolm, der geniale Professor, erlaubte dir mehr, zu seinen Füßen zu sitzen und seinen Worten zu lauschen.

Nur unser gemeinsamer Lebensmensch blieb dir auf freundschaftliche Weise treu. Ihr hattet euch aneinander gewöhnt wie alte Schulfreunde, die sich schon so lange kennen, dass sie alles voneinander wissen und jeden Satz des anderen beenden können. Ihr unternahmt zwar keine Reisen mehr, aber das hinderte euch nicht, sie bis in die Einzelheiten zu planen. In seinem Nachlass fand ich Reisebroschüren und -angebote für den Sommer, den er nicht mehr erlebte. Er war großzügiger als in eurer besten Zeit, er schenkte dir Diamantohrringe und stellte ein Brillant-Collier in Aussicht, auch dazu ist er nicht mehr gekommen. Ihr hattet euch angewöhnt, zwischen euren Wohnungen zu pendeln, wenn die Einsamkeit drückend wurde. Schließlich botst du ihm an, ihn zum Erben deiner großen Wohnung in bester Lage zu machen. Er lehnte ab. Bald darauf starb er und machte uns beide zu seinen trauernden Angehörigen.

Unsere Trauer trennte uns endgültig. Du warst schneller an seinem Totenbett als ich, du hättest in seiner letzten Stunde gebangt, erst gehofft, er werde durchkommen, dann gebetet, er werde nicht als Pflegefall überleben. Du hattest dich als seine Verlobte ausgegeben und seine Netzhaut als Organspende freigegeben. Das erzähltest du mir in unerträglichen Einzelheiten im Kaffeehaus.

Du hattest kein Recht, über seine Augen als Organspende zu verfügen, sagte ich, du warst nicht seine Verlobte, du warst weder seine Frau noch seine Lebensgefährtin. Du brachst in Tränen aus, stießt einen Schrei aus, so laut, dass die Menschen an den anderen Tischen aufschreckten, und bist hinausgestürzt. Deine heiße Schokolade habe ich bezahlt.

Wir haben uns nie wieder gesehen. Durch meinen Sohn erfahre ich, dass du oft krank bist, es gibt wenig anderes zu berichten, manchmal brichst du dir ein Bein, dann wieder einen Arm, du bist häufig wegen eines Schwächeanfalls im Spital, nach einer missglückten Augenoperation darfst du nicht mehr mit dem Auto fahren. Wartest du immer noch auf die ausgleichende Gerechtigkeit, das große Glück? Darauf, dass dir im Überfluss gegeben werde? Ich sehe uns beide in zwei voneinander getrennten Zellen alt werden und weiß, ich könnte an die Wand klopfen und warten, dass du antwortest. Aber unsere einzige Verbindung, die wir im Leben hatten, ist tot. Was hätten wir einander noch zu sagen, außer unsere Verluste und unsere Schmerzen gegeneinander aufzurechnen?

Warum konnten wir nicht einfach Freunde sein?

~

Ich sehe, dass du jetzt in Maine lebst, offenbar in einem großen Anwesen, einer Art Kommune, mit deiner Tochter Amy und ihrem Mann, deinen Enkeln Fred und Harry und weiteren Adoptivkindern, ganz multikulturell, wie es dir schon immer gefiel. Dein lebenslanges Stoßgebet hat sich endlich erfüllt. *When my ship comes in!* Du und Seeräuber-Jenny! Aber du hattest nicht eine ganze Stadt im Visier, du sehntest nur den Tod deines Vaters herbei, während dein eigenes Leben im Warten verging. Es hat mich jedesmal geschaudert, wenn du so inbrünstig um den Tod deines alten Herrn gebetet hast, der dich von jedem Broterwerb erlösen würde. Statt dass er dir den Gefallen tat und sein Greisenalter durch ein rasches Ende beschloss, fandst du Kondome in seiner Nachttischschublade im Wohnheim für betuchte Senioren, da war er schon über achtzig. Das Wissen, wie sehr dich seine Weigerung zu sterben ärgerte, hielt ihn am Leben. Er hinterließ dir auch nicht seine Millionen, dafür hasstet ihr euch zu sehr. Amy ist die Millionenerbin und du bekamst die Brosamen, die bei solchen Summen immer noch reichlich ausfielen.

Kurz überkam mich die Sehnsucht, dir zu schreiben,

es ist ja alles im Internet zu finden, Telefonnummer, Adresse, auch in Easton in Massachusetts hast du ein Haus, vermutlich für deine Arztbesuche in Boston, denn im Alter hat deine Hypochondrie wohl kaum abgenommen. Das Knie, das operiert werden musste, die Füße in den hochgeschnürten Gesundheitsschuhen, der Schnupfen, der Hals, die Prostata, die Verdauung, die unzuverlässige Blase, da wird über die Jahre noch einiges dazugekommen sein. Aber du lebst, und ich lese, dass du streitbarer geworden bist, von einem anhängigen Gerichtsverfahren war in der *Portland Gazette* zu lesen. Eine christliche Kommune stört deine Aussicht aufs Meer mit einem riesigen Kreuz direkt vor deinen Augen und du findest, dass man seinen Glauben nicht so ostentativ leben und andere Leute dabei stören dürfe. Das sei undemokratisch und rücksichtslos. Egalitär warst du schon immer, mit einem Hang zum Kommunismus, wenn es dir nützte. Du wolltest dich ja auch in meiner Abwesenheit in meinem Haus einquartieren, denn was mein war, war auch dein. Als du dir in den Kopf setztest, dass wir ein Paar werden würden und daher einen gemeinsamen Haushalt haben mussten, wandte ich ein, dass ich koscher hielte. Kein Problem, sagtest du großzügig, bei uns wird es alles geben, Schinken und Speck, und auch Koscheres, wenn du möchtest. Was dagegen das Fliegengitter vor jedem Fenster betraf, verstandst du keinen Spaß. Beim Anblick jeder Stubenfliege in meinem gitterfreien Haus schlugst du so wild um dich, dass ich um mein Mobiliar fürchtete. Fliegengitter wären in unserer nie vollzogenen Lebensgemeinschaft ein Muss, erklärtest du. Und ein großes Kreuz in der Landschaft des ländlichen Maine, das geht zu weit.

Wie würdest du mich empfangen, wenn ich dich in Maine aufsuchte? Als geschiedene Ehefrau deines besten Freundes oder als die undankbare Beinah-Geliebte, die sich ohne Erklärung deinem Werben entzogen hatte? Ich war zwischen euch beiden das fünfte Rad am Wagen gewesen, manchmal der Störfaktor in einer geschwisterlichen Männerfreundschaft, manchmal der Brennpunkt eurer Rivalität, so etwas, wie der Fußball an einem Sonntagnachmittag zwischen Nachbarsbuben, das, was sie verbindet und trennt, womit sie einander ärgern und einander gleichzeitig ihre Freundschaft beweisen.

Wir haben so viele Tage und Abende in deinem ungemütlichen Bungalow in Belmont verbracht. Das große Grundstück war verwildert und die alten Kiefern verdunkelten die niedrigen Räume. Alles strömte diese ungelüftete Feuchtigkeit aus, das stets klamme Ledersofa vor dem überdimensionalen Fernsehschirm und der abgetretene Teppichboden. Ich erinnere mich an einen heißen Tag im Juli oder August. An solchen Tagen grillen Männer mit nackten Oberkörpern über offenem Feuer im Freien blutiges Fleisch, ein weltumspannendes Männlichkeitsritual. Wir stapften draußen im hohen Gras ums Haus, bis die Steaks *rare* und die Kartoffeln außen verbrannt und innen noch roh waren. Später saßen wir in dem großen leeren Raum im *Basement*, das einmal Amys Spielzimmer gewesen war, und während ihr einander Geschichten aus der Studentenzeit erzähltet, begann ich dich liebenswert zu finden. Ihr kanntet euch seit der Schulzeit, ihr seid beide in Brookline aufgewachsen, später zusammen auf dasselbe College gegangen und hattet euch als *Graduate Students* an der Columbia University vier Jahre lang ein Zimmer geteilt. Besser können sich nur gleichaltrige Geschwister kennen. Meine Gegenwart verwandelte euch in Schauspieler, ich war nicht wichtig genug, um euch befangen zu machen, doch gleichzeitig erzählt ihr euch eure alten Abenteuer, um mich zu beeindrucken, und wie am Lagerfeuer mussten eure Erinnerungen zur Story werden mit einem Höhepunkt und einer Pointe am Schluss. Du erzähltest von den ersten Jahren in diesem Haus, als Amy klein war und eine große Schlange sich in eurem *Basement* eingenistet hatte. Es rührte mich, wie du deine kleine Tochter nachahmtest, ihr kindliches Erstaunen über die Schlange, und in diesem Augenblick fand ich dich anziehend. Deine Frau Kathy verließ euch bald nach der Schlangenepisode, um euren gemeinsamen Freund John zu heiraten, das Kind wurde dir zugesprochen, weil Kathy auf Drogenentzug war, und fast unbemerkt wurde dein Leben zu dem, was du auch noch heute, vierzig Jahre später, in anderer Umgebung weiterführst: Die Tochter, der du Vater und Mutter gewesen bist, an der du hängst, deren Gedeihen dich glücklich macht, blieb der Mittelpunkt deines Lebens. Liebesbeziehungen hielten nie lang, in sie investiertest du nicht genug, du brauchtest keine

Partnerin, du hattest das Kind, und du warst ein verlässlicherer Vater als die meisten Familien zusammengenommen. Amy hatte eine glückliche Kindheit und sie dankt es dir, indem sie mit Mann und Kindern bei dir lebt und du bei ihnen bis zu deinem Tod geborgen und umsorgt sein wirst.

Später an jenem Abend, als wir uns verabschiedeten, wollte mein geschiedener Mann mich plötzlich bei dir zurücklassen. Es war eine Situation zwischen Spiel und Ernst, und es war mir peinlich, wie er insistierte, dass ich bliebe, als wolle er mich an dich verkaufen oder mit dir verkuppeln. Beim Wangenkuss an der Tür berührte ich deinen Rücken, ich hatte vergessen, dass du kein Hemd trugst, ich berührte deine nackte Haut, und er insistierte weiter, dass ich bei dir bleiben solle. Was ging zwischen euch vor, ohne dass ich mir einen Reim darauf machen konnte? Warum wollte er mich zurücklassen wie eine halb ausgetrunkene Flasche Wein?

Jahre später wart ihr zusammen in Frankreich unterwegs, schließlich stammte deine Familie aus der Garonne und du beherrschst die Sprache mühelos und akzentfrei. Danach habt ihr mich besucht. Ich hatte dir ein Zimmer in einer Pension gemietet, doch untertags waren wir zusammen, zu dritt, wie immer. Du warst wieder einmal krank, hattest Laryngitis, das Knie schmerzte, die Verdauung war Gesprächsstoff. Wir kamen uns näher, als wir in der Küche das Essen zubereiteten, du und ich. Du erzähltest mir von deiner Kindheit, du seist ein ungeliebtes Einzelkind gewesen, immer hätten dir deine Eltern andere Kinder als Vorbilder vorgehalten, und du hättest nichts richtig machen können, du warst nie gut genug. Zeitlebens gabst du deiner Mutter die Schuld an deinem beruflichen und menschlichen Versagen. Sie war schuld, dass du keine erfüllte Beziehung gehabt hattest, kein einziges Mal, doch wenn in dem Ressentiment gegen deine Mutter noch Wehmut mitklang, war dein Hass auf deinen Vater hart und unversöhnlich. Seinen Tod stelltest du dir als große Befreiung vor. Das alles erzähltest du mir in meiner Küche, während ich das Essen zubereitete und du Tomaten und Zwiebeln schnittst. Vielleicht hast du dich in mein Zuhören verliebt, meine Kommentare erschienen dir so klug wie das, was deine Psychologin sagte, die dich seit vielen Jahren in kindlicher Abhängigkeit hielt, und mein Rat war gratis und erstreckte sich über Stunden, nahm die nächsten Nachmittage und Abende in Anspruch, wann immer wir zu zweit waren. Nein, ich fand deine zunehmend bedrängende Nähe nicht angenehm, ich fand dich leicht abstoßend, die vorstehende Unterlippe, an der immer irgendetwas hängen blieb, Speisereste, die du nicht spürtest, etwas Unproportioniertes an deinem Körper, der vorstehende Spitzbauch, die abfallenden, nach vorn gesunkenen Schultern, und dieser verwirrte, kindlich naive und immer ein wenig vorwurfsvolle Blick. Ich weiß nicht, ob es dein Äußeres war, das mich abstieß, oder deine schüchterne Anhänglichkeit. Warum haben wir es nicht bei unseren freundschaftlichen Gesprächen belassen? War es mein geschiedener Mann, der dir Mut machte? War es eines eurer mit Feindseligkeit grundierten Freundschaftsspiele, mit denen ihr euch regelmäßig herausgefordert habt, eine Art homoerotische Rangelei? Es waren Abende voll schwüler, überhitzter Anspannung wie vor einem Gewitter, als müsse endlich etwas zur Entladung kommen. Die freundschaftliche Leichtigkeit unserer Küchengespräche war verschwunden, fast konnte ich deinen erregten Herzschlag hören.

Jede Bewegung, jeder Schritt deines Werbens irritierte mich. Ich hasste es, wenn du den Arm schwer auf meinen Rücken fallen ließt und meine Schultern umklammert hieltst, wenn du dich an mich kuscheltest wie ein Kleinkind. Irgendwann kamst du zum Schluss, dass wir eine Beziehung haben würden. Ich begann, deine Nähe zu meiden, die Atmosphäre zwischen uns war angespannt von deiner Erwartung, die etwas einforderte, das ich nicht geben konnte. Trotzdem gibt es Fotos von diesen Wochen, auf denen wir in einer Wirtsstube im Salzkammergut sitzen wie drei alte Freunde, und ich erkenne, was mir damals nicht bewusst war, ich kokettiere mit deiner Verliebtheit, meine Augen strahlen, mein Blick, mein Körper sagt, ja, vielleicht, aber nicht jetzt, nicht hier.

Die werbenden, verblendeten Briefe der nächsten Monate habe ich wiedergelesen. Damals irritierten sie mich und schmeichelten mir zugleich. Deine Anrufe mittags um halb zwei Uhr ärgerten mich, denn zur Begrüßung pflegtest du zu erklären, dass du jetzt anriefst, weil Über-

seeanrufe vor sieben Uhr früh billiger waren. Du erzähltest mir von den Millionen, die du erben würdest, doch
zum Geburtstag schicktest du mir einen Scheck über
fünfzig Dollar. Ich löste ihn nicht ein. *Go with me to
New Orleans, Baby,* schriebst du auf eine Postkarte, als
du high warst, aber nach New Orleans flogst du wenige Tage später mit zwei Freunden. Ich wusste, dass du
deine Nachmittage und Wochenenden in deinem düsteren Bungalow verbrachtest, Marihuana rauchend, bis
du zugedröhnt warst, und in Jazz versunken, bis du hal-
luziniertest. Nur wenn Amy von ihrem College im Mittelwesten nach Hause kam, warst du nüchtern und an-
sprechbar.

Du riefst verlässlich einmal in der Woche um halb zwei
Uhr nachmittags an und schriebst mir jede Woche zwei
Briefe, in denen du mir unser zukünftiges Leben zu zweit
schildertest. Nach so langer Zeit weiß ich nicht mehr, was
ich schrieb, doch deine Briefe klingen wie fortlaufende
Dementi, wie eloquente Anstrengungen, meine Bedenken
zu zerstreuen. Nein, schreibst du, ich könne dich nicht
enttäuschen, und nein, du erwartest nicht, dass ich in
Liebe entflammt sei. Liebe müsse genährt werden, wir
würden einander noch zu wenig kennen, und du hättest unendlich viel Geduld. Wir würden einander helfen,
in eine wunderbare Beziehung hineinzuwachsen, und es
sei natürlich, vor einem großen Schritt zu zögern. Wir
würden reisen, schreibst du, wir würden uns für eine
Weile in der Provence niederlassen, das Kind sei dabei

kein Problem, du würdest einen Hauslehrer engagieren. Wir würden an den schönsten Orten der Welt Immobilien erwerben, *when my ship comes in*. Inzwischen hatte der alte Herr in seiner Seniorenresidenz ein befriedigenderes Liebesleben als du. Natürlich würde ich weiterhin Romane schreiben können, keine Frage, aber lieber doch auf Englisch, dann könntest du meinen Stil verbessern und meine Bücher wären Gemeinschaftsarbeit, wir hätten einen großen Schreibtisch und würden einander gegenübersitzen und einander inspirieren. Manchmal schriebst du auch von deinen Besuchen bei Paraden, bei denen alte Männer als Bürgerkriegsveteranen verkleidet marschierten, die Blaskapelle patriotische Lieder spielte und man an Ständen Speisen aus verschiedenen Ländern und Kulturen verkosten konnte. So sei Amerika, schriebst du in deinem pedantischen, schulmeisterlichen Ton, als hätte ich dort noch nie zuvor gelebt, so multikulturell, multiethnisch, so aufregend. Du fühltest dich am wohlsten bei der Familie deiner geschiedenen Frau, die über die Jahre zu deiner Familie geworden war, mit ihnen gingst du zu Benefizkonzerten, hörtest dir begeistert die öden Reden der Sponsoren an und berichtetest darüber wie über kulturelle Ereignisse. Ihnen erzähltest du auch, endlich die Frau für den Rest des Lebens gefunden zu haben.

Du machtest mir Angst. Wenn du anriefst, war ich kurz angebunden. Du fragtest, was los sei, und ich war zu feig, dir zu sagen, ich will deine Anrufe nicht, hör auf, mich zum Gegenstand deiner Zukunftsträume zu machen. Ich schützte Ärger vor, irgendwelchen Ärger mit Leuten, von denen du nichts wissen konntest. Und dein mitfühlendes Angebot bedrohte mich wie eine Zukunft, die ich mir nicht vorstellen wollte: Komm nach Amerika, leb mit mir.

Damals verbrachte ich jedes Jahr die Weihnachtsferien und den Sommer in unserem alten Haus an der *South Shore.* Es erstaunte mich daher nicht, als in deinen Briefen von meinem Besuch die Rede war. Aber ihr beiden Jugendfreunde wart wieder einmal zu einem eurer Freundschaftsspiele angetreten und ich war euer Ball, den ihr ins Feld des anderen kicken musstet. Ihr liebtet diese feindselig kumpelhaften Scheingefechte. Ich war bei eurem Match nicht anwesend, ich weiß nur, wie es ausging. Du schicktest mir unangekündigt ein Ticket und machtest viele Worte darum, du fülltest lange Briefe mit umständlichen Erklärungen. Das Geld sei nichts im Vergleich zum unschätzbaren Wert deiner Liebe, du würdest noch viel mehr ausgeben, das sei erst der Anfang der vielen Geschenke, wenn dein Schiff erst einmal eingelaufen sei. Du würdest mich am Flughafen abholen, wir würden zusammen die Weihnachtsferien verbringen und das Glück könne seinen Lauf nehmen. Du schriebst von Luxus und Reisen, sobald du erben würdest. Du hofftest sehr, und es schwang eine leise Drohung mit, ich werde deine Einladung annehmen, denn sonst hätte ich dich um viel Geld gebracht, es sei ein nicht erstattungsfähiges

Ticket zu einem Sonderpreis und für den Fall meiner Weigerung hinausgeworfenes Geld. Es ginge aber gar nicht um Geld, erklärtest du im selben Brief, denn du wolltest um deiner selbst willen geliebt werden.

Wärst du charmant, einfühlend und großzügig gewesen, hättest du wohl befürchtet, um dieser Eigenschaften willen geliebt zu werden, statt um deinetwillen.

Ich habe mich für das Ticket nicht bedankt und deine Einladung nicht angenommen. Es war nicht Undank, wie du mir vorwarfst, es war Panik. Sollte das Flugticket der Preis sein, um den du mich erworben hattest, fünfhundert Dollar zum Sondertarif? Es war Dezember, Chanukkah, Weihnachten standen bevor. Würde ich mit dir und deinem Clan Weihnachten feiern müssen? Warum konnten wir darüber nicht miteinander reden, statt der Liebesbeteuerungen deiner Briefe, der belanglosen Telefonate? Du würdest mit deiner Familie, mit Kathy und John und ihren Verwandten, Weihnachten feiern. Konntest du nicht verstehen, dass mein geschiedener Mann und unser Kind meine Familie waren, mit denen ich acht Tage lang Chanukkah feiern, ans Meer fahren, in unseren vertrauten Restaurants essen wollte? Du warst unfähig zu fragen und ich konnte dir nichts erklären. Wir waren uns zu fremd.

Deine Anrufe hörten auf. Du wolltest nicht wissen, was passiert sei, du warst auch nicht bereit, um meine Zuneigung zu kämpfen. Du gabst auf, ohne mir die Chance zu geben, mich zu rechtfertigen. Du hattest ein einziges Mal ein paar hundert Dollar investiert, um die dich niemand gebeten hatte, und die Investition gleich wieder als Verlust abgeschrieben. So setztest du mich ins Unrecht, mit einer großzügigen Geste, die dir leidtat, kaum, dass du dich voreilig hattest hinreißen lassen. Als ich mit meinem Sohn am Flughafen ankam, warst du nicht da, um uns zu begrüßen. Ich hatte mich in deinen Augen als unwürdig erwiesen. In einem letzten Brief schriebst du, ich hätte mich verhalten wie alle Frauen, wie deine Mutter, ich hätte dich zurückgestoßen, ich sei nicht besser als sie.

So lautlos du verschwunden warst, bliebst du doch in unseren Gesprächen gegenwärtig, als der brillante Student, der *summa cum laude* graduiert, der preisgekrönte philosophische Arbeiten und satirische Epen geschrieben hatte und dessen geistsprühender Witz auf dem ganzen Campus bekannt gewesen war. Ihr wart in derselben *fraternity* gewesen, ihr gingt in dieselben Kneipen und betrankt euch zusammen, ihr wusstet alles voneinander und wart unzertrennlich. Und dann, mitten im Doktoratstudium musste irgendetwas passiert sein, das sich niemand erklären konnte. Ohne ersichtlichen Grund gabst du auf. Du hörtest einfach auf, zu den Vorlesungen und den Prüfungen zu gehen, du gabst auf, als lohnte es sich nicht mehr, dich anzustrengen.

An einem jener Nachmittage in meiner Küche, als wir uns so nahegekommen waren, hattest du mir von deiner Dissertation über Blaise Pascal erzählt. Je mehr du dich eingelesen hättest, desto deutlicher sei dir bewusst geworden, dass unsere Existenz nur ein kurzer Moment zwischen der Ewigkeit sei, die uns vorangehe, und der Ewigkeit, die nach uns käme. Diese kurze Spanne Bewusstsein sei unser Leben, sagtest du. Welchen Zweck habe unsere Anstrengung, etwas Bleibendes zu leisten, uns in die Geschichte einzuschreiben? Wir seien nichts angesichts dieser verschlingenden Ewigkeit vor und hinter uns, und was wir dächten, ob wir überhaupt etwas dächten, sei völlig egal, wir nähmen uns viel zu wichtig. Das sei dir damals aufgegangen, es sei eine große Befreiung gewesen. Das sagtest du damals, und nun erinnerte ich mich an dieses Gespräch und überlegte, ob es wirklich nur der Lektüre von Blaise Pascal bedurft hatte, dich aus der Bahn zu werfen.

Statt dein Studium abzuschließen, begannst du an einer High School zu unterrichten und heiratetest deine Schülerin Kathy, der ein paar Schuljahre mehr bis zum Diplom nicht geschadet hätten. Einmal fragte sie mich, ob es da drüben in Germany, wo ich ja herkäme, schon Autos gäbe. Als Kathy, noch keine zwanzig, sich in John verliebte, gabst du sie kampflos frei und hieltst die Freundschaft zu ihnen aufrecht, um der Tochter willen. Du wurdest einer der ersten Computerprogrammierer, und in der Firma, in der du in dreißig Jahren keinen Schritt vorgerückt bist, machtest du lustlos deine Arbeit, die dich nicht forderte, auf die du nicht stolz warst. Du wartetest nur darauf, in dem Augenblick zu kündigen, in dem dein Vater starb. *When my ship comes in.* Du wurdest Großvater und der Alte lebte immer noch. Die letzte Frau, mit der du zusammen gewesen warst, wollte nach einer angemessenen Zeit heiraten. Mir passt es genau so, wie es derzeit ist, sagtest du. Da verließ sie dich. Ein paar Jahre lang suchtest du Bekanntschaften über eine Vermittlungsagentur, flogst einmal sogar nach Manila, um dich mit einer potentiellen Partnerin zu treffen, mit der du korrespondiert hattest. Sie erschien nicht zu eurem Treffen und du warst erleichtert. Irgendwann bist du zu dem Schluss gekommen, Frauen seien den Aufwand nicht wert. Du hattest eine Tochter, die dich liebte, einen Enkel, einen Schwiegersohn, der in dir einen Vater sieht, eine Familie, die zwar nicht mit dir verwandt ist, die jedoch zu dir hält, was ich im Lauf der nächsten Wochen zu spüren bekam.

Wir waren zu deiner Weihnachtsparty eingeladen. Das Wohnzimmer war geschmückt, eine zimmerhohe Tanne mit echten Glaskugeln, bunt verpackte Pakete lehnten an ihrem Stamm. Die Gäste, Johns und Kathys Familie, alle übergewichtig, eine Elefantenherde in karierten Lumberjack-Hemden und Jeans, kamen mit schläfrigen Augen herein, als wankten sie über Schiffsplanken. Du serviertest eine kleine Schale Garnelen, aber wir wagten nicht zuzugreifen, weil die Portion bei weitem nicht für alle reichte. Alkohol dagegen gab es in Mengen. Kathy erschien mit einer dieser riesigen Sarah-Lee-Torten mit Arabesken aus roter, grüner, blauer und gelber Zuckercreme, und mit noch mehr Whisky. Amy stillte unentwegt ihr erstes Baby. Und ich saß auf dem schwarzen Ledersofa vor dem Fernseher, niemand bezog mich ein, niemand redete mit mir. Einer deiner Freunde hielt einen in meine Richtung gewandten allgemeinen Vortrag über Undankbare, die dich, diesen Heiligen, diesen wertvollen, wunderbaren Menschen, nicht zu schätzen wussten, ihm die Kränkung der Zurückweisung zufügten und sich nicht schämten, sein Geld zu nehmen. Die Elefantenrunde hörte zu und nickte billigend mit den Köpfen, aber weder du noch sie richteten auch nur ein einziges Mal das Wort an mich.

Einmal noch gingen wir zusammen essen, in ein Thai-Restaurant, das als das schlechteste des ganzen *South Shore* bekannt war. Vielleicht war es als Versöhnungsmahl gedacht, vielleicht auch nur als ein Versuch, diese unglückliche Episode abzuschließen. Hätte ich dich geliebt, hätte ich es vielleicht rührend gefunden, dass du das einzige genießbare Gericht für Amy einpacken ließt. Ich erinnere mich nicht, worüber wir uns den ganzen Abend lang unterhalten haben, nur dass du zur Kellnerin freundlicher warst als zu mir. Ich erzählte dir, dass der massive Haarausfall der letzten Monate mich zwang, ein Haarteil zu tragen. Und du erzähltest mir daraufhin, dass du seit einiger Zeit dein Haar und deinen Bart färbtest. Jetzt wissen wir beide ein Geheimnis voneinander, sagtest du. Es war, als hättest du mit diesem Geständnis einen Riegel vor jede wie auch immer geartete Nähe geschoben.

Als wäre keine Verständigung und schon gar keine Anziehung mehr möglich zwischen einem Mann, der sich den Bart färbte und einer Frau, die ein falsches Haarteil trug. Als wäre damit das Ende von allem besiegelt, was uns verbunden hatte oder jemals verbinden könnte, weil wir nackt voreinander standen, peinlich entblößt in unseren Mängeln. Und auch, als wäre damit ein Ende gekommen, nach dem es nichts mehr geben könne als Alter, Krankheit und Trostlosigkeit. Du warst damals ein wenig über fünfzig und ich erst Mitte vierzig.

Mit meinem geschiedenen Mann bliebst du befreundet bis zum Schluss. Von ihm erfuhr ich, dass dein Schiff eingelaufen war. Mit achtundfünfzig seist du in Ruhestand getreten und hättest eine beachtliche Abfindung und Aktienanteile von deiner Firma bekommen. Seither lebst du auf dem Land, erst in New Hampshire, dann in Maine, immer in der Nähe von Amy, ihrem Mann und den Kindern. Sie sind verantwortungsvolle Millionäre, sie kümmern sich um elternlose Kinder und um die geschundene Umwelt. Ihr kauft immer neuen Landbesitz und bewirtschaftet ihn wie Farmer. Ich bin sicher, du bist glücklich. Du hattest nie wieder eine Beziehung, machtest nie wieder den Versuch, eine Frau kennenzulernen. Ein- oder zweimal in all den Jahren kamst du bei uns vorbei, aber du hast mich nicht begrüßt, mich nicht angesehen und kein Wort mit mir gewechselt. Ich hörte schweigend zu, wie du über Frauen redetest, und mir wurde klar, dass du nie gelernt hattest, eine Frau als eigenständiges Gegenüber zu akzeptieren, außer deiner Tochter, die du liebst. Vielleicht ist Vaterliebe die einzige Liebe, die du kennst.

Nach dem Tod meines Mannes bist du unangekündigt aufgetaucht. Ich erinnere mich nicht, ob du zum Begräbnis gekommen warst, aber plötzlich warst du da, nach der Shiva-Woche, nachdem seine anderen Freunde uns vergessen hatten. Zum ersten Mal seit den Gesprächen in meiner Küche konnten wir reden, über eure lebenslange Freundschaft, darüber, wie er von mir gesprochen hatte, über seine Sehnsüchte und seine Eigenheiten. Wir konnten sogar zusammen lachen, du zeigtest Mitgefühl und Verständnis, und ich bekam eine leise Ahnung von deinem brillanten, sarkastischen Humor, den es dir in meiner Nähe immer verschlagen hatte. Es war ein schöner Abend, an dem wir uns sehr nahekamen. Aber du warst auf der Hut und meine zweite Einladung, mit uns zu essen, schlugst du aus. Meine Emails hast du nicht beantwortet.

Ich wünschte, wir hätten Freunde werden können. Damals, nach diesem letzten Besuch wäre eine Freundschaft wieder vorstellbar gewesen. Zwanzig Jahre waren vergangen, aber wir waren noch immer jung genug, um zu reisen, nach Frankreich, nach Paris, das du so gut kennst, in getrennten Zimmern und auf getrennte Rechnung. Ich würde dich auch heute noch, da wir nun wirklich alt geworden sind, gern in Maine besuchen, mit dir Marihuana rauchen, Jazz hören und im Gästezimmer schlafen. Ich würde gern mit dir zusammensitzen, vielleicht auch mit Amy und deinem Schwiegersohn, aber um Himmels willen nicht mit der Elefantenherde, und ganz normal reden. Aber du hast alles, was du vom Leben brauchst. Und neue Freunde, die Unruhe in dein Leben bringen könnten, kannst du nicht brauchen.

Der autobiografische Anteil dieser Erzählungen ist fiktionalisiert und literarisch verfremdet. Die Briefe sind erdacht und nicht an reale Personen adressiert, sondern nach einem literarischen Gestaltungsprinzip konzipiert. Ähnlichkeiten zu lebenden oder verstorbenen Personen sind nicht beabsichtigt, jedoch nicht immer völlig vermeidbar und von der grundsätzlich geschützten Kunstfreiheit erfasst.

Penguin Random House Verlagsgruppe FSC® N001967

2. Auflage
Copyright © 2024 Anna Mitgutsch
Luchterhand Literaturverlag, in der Penguin Random House Verlagsgruppe GmbH, Neumarkter Str. 28, 81673 München
Umschlaggestaltung buxdesign / München
unter Verwendung eines Motivs von © Ruth Botzenhardt
Satz: Uhl + Massopust, Aalen
Druck und Einband: GGP Media GmbH, Pößneck
Alle Rechte vorbehalten.
Printed in Germany
ISBN 978-3-630-87753-2

www.luchterhand-literaturverlag.de
www.facebook.com/luchterhandverlag